하늘이여 들으라

하늘이여 들으라

초판 1쇄 발행 2019년 8월 15일

지 은 이   임태선
발 행 인   권선복
편   집   유수정
디 자 인   유수정
전 자 책   서보미
발 행 처   도서출판 행복에너지
출판등록   제315-2011-000035호
주   소   (07679) 서울특별시 강서구 화곡로 232
전   화   0505-613-6133
팩   스   0303-0799-1560
홈페이지   www.happybook.or.kr
이 메 일   ksbdata@daum.net

값 15,000원
ISBN 979-11-5602-739-3 (03810)

도서출판 행복에너지는 독자 여러분의 아이디어와 원고 투고를 기다립니다. 책
으로 만들기를 원하는 콘텐츠가 있으신 분은 이메일이나 홈페이지를 통해 간단
한 기획서와 기획의도, 연락처 등을 보내주십시오. 행복에너지의 문은 언제나 활
짝 열려 있습니다.

하늘이여 들으라

임태선 지음

도서
출판 행복에너지

그해 여름, 이화학당에서 소요사태가 발생했다. 학동들은 훈장을 성토하고 있었다. 학동들의 소요가 계속되면서 정유라의 이름이 등장하기 시작했다. 정유라의 엄마가 편법을 이용해 정유라를 이화학당에 입학시켰다는 사실이 드러난 것이다. 이 사실을 접한 학동들은 분개했다. 뒤이어 박근혜 대통령이 등장하면서 최순실이 정권의 실세라는 사실이 드러났다. 광화문에는 사람들이 삼삼오오 모여 촛불집회를 시작했다. 쌀쌀한 바람이 불어와도 촛불은 꺼지지 않고 더욱 큰 기세로 요동쳤다. 광화문에 모여든 촛불을 보면서 걱정이 태산 같았다. 촛불은 온 나라를 태울 기세로 전국을 강타했다. 다음 날 태양은 지상에 은빛처럼 흩뿌려졌다. 농부들은 탈곡을 하고 있었다. 그들의 주름진 얼굴에 행복이 가득 넘치고 있었다. 도시의 노동자들도 유리잔 가득 맥주를 채우면서 따뜻한 미소를 짓고 있었다. 그들은 행복했다.

밤이 되었다. 촛불은 그들의 호흡과도 같았다. 사람들은 새로운 세상을 예고라도 하듯이 광화문을 질타했다. 여의도에서 흐르는 물결이 역류하고 있었다. 결정을 내리는 판사의 망치소리에 왕은 탄핵당했다. 문 장군이 봉황을 타고 승천한 것이다. 문무백관들은 빛나는 관복을 입고 새로운 대왕에게 충성을 맹세했다. 이제 왕에 의해 한반도에서 전쟁을 종식하고 평화를 노래하면서 요순시대가 도래할 것이라고 기대했다. 현재 왕이 집권한 지 어느덧 이 년이란 시간이 지났다. 오늘날 들려오는 원성은 누각을 허물고 민초들의 삶은 피폐해지고 있었다. 보부상들은 이웃나라로 떠나고 관헌들은 도둑을 쫓는다고 경주에 열을 올리고 있었다.

쓰나미같이 밀려오는 일본의 무역보복은 한국인의 숨통을 조이고 있다. 누가 만든 무역 보복인가? 누각에는 양반들이 곰방대를 피우며 하인들이 차려주는 산해진미를 맛보고 있었다. 그렇다면 시민들은 무엇을 해야 할 것인가. 그대로 앉아서 죽음을 바라봐야만 하는가. 우리 시민들은 우리나라의 조선왕조가 어떻게 무너졌는지 기억해야 할 것이다. 한국인은 과연 개돼지란 말인가? 대한민국이 문을 닫으면 한국인은 사라질 것이다. 세계의 역사에서 지워질 것이다. 침묵하는 자는 도륙당하고 노예가 될 것이다. 우리의 후손들은 눈물을 흘리며 고통 속에서 쓰러질 것이다.

나는 일련의 소요사태를 목격하고 안타까운 심정으로 글을 써내려갔다. 핵무기는 폐기해야만 한다. 그것만이 한반도에서 평화를 꾀할 수 있는 유일한 방법이다. 왕의 통치는 시민들에게 양약이 되지 못하고 독이 되고 말았다. 그러니 백성들의 원성과 한숨 소리만이 들려올 뿐이다. 하루빨리 백성들이 행복한 날이 오기를 바란다.

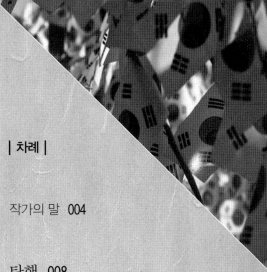

| 차례 |

탄핵

삼월이면 남도에도 봄이 찾아온다. 봄소식을 전하는 전령사가 있으니 그 이름하여 바로 매화다. 하지만 매화가 핀다고 하여 겨울이 완전히 물러간 것은 아니다. 때로는 삼월에도 눈발이 휘날리기도 한다. 삼월에 내리는 눈을 보고 있노라면 마치 봄의 마지막 발악을 보는 듯하다. 모진 눈발을 맞으면서도 매화는 아름다운 자태를 잃지 않는다. 솜털 같은 모습으로 흰빛과 분홍빛을 뒤집어쓴 채 꽃망울을 터트린다.

　예부터 매화는 우리 조상들이 좋아하는 꽃이었다. 매화의 모습이 미인과 같다 하여 아름다운 여인에 빗대기도 했다. 매화는 엄동설한에 봄을 먼저 알려주고 불의에 굴복하지 않는 의로운 선비 정신을 가지고 있다. 또한 사군자의 하나로 선비와 문인들의 사랑을 받아왔다. 매화가 피는 계곡과 언덕에는 곤충들이 아우성을 치고 있었다. 곤충들은 어느덧 포근하고 따뜻한 바람이 불어오는 지상으로 올라왔다. 개구리도 왕방울 같은 눈을 굴리면서 물속에 알을 낳고 자손의 번식을 위해 바쁘게 움직이고 있었다. 언덕 너머로 옷깃을 여며야 할 정도로 세찬 바람이 불어오고 있었으며 봄나물들이 고개를 내밀고 있었다.

바야흐로 만물이 소생하는 계절인 봄이었다. 미천한 동물들도 고귀한 생명성을 띠는 계절이었다. 미천한 생물과 동물들은 약육강식의 운명 속에서 처절한 운명의 죽음을 예고하고 있었다. 인간이라고 하여 크게 다르지 않았다. 인간들도 운명의 지배를 피해 갈 수 없었다. 바로 흙수저와 금수저가 그 대표적인 사례였다.

우리나라는 계급사회다. 이런 나라에서 언제부터인가 흙수저와 금수저라는 신조어가 생겨나기 시작했다. 흙수저는 그야말로 혹독한 시련과 고통 속에서 눈물 젖은 빵을 먹으면서 인생을 개척해야 하는 운명을 뜻하는 말이다. 자신에게 주어진 가시밭길이 자신의 운명이라고 한탄하면서도 묵묵히 학문을 갈고 익히면서 아름다운 인생을 수놓아야만 한다. 그것이 소위 흙수저의 운명이었다. 말이 인생 개척이지 실제로 개척하며 사는 사람들이 과연 몇이나 되겠는가. 시련 속에서도 굳은 의지를 갖고 인생을 개척해 나가는 이들이야말로 성공의 길을 걷고 있는 자들이라고 할 수 있었다. 반면에 한량처럼 시간을 낭비하며 살아가는 자는 인생을 허비하고 있는 꼴과 다를 바 없었다. 그저 아무 의미 없이 살다가 나이 서른에 가까우면 찬물 떠다 놓고 결혼하는 일, 자식 낳고 살다가 이런저런 고생하고 후회하며 사는 게 결국 인생 아니겠는가. 금수저는 그야말로 부모를 잘 만난 사람을 의미한다. 집안 대대로 부(富)가 이어져 온 경우를 뜻한다.

날씨는 춥고 대한민국의 삼월은 잔인했다. 2017년 3월 10일 10시, 헌법재판소 재판정에는 소음 하나 들리지 않았다. 하늘도 그날은 조용했다. 태양도 지상에 따뜻한 기운을 방출하고 있었다. 전국의 백성들도 대통령의 탄핵기각이냐 파면이냐를 두고 텔레비전에 시선을 고정하고 있었다. 박근혜 대통령은 국민의 지지를 받아 18대 대통령에 당선되어 취임을 해서 지금까지 정치를 해왔다. 그렇게 잘나가던 선거의 여왕 박근혜 대통령에게도 운명의 시련이 찾아왔던 것이다.

2014년 4월 16일이었다. 인천에서 제주도로 수학여행을 가고 있었던 학생들이 탄 세월호가 목포 연안에서 좌현으로 기울면서 침몰하고 있었다. 학생들은 휴대폰으로 구조를 요청했다. 해경에서는 구조선을 보내서 구조작업을 했으나 그리 적극적이지 않았다. 그저 침몰해 가는 배 주위를 빙빙 돌면서 물에 빠진 학생들을 구조할 뿐이었다. 그러는 사이 배는 침몰하고 304명이라는 꽃다운 젊은 학생들이 사망하고 말았다. 대통령은 헬기를 타고 와 현장에서 신속하게 구조작업 지휘를 하고 유족들을 위로해 줘야 했다. 그러나 그녀는 현장에 보이지 않았다. 그녀는 당시 사건에 능숙하게 대처하지 못해서 좌파들의 시달림을 받아왔다. 우파들도 그 사건을 두고 박 대통령의 잘못이라고 생각했다. 박 대통령이 부재했던 일곱 시간, 그 시간 동안 그녀는 과연 어디에서 무엇을 하고 있었는가. 여론과 언론은 그녀를 추궁하며 대답을 요구했다. 그러나 그녀는 무응답으로 일관할 뿐이었다.

2015년 봄이었다. 메르스 사건이 있을 때에도 박 대통령은 긴

급하게 대처하지 못했다. 그로 인해 백성들의 의심을 사고 말았다. 그리고 그해에 문고리 삼인방과 정윤회 사건이 일어났다. 행정관 박관천 씨는 비선실세들이 청와대를 유린해 왔다고 언론에 유포했다. 정치권과 언론은 문고리 삼인방을 파면시키라고 요구했으나 그녀는 일언지하에 거절했다. 유언비어를 듣고 중상모략을 하지 말라고 정치권과 언론을 질타했던 것이다. 그로부터 2년 후, 2016년 여름, 정유라가 이화여대에 부정입학하고 교수들로부터 각종 특혜를 받았다는 뉴스가 신문에 연일 보도되었다. 최순실은 교수들에게도 폭언과 협박으로 딸의 성적을 무난하게 통과시킬 것을 강요했던 것이다. 아버지 최태민이 남겨준 수백억의 재산과 대통령의 권력으로 시민들 위에 서서 군림한 것이다. 그녀는 날아가는 새도 떨어트린다는 막강한 권력을 행사했다. 학생들은 총장에게 해명을 요구하며 연일 시위에 들어갔다. 11월 18일에 교육부 특별감사결과 최순실의 딸 정유라가 이화여대 입학 및 재학 당시에 부당한 특혜를 받은 사실이 확인되었다. 이화여대 특혜 사건으로 총장이 물러나고 미르재단과 K스포츠사건이 동시다발적으로 발생했다. 최순실이 K스포츠재단을 운영하고 박근혜 대통령의 날개인 옷도 최순실이가 만들어 준다고 방송은 전했다. 방송과 신문은 연일 박근혜 정부를 공격하기에 바빴다. 11월에 그녀는 최순실의 도움을 받았다고 실토를 하면서 자신의 잘못을 고백했다.

최순실은 국정을 농단했으며 박근혜 정권을 패닉 상태에 빠트렸다. 그녀는 42년 동안 대통령의 손과 발이 되어주었다. 청와대에서 그녀는 안하무인으로 비서관들을 호령했고, 미르재단과 K스포츠를 운영하면서 재단의 돈을 주무르며 부귀영화를 누렸다. 미르재단과 K스포츠는 한국의 영재들을 발굴하여 스포츠의 천재를 양성하는 기관이다. 그녀의 재산은 수백억 대를 넘어서 이제는 천억 대라는 말도 들려왔다. 이화여대 학생들이 그해 여름부터 총장실을 점거했다. 시위까지 벌이며 이대 총장이 물러날 것을 요구했다. 그런 일련의 과정을 통해 베일에 싸여있던 최순실의 비선실세가 만천하에 드러나게 된 것이다. 사건의 발각과 동시에 미르재단, K스포츠재단 역시 한꺼번에 굴비처럼 드러나게 되었다. 그 사실을 알게 된 백성들은 광분하여 촛불을 들고 광화문에 모였다. 백성들은 대통령의 탄핵을 소리 높여 외쳤다. 거의 울부짖음에 가까운 태세였다. 하루가 지나고 이틀째가 되는 날에는 더 많은 촛불이 거리를 메웠다. 시간이 갈수록 열기가 더해갔다. 밤이면 광화문에 모인 수천 개의 촛불들이 세상을 밝게 비추었다. 촛불들이 광화문 광장을 메우고 도로마다 인파가 물결처럼 넘쳐났다. 그 기세는 마치 하늘의 우레 소리만큼이나 대단했다. 단말마의 비명소리 같기도 했다. 국회의원들은 부화뇌동하여 촛불세력에 굴복하였고, 언론은 부채질하고, 검찰은 칼춤으로 난도질하고, 헌법재판관은 방망이로 내려쳤다. 새누리당 의원 62명이 야당의원과 가세하여 243명이 찬성하였다. 2016년 12월 19일 현직 대통령의 탄핵 소추안이 국회에서 가결되었다. 새누리당 의원 62명은 대통령을 배신하고 야당의원과 모의하여 쿠데타를 일으켜 결국 현직 대통령을 권좌에서 추방한 것이다. 대통령의 협객들은 그때 어디에서 낮잠을 자고 있었는가. 탄핵주도는 국회의원이 자발적으로 한 일이 아니다. 노동자들이 조직적으로 재단을 만들어 추진한 일이다. 언론과 방송은 매일같이 그 사실을 보도하며 시민들의 관심과 호기심을 전국 방방곡곡에 알렸다. 그런 식으로 주목을 유도하자 시민들은 삼삼오오 모여들기 시작했다. 쌀쌀한 날씨 속에서도 그들의 목소리는 계속되었다. 그들은 유행가를 부르거나 관객들의 호응을 살피며 연극도 하고 노래를 불렀다. 하루 동안 쌓인 스트레스를 날려 보냈다.

태수는 미현이를 기다리며 물결 속에 파묻혀 있었다. 미현이는 보이지 않았다. 분명 미현이가 온다고 했는데, 어디에 있는지 보이지 않았다. 그때 저 멀찌감치 미현이가 다가오는 것이 보였다. 흰 머플러를 두른 채 손을 흔들며 오고 있었다.

"오빠! 오래 기다렸어?"

그녀가 활짝 웃으며 말했다.

"나도 방금 왔다. 이 자리가 좋은데 여기에 앉자."

그들은 무대 앞자리에 앉았다.

"오빠! 촛불은 빨리 켜야지."

"그래, 여기 촛불 두 자루 준비했다."

그들은 자리에 앉아 촛불을 켰다.

"오늘도 시민들이 많이 모일 것 같아."

"물론이지, 그들은 박근혜를 탄핵시키려고 흥분돼 있어."

밤은 점점 깊어만 갔다. 광장엔 어느덧 수만 명이 모였다. 시간이 흐르자 모인 사람들은 몇 십만 명에 가까워졌다. 방송과 언론은 수백만 명이 모였다고 전국에 보도했다. 늦가을 아이들 손을 잡은 시민들 또는 학생들이 모이면서 '탄핵하자 박근혜를' 노래를 부르며 전국을 강타했다. 그렇게 촛불은 유유히 흐르는 물결과 같이 춤을 추면서 광화문에서 동대문으로, 그리고 서대문과 남대문을 통과하여 빛같이 빠르게 민주화의 성지인 마산까지 흘러넘쳐 갔다. 그리고 광주 5·18 민주화 성지에 잠들어 있는 영령들을 깨워 5천만 국민들의 마음에 불을 질러놓았다. 그것은 노동자들과 방송과 신문이 고스톱 치면서 연일 박근혜 죽이기로 작심한 결과였다. 박근혜를 지킬 군신들은 이미 그녀를 떠난 후였다.

이날 대한민국에선 역사적인 대통령 탄핵 심판 선고가 시작되었다. 날씨는 쌀쌀했다. 헌법재판소에는 대통령 탄핵 심판을 선고하는 장면을 보기 위해 몰려든 방청객들로 인산인해를 이루었다. 태수는 미현이와 같이 방청석에 앉았다. 역사적인 탄핵 재판을 보기 위하여 그들은 아침부터 부산하게 준비하여 나왔던 것이다.

"이정미 재판관이 대통령을 파면시킬까?"

미현이가 옆에 있는 태수에게 속삭였다.

"어쩌면 그럴지도 몰라. 탄핵촛불이 그녀에게 어떻게 각인되었는지 모르겠군. 8명의 재판관들도 촛불이 무서울 테니 가능할 수 있어. 저들의 얼굴을 봐. 이리떼에게 당한 흔적이 얼굴에 묻은 것 같군."

태수가 그녀에게 조용히 말했다.

"8명의 재판관들의 얼굴이 무덤덤하게 보일지 모르지만 나는 분명하게 말할 수 있어. 김영삼 정권과 좌파정권 8년 동안 그들은 한국을 멸망시키기 위해서 온갖 모순된 정치를 해왔거든. 한국에는 이미 좌파의 물결이 넘치고 있어. 재판관들은 최후의 보루인데, 그들도 이미 좌경화된 지 오래되었거든."

태수가 말했다. 재판정의 모습은 전국적으로 생중계되고 있었다. 국민들은 잠시 일손을 놓고 티비 속 이정미 재판관의 얼굴을 보고 있었다. 탄핵심판 선고일이 이제 곧 시작되었다. 박근혜 대통령은 그때까지도 국민들이 자신을 지지하고 있다며 안심하고 있었다. 일개 하녀 같은 여인이 연설문을 고쳐주었다고 나를 파면시킬 수는 없다고 단언했던 것이다. 미르와 K스포츠에 관여했다고 한들 파면될 이유가 없다고 그녀는 생각하고 또 생각했다. 그런 기관을 통해서 재물을 착복하지 않았고, 국가를 운영하기 위해서는 어쩔 수 없었다고, 재벌들의 힘을 이용하여 기관을 만들고 그것으로 영재를 육성하는 것은 좋은 아이디어였다고 그녀는 생각했다. 그녀는 헌법재판관이 기각할 거라고 단언했다. 재판결과를 앞둔 그녀의 심장은 방망이로 맞은 듯이 심하게 요동치고 있었다. 자신을 배신한 국회의원들에게 그 무엇으로 복수할 것인가. 오로지 그 생각만이 심장을 고동치게 하고 있었다.

괘종시계가 열 번을 울리고 있었다. 이정미 재판관은 서류를 들고 안경을 추켜올렸다. 그녀는 안경 너머로 시선을 고정시키고 있었다. 지난밤 그녀는 잠을 설쳤다. 촛불 세력으로 탄핵된 대통령을 어떻게 해야 할 것인지 두려움이 엄습했기 때문이다. 헌법재판소장이 퇴임을 해서 그녀가 그 자리를 대신해야만 했다. 이리저리 원고를 작성했지만 근심이 떠나지 않았다. 두 눈이 피곤하여 졸음이 밀려오는 듯했다. 그때 갑자기 촛불 세례가 들이닥치며 사람들의 함성이 메아리쳤다. 그녀는 뒷걸음질을 치면서 주춤거렸다. 촛불을 든 시민들은 그녀를 조여오면서 "탄핵- 탄핵-" 하고 부르짖었다. 거의 협박에 가까운 기세였다. 그 상황을 맞닥뜨린 그녀는 두려워졌다. 가면을 쓴 촛불 세력들은 악마로 돌변했다. 그녀는 원고를 움켜쥔 채 달아났다. "죽여라!" 하는 소리에 촛불세력들이 그녀에게 덮쳐왔다. 그녀는 신발이 벗겨진 채 땀을 흘리고 숨이 찰 정도로 뛰어갔다. 그녀는 언덕으로 달려갔다. 숨이 차서 이제는 더 이상 도망갈 데가 없었다. 얼굴은 땀으로 범벅이 되었다. 그녀는 고개를 숙이고 가쁜 숨을 토해냈다. 거기에는 그녀를 도와줄 구원자가 있을 거라고 믿었다. 남편이라도 자신을 도와주면 좋을 것인데 남편도 보이지 않고 어둠과 촛불만이 공존하고 있었다. 아무리 돌아보아도 구원자는 없었다. 촛불의 기세가 점점 뜨거워지는 소리가 들려왔다. 무서웠다.

'저들은 나를 죽일 거야.'

마음의 소리가 들려왔다. 그녀는 다시 달리기 시작했다. 이 언덕만 넘으면 저들을 볼 수 없을 거라는 생각으로 그녀는 달렸다. 마침내 언덕에 다다라 그녀는 절벽에서 뛰어내렸다. 으아- 하는 외마디 비명을 지르며 절벽에서 떨어졌다. 깜깜해서 아무것도 보이지 않았다.

남편은 아내의 울부짖는 소리를 듣고 그녀를 흔들어 깨웠다.

"여보! 여보! 당신 무슨 일인데 그러시오."

남편의 목소리에 그녀는 잠에서 깨어났다.

"흐유….''

모든 것이 꿈이었다. 그녀는 남편을 부둥켜안고 울었다. 살아 있다는 기쁨의 눈물이 얼굴을 적셨다. 그녀의 몸이 경련을 일으켰다. 그날은 아침을 먹는 둥 마는 둥 하면서 출근을 했다. 그녀는 드디어 여성 특유의 음성으로 원고를 읽어 내려갔다. 정신이 없었다. 머리 한쪽에 파마 롤을 매달고도 그것을 인식하지 못했다. 방청석은 쥐 죽은 듯 조용했다. 전국의 모든 백성들은 모두 침을 삼키고 티비 속 그녀를 쳐다보았다. 거리에서, 역전 대합실에서, 버스 터미널에서, 직장에서, 안방에서 전국의 백성들은 얼굴표정 하나 변하지 않았다. 그 시간에는 바람도 조용하고 물소리도 잔잔했다. 국민들은 텔레비전으로 그 장면을 보고 있었다. 길거리에도 수많은 시민들이 텔레비전을 보면서 소설보다 더 흥미진진한 탄핵선고를 지켜보고 있었다. 태극기 세력들은 그녀가 기각할 것이라고 믿고 있었다. 그런 반면 촛불세력과 일부 시민들은 탄핵인용이라고 목소리를 높였다.

간밤에 박 대통령도 잠이 오지 않아 몸을 뒤척이다가 겨우 눈을 붙였다. 잠이 올 리가 없었다. 탄핵을 당한 처지라 잠은 저 멀리 구름 속으로 사라지고 있었다. 며칠째 그랬다. 마당에 서있는 오동나무에서 까치가 요란하게 울기 시작했다. 별일이다 싶었다. 저 까치가 나에게 기쁜 소식을 전해 주려나 보다 했다. 그러면서도 마음 한구석에 자리한 시름은 걷어낼 수가 없었다. 그녀는 청지기를 불렀다. 그에게 까치를 쫓아내라고 지시했다. 그때였다. 청와대 대문이 와장창 하는 요란한 소리와 함께 열렸다. 나졸들을 앞세운 금부도사가 들이닥친 것이다.

"어명이요! 죄인은 어명을 받들라!"

그 소리와 함께 그녀는 나졸들에게 끌려 나갔다. 어느새 그녀는 금부도사 앞에 엎드려 있었다. 도사는 벙거지를 쓰고 큰 칼을 옆에 차고 있었다. 도사는 두루마리를 펴면서 읽어 내려갔다.

"역적은 들으라. 그대는 국정을 잘 다스려 국가의 백년대계를 세우라 했거늘 일개 무식한 아녀자와 국정을 농단한 죄로 사약을 내린다."

"아니야! 나는 절대 아니야! 나는 돈을 부정하게 착복한 일이 없다!"

그녀는 도사의 말을 반박하며 발버둥을 쳤다. 사약을 마시라고 하는 나졸들과 사약을 거부하는 그녀 사이에서 몸싸움이 일었다. 그러다가 결국 사약 몇 모금이 그녀의 식도를 타고 내려가고 말았다. 사약은 엎질러지고 그녀는 쓰러졌다. 그녀는 발버둥을 치다가 깨어났다. 그것은 꿈이었다. 꿈에서 깨어난 그녀는 한숨을 내쉬었다. 얼굴은 이미 땀범벅이 되었다. 시간을 보니 새벽 네 시였다. 이상한 꿈도 다 있다고 생각했다. 시간이 얼마 남지 않았다. 그녀는 초조했다. 꿈은 현실과 반대라는데, 혹시나 하는 의구심이 그녀를 괴롭게 했다.

'꿈은 현실과 반대라는데….'

그녀는 그 말을 되뇌이며 갈등과 두려움에 치를 떨고 있었다.

텔레비전에서 이정미 재판관은 원고를 천천히 읽어내려 가고 있었다. 그녀의 음성이 전 국민들의 가슴에 파고들었다. 시민들은 눈이 빠져라고 재판관을 쳐다봤다. 결정된 사항을 빨리 발표하지 않고 무슨 잔소리가 그렇게 많은지 짜증이 났다. 권태가 나고 몸이 이상하게 흔들리고 있었다. 드디어 재판관이 변곡점을 드러냈다.

"박근혜 대통령 파면."

이렇게 외치며 망치를 탕—탕—탕—하고 세 번이나 내리쳤다. 우레와 같은 천둥소리가 들리는 듯했다. 방청석은 웅성거렸다. 재판 결과를 접한 백성들의 반응은 크게 두 가지로 갈렸다. 두 눈을 질끈 감으며 탄식하는 자들과 탄핵 만세를 외치며 함성 지르는 자들. 박근혜 대통령을 지지하는 자들은 고개 숙이며 침울해했고, 촛불세력은 하늘을 향해 포효하며 기뻐했다.

"거봐, 내가 뭐랬지? 대통령이 드디어 파면된 거야. 이제 역사는 좌파에게 정권을 이임할 것이 틀림없어. 좌파 정권이 백성들을 위해서 정치를 잘하면 더 나을지도 모르지."

태수는 씁쓸한 입맛을 다시며 도로가에 퉤, 하고 가래를 뱉었다.

"나는 정말 놀랐어. 재판관들도 좌파에 물든 것이 어쩌면 나라가 질곡으로 떨어진 느낌이야. 오빠는 안 그래?"

미현이는 입술을 깨물며 말했다.

"나는 이것이 소련의 볼세비키 혁명과 똑같다고 생각해."

볼세비키 혁명은 1917년 11월 러시아 사회민주노동당 정통파인 볼세비키가 정권을 잡으면서 러시아를 소련공화국으로 변신하게 한 대사건이었다. 러시아 로마노프왕권은 300년이나 러시아를 이끌어왔다. 1차 세계대전의 중심에 있던 러시아는 최대 위기를 맞이했다. 식량과 연료공급이 바닥을 치면서 러시아 군인들은 전쟁의 무력함을 느꼈다. 시민들은 전쟁에 승산이 없다고 했고 청년들은 전장으로 달려가면서 피를 흘리며 쓰러졌다. 시민들은 전쟁을 종식시켜야 한다며 청년들을 죽음에서 구해야 한다고 소리쳤다. 러시아 수도 상트페테르부르크에는 노동자들이 파업을 하면서 폭동이 발생했다. 사회는 무질서하고 두려움이 사회를 잠식했다. 노동자들이 구호를 외치면서 사회는 걷잡을 수 없을 정도로 어지러워졌다. 정부는 무력해졌다. 니콜라이 2세는 부정부패에 물든 나머지 사회질서를 유지하지 못할 때였다. 공권력을 무력화한 러시아 의회에 해산을 명령했으나 의회는 반발했으며 임시정부를 수립한다고 선언했다. 정치적 영향력을 잃은 황제는 3월 15일에 왕위를 내려놓았다.

니콜라이 2세가 왕위를 내려놓는다고 할 때에 레닌은 영국에서 귀국하여 볼세비키 조직을 착수했다. 그는 노동자에게 토지를, 시민에게는 평화를, 백성들에게 빵을 준다고 소리쳤다. 그 소리에 시민들이 모여들었고 그의 조직은 탄탄대로를 걷게 되었다. 레닌은 허약한 임시정부의 공권력도 듣지 않았다. 그의 세력들은 불만이 많은 군인들과 노동자들을 선동하여 상트페테르부르크에서 그해 11월 8일에 궁전을 빼앗았다. 레닌은 러시아 임시정부를 붕괴시키고 소련공산주의를 태동시켰다. 황제와 황제의 가족, 왕족들은 투옥되었고 다음 날 학살되었다.

박근혜 대통령은 절벽으로 떨어지는 순간을 맞이했다. 이정미 재판관이 망치를 두드리며 재판결과를 알리는 순간, 그녀는 두개골이 쪼개질 것만 같았다. 머리가 빙글빙글 돌면서 어지러웠다. 기각될 줄 알았건만 아니었다. 못 믿을 게 여자라더니 남자들을 놔두고 하필 여자가 여자를 망치로 내리칠 줄이야 누가 알았겠는가. 그것은 곧 죽음이었다. 용모초보다 더욱 쓰디쓴 물이 목구멍 너머로 흘러갈 듯했다. 그녀는 침을 뱉었다. 사약을 마시고 어지러운 것 같았다.

'빌어먹을 년, 놈들 모두가 한패가 되어서 나를 구렁텅이로 몰아넣다니. 나한테 벼슬자리를 얻어먹은 놈들은 다 어디로 간 것일까. 생각해 보니 정말 인간이란 믿을 게 못 되는구나. 개만도 못한 잡종들이야. 내가 기른 강아지는 나를 그렇게 따르고 꼬리를 흔드는데 머리 검은 동물들은 개보다 못한 인간 잡종들이야. 재판관들도 내가 임명을 했는데 나를 파면한다고 그래! 하녀 같은 여인에게 도움을 받았기로서니 그게 대통령을 파면시킬 이유라도 된다는 게야? 내가 여인이라고 남자들이 깔보고 하는 수작들이 아닌가. 내가 남자였다면 너희들이 어디라고 값싼 주둥이를 놀릴 수 있단 말인가. 죽일 놈들 같으니라고. 그 옆에 있던 놈들도 죽일 놈들이야. 네놈들! 김무성과 유승민, 네놈들 두고 보자. 내 앞에만

서면 아부하느라고 굽실대던 놈들이 이젠 뒷구멍으로 나를 농락하다니. 왕조 같은 시대라면 네놈들은 9족을 멸하는 반역죄인들이다. 이놈들아, 어디서 친 이계들을 동원시켜 나를 탄핵해. 죽일 놈들 같으니라고! 얼마나 잘 먹고 잘 살며 영화를 누리는지 두고 볼 것이야! 네놈들…. 62명 이름 하나하나 다 기억할 것이야…. 염라대왕이 네놈들 모두 지옥 불에 넣을 것이야! 이놈들….”

배신자들은 자신의 주군을 배신하고 끝내 야당의 손을 들어 주었던 것이다. 여성 대통령은 가신들이 반란군에 백기를 들고 투항을 했으니 눈물을 흘리며 하늘을 보고 탄식했다. 그녀의 눈물은 추녀에서 떨어지는 빗물이었다. 그 눈물은 바닥에 떨어져 흐르면서 땅을 적시고 일순간에 수해로 변하여 가옥과 농토를 집어삼켰다. 62명의 배신자들은 물결 속으로 사라졌다. 여자들의 질투는 오뉴월에도 서리가 내린다는 말이 있다. 일개 하녀 같은 여인이 대통령의 정책에 관여했기로서니 그게 어디 탄핵받을 사안이란 말인가. 측근들은 이렇게 절규하며 한탄했다. 백성들은 자신의 당 총재를 배신하고 야당과 결탁하여 탄핵을 주도한 62명의 배신자들을 개 패듯이 땅바닥에 내칠 것이다. 그녀는 자신을 배신한 62명의 의원들의 말년이 비참해지길 바랐다. 그녀는 하늘을 바라보고 눈물을 흘렸다. 빌고 또 빌었을 것이다. 한국의 백성들은 질서 정연하게 민주적으로 시위하여 촛불을 들었다. 그 촛불이 대통령을 몰아냈다며 언론은 대서특필했다. 민주적인 발전이라고 추켜세웠던 것이다.

'흥, 민주적인 발전은 무슨 개뿔! 너희 나부랭이 같은 신문 부스러기들아…. 조중동 너희들 종이 부스러기들아! 너희들이 나를 개 패듯이 도로에 던져 씹어댔지…. 그래, 시원하더냐! 내가 물러나면 너희들은 후회를 할 거야. 좌파정권이 너희들을 그냥 둘 것 같아. 너희들은 물러설 데가 없을 거다. 네놈들은 구관이 명관이란 걸 모를 것이다. 못된 놈들, KBS와 MBC, SBS, JTBC. 그리고 너희 종편들아! 나를 그렇게 못 잡아먹을 듯이 내 사생활을 까부시다니. 내 머리가… 그래, 올림머리 한다고 너희들까지 나불대면서, 얼굴 마사지 한다고 그렇게 나불대다니. 너희 놈들 마누라 얼굴 화장을 한다고 욕을 하고 동네방네 고함치며 보여줄 것인가. 뻔뻔스런 놈들 같으니라고…. 네놈들은 술 처먹고 사람들을 강간한 놈들이지. 네놈들은 지옥에나 떨어져 구더기들에게 사타구니를 파먹힐 놈들이야. 나의 수치스런 모습까지 보이다니, 그걸 방송이라고 하는 게야! 그래, 속이 시원하더냐. 네놈들이 나와 전생에 무슨 유감이 있다고 떠든 게야! 썩을 놈들아, 저주를 받아라! 네놈들도 언젠가는 피 맛을 톡톡히 볼 것이다.'

좌파와 측근들의 쿠데타로 인하여 박근혜 대통령은 실각되었고 절해고도에 유배되었다. 조선시대의 광해군과 똑같은 운명을 맞이하게 된 것이다. 광해군은 원로정치인 백사 이항복과 오리 이원익을 등용하여 북방 외교를 강화하고 대동법을 실시하여 백성들을 구제하였다. 풍전등화와 같은 조선을 구하기 위해 명과 청의 세력 속에서 실리외교를 하여 국정을 운영했다. 양반들과 사대부에게도 세금 납부를 적용하였다. 사대부들은 반발하여 속으로 울분을 삭일 수밖에 없었다. 그 후 대북파가 등장하여 소통을 멀리하고 그들은 이이첨과 유희분, 정인홍과 결탁하여 왕의 형인 임해군을 척살한 뒤, 인목대비를 폐위시키고, 나이 어린 영창대군도 비참하게 살해했다. 인목대비의 친정 부모인 김제남과 그 가솔들 역시 무자비하게 살육당했다. 소북파와 남인, 서인세력까지 가차없이 제거하여 사대부와 백성들의 원성을 들었다. 이에 위기를 느낀 이귀, 김자점, 김류, 최명길, 이괄 등의 서인 세력들은 반란을 일으켜서 광해군을 폐위시키고 능양군을 왕으로 추대하여 조선 제16대 왕으로 세웠다. 이가 바로 1636년 병자호란의 단초를 제공했고 삼전도의 치욕을 당했던 인조였다. 광해군은 강화도로 유배되었다. 세자와 세자빈은 자살하고 왕후는 화병으로 죽고 광해군은 멸시와 모욕을 당했다. 그는 18년 동안 피눈물을 흘리면서 치욕을 당하고, 제주도 유배지에서 1641년 7월 1일(인조 19년) 67세의 나이로 파란만장한 생을 마감했다.

박근혜 대통령은 적막을 깨고 탄식하며 하늘을 보고 울부짖었다. 사방에 도배되어 있는 거울에 눈과 귀가 수십 개씩 보였다. 아버지가 먼저 눈에 들어왔다. 아버지의 모습은 안개와 같이 희뿌옇게 보일 뿐이었다. 백성들을 위한 마음으로 정치를 시작했거늘 일이 이렇게 꽈배기처럼 틀어져 버리다니. 백성들의 얼굴을 볼 면목이 없었다.

"서울 시민들이여! 나의 백성들이여! 나를 돌로 내리쳐 주살하여 주소서! 나를 주살하여 주소서! 나의 백성들이여! 서울 시민들이여! 으흐흐흐….”

그녀의 주름진 얼굴은 눈물로 범벅이 되었다. 차라리 울부짖는 게 더 편할 것 같았다. 그녀는 아버지를 부르며 흐느꼈다. 눈물이 멈추지 않았다. 그녀는 손으로 바닥을 치며 통곡했다.

“아버지… 살아계실 적에 내가 한 번이라도 더 잘해드렸어야 했는데 그저 죄송합니다. 아버지… 제가 일을 잘 못해서 아버지를 욕되게 했습니다. 이 못난 딸을 용서해 주시어요. 아버지… 아버지의 반만 따라잡으려고 했는데 정말 어처구니없게 되었어요.”

아버지의 대답이 들려올 리 없었다. 아버지는 그저 하늘에서 우는 딸을 내려다보고 있을 터였다.

“아버지가 이룬 업적을 제가 다 내팽개쳐 놓았으니, 죄송해요.”

그녀는 그렇게 울면서 아버지를 불렀다. 그러나 시계추 소리만 들려올 뿐이었다. 그렇게 수차례 불러봤지만 아버지는 그저 묵묵부답이었다. 그녀의 통곡소리는 백성들의 귀에 들려오지 않았다. 어떻게 이룬 권력인데 하루아침에 만리장성 같은 권력이 이렇게 힘없이 무너질 수 있단 말인가. 이제 모든 것이 꿈이며 과거로 돌아간다는 사실에 몸을 부르르 떨어야만 했다. 눈물은 폭포수와 같이 쏟아졌다. 그녀는 삶과 죽음이라는 경계 위에 놓여있었다. 그 위에서 그녀는 점차 나약해지고 있었다. 아버지를 어떻게 뵐 수가 있단 말인가. 어머니는 지금도 나를 위하여 저 지하 세계에서 성원축수하고 계실 건데 어머니를 또 어떻게 뵌단 말인가. 지하에서 아버지는 뭐라고 소리치실 것인가. 검은 안경 속에서 눈썹이 꿈틀거리고, 얼굴이 이지러지고, 입술이 실룩거리면서 분노의 목소리가 들려오는 것만 같았다. 아버지가 이루어 놓았던 영광이 하루 사이에 물거품처럼 사라졌다. 딸은 저 멀리 모욕의 자리로 내팽개쳐지고 있었다. 배불리 먹기 위해 한강의 기적을 철강제국으로 이루어놓았건만, 철모르는 딸은 아버지의 명예를 짓밟아 버렸던 것이다. 그녀는 낮이 두려워지기 시작했다. 보수언론과 방송은 그녀를 안주 삼아 도로에 씹어댔고, 좌파세력과 언론도 바닥에 그녀를 패대기쳤던 것이다. 온몸이 상처투성이가 되었던 그녀가 숨을 곳이라곤 없었다. 누구 하나 위로해 주는 이 없었다. 잘 보이지도 않고 잘 들리지도 않았다. 숨소리는 거칠었고 음식은 돌 같았다. 사방이 적막강산이었다. 무인도에 유폐된 기분이었다. 날개가 있다면 인간이 보이지 않는 세계를 향해 날아가고 싶었다. 아니 새가 되어 죽을 때까지 울부짖고 싶었다. 그녀는 어머니를 떠올렸다.

'어머니만 계셨어도 이러한 일은 없었을 텐데….'

어머니의 웃는 얼굴이 보일 듯 말 듯했다. 그러나 이제는 정신을 차려야 한다는 절박감이 그녀를 일어서게 했다.

"명색이 일국의 대통령인데 나약한 모습은 보이지 말자. 머리카락 하나 흐트리지 말고 마음을 다잡자. 당당한 모습을 백성들에게 보이자. 사표를 낸다면 부끄럽지만 추악한 모습으로 비쳐지진 않을 텐데. 참말로 일이 묘하게 틀어져 버렸구나. 인간사 새옹지마라더니 이후에 다시 영광스런 모습으로 설 수는 없겠지만 백성들은 나를 다시 보게 될 것이다. 나는 한 푼도 돈을 받지 않았다. 내가 청렴하다는 것이 밝혀질 것이다. 나는 죽어서도 나의 백성들을 위해서 죽을 것이다."

이틀 후에 그녀는 삼성동 저택으로 귀향했다. 측근들이 몰려와서 다소 위로가 되긴 했다. 여왕처럼 군림했던 그녀는 청와대를 떠나기가 아쉬웠다. 거울로 도배한 방에서 그녀는 무슨 생각을 하고 있었던 걸까? 발가벗고 자신의 아름다운 몸매를 감상하고 있었을까? 그것도 아니라면, '거울아! 거울아! 이 세상에서 누가 제일 예쁘니?' 하고 거울하고 대화를 하고 있었을까? 그녀는 권좌에서 4년 동안 나라의 정통성을 세우려고 노력했다. 그러나 여인의 몸으로는 한계가 있었을 것이다. 우파세력들은 바보가 되었고 국가의 담장이 무너지는 것도 알지 못했다. 그러나 그녀는 국가의 기강이 무너지는 소리를 들었다. 통진당의 이석기 의원 등은 RO(혁명조직) 조직원 130여 명과 가진 비밀회합에서 통신, 유류 시설 등 국가기간시설 파괴를 모의하고 인명살상 방 안을 협의하는 등 내란을 음모한 혐의로 기소됐다. 재판부는 이석기 의원에게 징역 12년에 자격정지 10년을 선고했다. 통진당 세력의 날개를 꺾고 해산했던 것이다. 보수들은 손뼉 치며 환호했다.

그 후에 그녀는 아이들의 노래를 듣고 아연 실색했다. 그 소리는 국가를 전복하려는 소리로 들려왔다. 전교조들은 교사로서 아이들의 미래를 가르쳐주는 선생님이다.

자유 민주주의를 깨트리고 사회주의를 세우려는 혁명 전사들이었다. 민중들이 뒤에서 밀어주고 앞에서 끌어주면 될 수 있다는 꿈을 가지고 있었다. 전교조 교사들은 아이들에게 한국사를 가르치며 교육현장을 이념의 격전지로 만들어 놓았다. 다양성이란 이유로 친북 좌경화 의식을 아이들에게 전달하고 반국가적, 반 헌법적 요소로 돼있는 과정을 가르쳤다는 것이다. 대한민국 건국과 산업화까지 왜곡하여 아이들의 의식을 바꾸려고 한 것이다.

대한민국을 건국한 대통령을 친일파 독재자라고 폄훼하는가 하면, 오천 년 역사의 가난한 나라를 부자로 만든 근대화의 대통령을 친일 반민족 독재자라고 왜곡했다는 것이다. 세계열강의 세력 속에서 나라를 건국한 대통령이 없었고, 국가를 부강하게 만든 위대한 대통령도 없었고, 전쟁의 나라에서 나라를 구한 전쟁의 영웅도 없었다. 그녀는 국정교과서를 추진하고 검인정교과서를 말살하려고 했다. 그러나 전교조들과 민주노총이 조직의 힘으로 전국의 중·고등학교에서 국정교과서를 채택할 수 없도록 막았다. 그녀는 강력한 공권력을 잊어버리고 어떻게 행동할지를 잊고 표류하고 있었다. 사회질서를 무너트리는 범법자들을 강력한 공권력으로 잡아들여야 하는데도 머뭇거리고 공권력을 행사하지 못한 것이다. 그녀의 권력은 나뭇잎같이 흔들리고 있었다. 그런 상황 속에서 측근들은 무엇을 해야만 했나. 그들은 허수아비들인가. 우파인 보수 세력들과 지식인들은 초식동물 같았고, 겁쟁이 같았고, 무사 안일주의자들이었다. 권력이라면 그저 환장하고 재물이라면 미친 개처럼 부정 축제만 해오지 않았던가. 그들은 몸을 사리는 도마뱀이었다. 국정교과서는 무너져 내렸다. 국가의 정통성은 위기를 맞고 있는 것이다. 국가의 정통성이 무너지면 사회의 혼란이 오고 국가는 문을 닫게 되는 것이다. 보이지 않는 이념전쟁에서 보수는 조직의 힘을 가지고 있는 좌파에 밀려서 쓰러지고 말았다고 울부짖으며 개미같이 흩어졌다. 진보는 어느 나라에도 존재한다. 보수와 진보는 양 날개와 같아서 국가를 발전시키는 사상적 이념이자 축대와 대들보다. 미국과 영국은 공화당과 민주당, 보수당과 노동당으로 국가를 발전시키고 전 세계의 자유민주주의의 헤게모니를 장악하고 있는 것이다.

그녀는 흉탄의 저격을 받아 어머니를 잃은 슬픔을 겪어왔다. 미래의 꿈을 안고 외국에서 학문을 공부하여 조국의 근대화를 앞당기려고 그녀는 노력했다. 다른 친구들은 외국문화를 관광하고 시간적 여유를 가지고 있었지만 그녀는 오직 학문에 정진하고 있었다. 그 나이에는 이성과 데이트를 하고 젊은 날의 무지개 꿈을 향유할 만도 했다. 하지만 그녀에겐 그런 여유마저도 사치였다. 자신의 굳은 신념이 있었기 때문이다. 외국 유학 중에 들려온 비보는 그녀를 전율케 했다. 어머니의 죽음을 믿을 수가 없었다. 귀국한 그녀는 눈물 속에 어머니를 자연의 품으로 돌려보내야만 했다. 어머니를 대신하여 퍼스트레이디로 아버지를 내조해야만 했다. 아버지는 국가를 위해서 천박한 불모지였던 땅에 과학의 씨를 뿌려야만 했다. 아버지는 목숨을 걸고 부하들을 독려했다. 한강을 건넜을 때에는 목숨을 내놓아야 했다. 장면정권은 우유부단했고 정책다운 정책을 백성들에게 내놓지 못하여 백성들의 신임은 물 건너갔다. 국회의원이라는 자들은 하루가 멀다 하고 정쟁만 일삼고, 사회는 질서가 무너지고 학생들은 거리로 뛰어나와 백성들은 기아 속에서 죽어가고 있었다. 이러한 때에 국토를 지키던 군인들은 목숨을 내놓고 한강을 건넜다. 혁명이 성공할지 모르는 두려운 마음으로 그들은 출발을 했다. 잘못되면 반역자라는 낙인이 후세대에 각인될 것이라고 그들은 고민했다. 소수의 장교들은 죽기 아니면 살기라는 한판의 도박을 했다. 이것은 분명했다. 학생들의 의거로 인해 자유당 정권이 와르르 무너지고, 윤보선 대통령과 장면 내각은 백성들의 가려운 곳을 시원하게 긁어야 했지만 민생고를 해결도 못하고 있었다. 정부는 무능하고 정치인들은 싸움이나 하고, 사회는 주먹이 법을 지배했고, 국민들의 생활은 피폐하기 짝이 없었다. 정부의 지도자들은 혁명의 소리를 듣고 있었으나 방관하고 있었다. 그들은 결국 믿는 도끼에 발등을 찍히고 말았다. 혁명군은 성공하여 부패한 정치인을 내몰고 사회를 정화하며 질서를 회복했던 것이다. 백성들은 군정을 신임하였고 우리도 잘살 수 있다고 새마을 운동을 하면서 시골에 초가지붕을 기와로 개조하여 혁신을 했던 것이다. 5개년 경제개발 계획을 추진하고 수출을 장려하여 소득을 올렸으며 서독으로 광부와 간호사를 파견하여 달러를 벌어들여 소득을 올렸다. 월남에 군사를 파병하여 자유민주주의를 수호하였고, 역시 달러를 비축하여 경제 건설에 이바지했다. 서울에서 부산까지 고속도로를 건설하였다. 정치인과 지식인들은 차도 없는데 고속도로는 무엇이냐고 비아냥거리면서, 도로현장에서 누워 행패를 부리면서 반대 시위만 했다. 포항제철을 세웠을 때의 반응은 이랬다. 무능한 정치인과 지식인들은 철강을 소비할 조선소와 자동차공장도 없는데, 그 많은 돈을 들여서 제철 공장을 세울 이유가 없다고 말했다. 그들은 일본에서 철강을 수입해 쓰자며 언론을 부추겼다. 그러나 지도자는 울산에 거대한 자동차 공장과 현대중공업을 세워 수많은 배를 만들어 수출에 기여했다. 거제도에도 조선소를 세워서 일자리를 만들어 국민들의 소득을 향상시켰다. 창원과 구미에 공장을 세우고 서울 인근에 공업화를 추진했으며, 경기도에도 수많은 공장을 세워서 신흥도시를 만들었다. 그러는 동안에 보릿고개는 저 멀리 사라지고 풍성한 먹거리가 백성들의 밥상에 올라왔다. 쌀밥과 고기는 질리도록 먹을 수 있었다. 보리밥은 쳐다볼 수가 없었다. 한국은 근대화되고 세계 10대 무역대국이 되었다. 이 모든 것이 저절로 이루어진 일이라고 말할 수 있는가? 그럼에도 한국의 백성들은 좌익과 우익으로 밤을 지새우고 학생들은 군사정권 물러가라고 시위나 하면서 칼 마르크스와 레닌의 공산사회주의를 강독했다. 김일성 주체를 숭상하면서 정권타도를 외쳐왔다. 간첩과 고정간첩이 난무하였으며 사회는 시위로 인하여 몸살을 앓았다.

그녀는 청와대에서 어머니를 잃고 의기소침해 있었다. 초등학교 시절, 중·고등학교시절에도 어머니의 말씀은 인생을 살아가는 데 중요한 지침이 되었다. 대통령의 자녀인 아이들이 학교에서 따돌림을 당할까 봐 어머니는 노심초사했다. 저희들의 아버지가 대통령이라는 이유로 아이들이 자칫 교만한 마음을 갖지나 않을까 하는 조바심이 컸다. 어머니는 밥상머리에서 아이들에게 자주 말하곤 했다. 보통 아이들과 똑같이 지내라고 말이다. 친구들과 사

이좋게 지내야 하며 너희들은 상류층으로서의 자의식을 마음에서
지워야 한다고. 친구들이나 타인을 보면 먼저 인사를 건네고 친구
들을 도우면서 살아야 한다고 늘 말해왔다. 검소하고 예의바른 행
동을 해야 한다고 아이들을 교육했다. 어머니의 목소리가 귀에 들
리는 듯했다. 그러한 어머니가 세상을 떠나자 그녀는 급격히 우울
해졌다. 아버지를 어떻게 도와야 할지 알 수가 없었다. 인생의 멘
토가 필요한 시점이었다. 그런데 전국의 방방곡곡에서 위로의 편
지가 산더미같이 몰려왔다. 어머니가 돌아가셨으니 얼마나 상심
이 크냐며, 용기를 내어 열심히 사셔야 한다는 위로의 서신이었
다. 그중에서도 한 통의 서신은 그녀의 마음을 송두리째 움직이고
있었다. 편지에 실린 글은 마치 태산과도 같은 목소리였다. 그녀
는 읽고 또 읽으며 눈물을 흘렸다. 어머니 같은 포근한 어조였다.
새로운 인생의 기쁨을 느낄 수가 있었다. 새로운 욕망이 솟구쳐
오르는 듯했다.

"이 편지를 보낸 사람을 이리로 데리고 오세요."

그녀는 행정관에게 명했다.

"여보! 청와대 일은 잘 됐수?"

어디서 술 한 잔을 걸친 모양인지 불콰한 모습으로 돌아온 최태
민을 보고 아내가 말했다. 먹고 살기가 어려운 데다가 자식들까지
먹이고 가르치려니 힘이 들었다. 남편은 그동안 무당을 하여 돈푼
이나 챙기려고 했으나 잡히는 건 아무것도 없었다. 손님들이 들락
거려도 손에 쥐어지는 돈은 그리 많지 않았다. 막걸리값 정도 되

는 푼돈이었다. 그러니 입에 풀칠하기가 어려웠다.

최태민은 1912년생이며 황해도에서 출생했고 황해도 재령보통
학교를 졸업했다. 1942년도에 그는 황해도경 일본인 간부의 추천
으로 도경 순사로 특채되었다. 그는 비록 미남은 아니었지만, 보
면 볼수록 귀여운 데가 있는 얼굴이었다. 사교술이 좋은 사람이었
다. 그는 도경에서 급사로 일을 하면서 일본인 순사들에게 인심을
얻고 있었다. 급사로 일을 봐주면서 평소에 일본인을 위해서는 생
명을 걸고 정열적으로 일을 하여 신임을 얻었던 것이다. 다행히
도경 간부의 특채로 순사가 되었다. 그는 어느 누구보다 더욱 열
심히 일하여 순사의 직무에 최선을 다하려고 하였으나 일제의 패
망으로 순사가 된 지 3년 만에 그의 꿈은 물거품이 되고 말았다.

해방 이후, 그는 이름을 여러 번 바꾸면서 불교 승려가 되기도
했고, 천주교에 다니면서 세례를 받기도 했다. 직업도 없이 생활
하기가 쉽지 않았기 때문이다. 꿈을 이루기 위해서 순사로 특채되
는 행운을 얻었으나 불행하게도 꿈을 이룰 수는 없었다. 결혼도
여러 번 했고 이혼도 다섯 번이나 하는 고통을 겪었다. 종교에 귀
의하여 영세교를 만들어 교묘한 술수로 신도들에게 설교를 했다.
그러는 와중에 어린 아들을 둔 임 모 여인을 아내로 맞으며 딸 넷
을 낳게 되었는데, 그중의 셋째가 바로 최순실이었다. 최태민은
어머니를 잃고 방황하고 있던 박근혜에게 세 번이나 편지를 보냈
다. 날씨 좋은 어느 날, 우체국 집배원이 자전거를 타고 다니며 편
지를 배달하고 있었다.

"아저씨! 혹시 나에게 편지 온 것 있나요?"

최태민은 고개를 외로 꼬며 물었다.

"누구신데요? 이름이 어떻게 됩니까?"

집배원이 친절하게 말했다.

"최태민이란 이름 없어요?"

최태민이 다시 물었다. 그는 얼마 전에 이름을 바꾸었던 것이다.

"최태민? 가만 봅시다. 아! 여기 청와대에서 편지 한 통이 왔는데 당신이 최태민입니까?"

집배원은 한 통의 서신을 최태민에게 건네주었다.

"야! 왔다 왔어! 마누라! 편지가 왔어…."

그는 흥분해서 애들같이 펄쩍펄쩍 뛰었다.

"하늘에서 황금이 떨어졌수? 애들처럼 뛰고 왜 그렇게 수캐처럼 흥분하고 난리유…."

아내가 눈을 내리깔면서 비아냥거렸다.

"황금이 문제가 아니여! 인제 돈을 갈퀴로 거두어들일 날이 멀지 않았구만…."

최태민이 막걸리 사발을 들이키며 말했다.

"뭐시유! 고게 참말이유?! 인제 먹고 사는 건 당신이 책임질 수 있겠수."

아내는 행상을 하면서 입에 풀칠을 하고 남은 돈은 일수를 하면서 그야말로 억척스럽게 살아가고 있었다. 재혼한 남편이라는 작자의 처지 또한 썩 좋지 않다. 남편은 백수다. 직업도 없이 여기저기 전전하며 무당 일을 배우고, 사주를 봐주고, 술값이나 챙길 줄 알았지, 월급 한번 제대로 번 적이 없었다. 그리고 얼굴값 한다고 여자라면 환장하도록 좋아했다. 과부 꽁무니나 따라다니면서 바람을 피우곤 했다. 속을 썩이기가 일쑤였다. 그동안은 그런대로 눈을 감고 살아왔던 것이다. 이제는 아들을 위해서라도 이 남자만큼은 남편이라고 믿고 산다. 왜정 때에 순사를 했지만 친일파로 탄로 날까 봐서 자신의 본명을 숨기고 이름도 대여섯 번은 바꾸었다. 이제는 과연 제대로 된 직업을 얻을 수 있을까. 그저 먹고사는 일이 편안해지기를 바랄 뿐이었다. 최태민은 목사라는 직함을 돈으로 매수했다. 그래서 추후에 당당한 모습으로 청와대에 입성했던 것이다. 그동안 마누라에게 돈을 타 쓴다고 얼마나 서러웠는지 머리에 쥐가 날 정도였다. 이제는 그 지긋지긋한 마누라의 목소리는 듣지 않아도 되었다.

행정관은 수소문하여 편지를 보낸 주인공을 데리고 그녀에게 왔다. 남자는 얼굴이 둥글고, 안경을 쓰고, 키가 한 160cm 되며 노년에 들어선 자였다. 그는 자신이 목사이며 영계의 세계를 넘나들고 있으며 영혼의 세계를 무한 질주할 수 있다고 했다. 육영수 영부인의 지시로 서신을 했으며 그녀가 여기에 왔다고 쾌변을 토해냈다.

'내 인생이 획기적으로 역전되는 시간이 다가왔다. 여기에서 근혜 양에게 목숨을 다하여 설득을 해야만 한다. 내 인생의 마지막이다. 그녀를 설득하여 그녀를 변하게 해야만 한다.'

남자는 그녀를 보자 목울대에서 울컥하는 기운을 느꼈다. 그러면서 그녀에게 인사를 했다. 그녀도 머리 숙여 인사를 받았다. 그런데 남자는 갑자기 어머니의 음성을 내면서 근혜 양에게 열변을 토하기 시작하는 것이 아닌가.

"내 딸 근혜야…. 그동안 얼마나 노심초사하며 고생했느냐! 엄마는 밤이나 낮이나 언제나 아버지와 너와 아이들을 생각하며, 부처님에게 정성을 다하여 기도를 하고 있단다. 너는 근심과 걱정을 하지 말고 억조창생을 생각하여 아버지를 도와서 우리나라가 외적을 물리치고, 조국 근대화를 이루도록 힘써야 한다. 너도 알고 있듯이 우리나라는 가난과 궁핍을 벗어나지 못하고 있다. 백성들이 가난에서 해방되어 잘 먹고 잘살 수 있도록 아버지를 도와야 한다. 나는 너와 아이들을 사랑한다. 너는 반드시 그래야만 한다. 이제 너는 엄마를 생각하지 말고 어려운 일이 있으면 내가 보낸 이 사람의 도움을 받아서, 아버지를 반드시 도와 사명을 완수하도록 해라. 그렇게 하는 것만이 이 나라를 후손에게 물려줄 수 있는 길이다. 그렇게 해야 엄마가 지하에서 평안히 눈을 감고 편히 쉴 수가 있단다. 그럼 잘 있어라!"

그 말을 들은 그녀는 깜짝 놀랐다. 갑자기 어머니의 음성이 들리다니. 그녀의 **뺨** 위로 눈물이 흘러내렸다. 그녀는 어느새 어머니- 어머니- 하면서 부르짖고 있었다. 최태민은 울고 있는 근혜 양을 가만히 내려다보았다.

'이쯤 되면 내가 연기를 잘하고 있는 것이여. 근혜가 우는 걸 보니 감동을 많이 받은 것 같구먼….'

그는 회심의 미소를 짓고 있었다. 이후에 그녀는 아버지에게 최태민을 소개했다. 최태민은 목사이며 나와 아버지를 도울 것이라고 말했다. 최태민은 근혜 양을 방으로 불러들여 본격적으로 책을 펴들고 정신교육을 시켰다. 일명 세뇌교육이었다.

"하루는 천상에서 아름다운 거리를 걷고 있었어요. 태양과 나무도 웃으면서 내게 인사를 했어요. 꽃들도 예쁜 얼굴로 웃고 있었어요. 온 세상이 다이아몬드로 꾸며져 있었어요. 아침이 되면 꽃잎에 이슬이 맺히는데, 그것은 영롱한 빛을 내는 보석이었습니다. 흘러가는 시냇물 소리를 듣고 있는데 어디선가 여인이 울고 있는 소리가 들려 왔어요. 아름다운 천상에서 흐느끼는 소리에 나는 깜짝 놀라고 말았어요. 그 여인은 바로 당신의 어머니였습니다. 영부인은 나에게 이렇게 말씀하셨지요. '최 목사님! 우리 딸을 도와주셔요. 지금 내 딸은 밤낮없이 고통과 근심에 시달리고 있어요.' 어머니는 내게 이 말을 당신에게 전하라고 하셨습니다. 이것이 바로 내가 당신에게 서신을 보내게 된 사연입니다."

최태민은 영계에서 일어난 일을 근혜 양에게 숙지시켰다. 이론을 교묘하게 바꾸어서 그녀의 뇌에 정립시켜 나갔다. 그녀는 최태민의 이야기를 듣자 호기심이 발동하여 방에서 나올 생각을 않았다. 근혜는 최태민의 정신적인 노예가 되어갔다. 박정희 대통령은 하루 종일 딸이 보이지 않자 비서진을 통하여 그녀를 찾아오라고 지시했다. 아무래도 근혜가 최태민을 만나고 나서는 아예 백수에게 빠진 것 같아 보였다.

"이봐, 비서관! 근혜가 어디에 있는지 찾아서 나에게 보내시오."

그는 카랑카랑한 음성으로 말했다. 비서진들은 대통령의 말을 듣고 심각한 고민에 빠졌다. 하루 종일 딸은 최태민과 한 방에서 무엇을 하는지 심취해 있었다. 그러나 비서관은 방의 문을 함부로 열 수 없었다. 영애가 말하기를, 최태민이 허락하기 전엔 그 누구도 방에 들여보내지 말라고 엄명을 내렸던 것이다. 딸의 말을 듣지 않고 대통령의 말을 듣는다면 영애에게 불이익을 받을까 두려웠던 것이다. 그러나 비서관들은 상관의 말을 전해야 할 의무가 있었다.

"영애 씨! 각하께서 부르십니다. 속히 오시라는 분부이십니다."

비서관은 큰소리로 말했다. 하지만 대답은 들려오지 않았다. 그들은 초조했다. 그들은 다시 한 번 소리쳐서 말했다. 방문이 열리면서 그녀가 고개를 내밀고 주위를 두리번거렸다. 그녀의 얼굴은 몹시 상기돼 있었고 두 눈빛은 충혈되어 있었다. 비서관들은 방 안을 들여다보았다. 거기에는 초로의 노인이 있었다.

공설운동장은 그야말로 인산인해를 이루었다. 마이크 소리가 사방팔방에서 귀청을 때리고 있었다. 수천 명이나 되는 사람들이 일렬횡대로 선 채 단장의 구령에 따라 열중 쉬엇, 차렷, 하면서 새마음 운동 총재에게 경례를 하고 있었다. 영애인 박근혜 총재는 인사말에서 이렇게 말했다.

"우리는 가난을 물리치고 국민 모두가 잘살기 위해 새마음 운동에 동참하여 마음을 혁신해야만 합니다. 마음을 변화시키지 않고서는 행동이 뒤따를 수 없습니다. 새마음 운동이야말로 나 자신을 혁신시킬 수 있는 좋은 기회입니다. 운동의 결과가 말해 줄 것입니다. 우리 모두 새마음 운동에 참여하여 가정과 사회를 변화시키고 조국 근대화에 이바지합시다.”

총재의 말이 끝나자 우레와 같은 박수 소리가 천지를 진동시켰다. 운동의 단장은 최태민이었다. 단장은 각 지부에서 올라온 명단을 들고 조직에 착수했다. 대통령의 엄명이라 관리들이 앞장서면서 기관장들이 줄을 대고 있었다. 정부에서 하는 일이라 재벌들과 부호들이 서로 질세라 명단을 올렸다. 단장은 언제나 총재 옆에서 보좌를 했다. 어느 누구도 이의를 제기하지 않았다. 새마음 운영 기금은 한국에서 내로라하는 재벌들과 부호들이 앞다투어 전달하고 있었다. 단장은 조직과 운영자금을 관리하고 총재에게 보고만 하면 그만이었다. 모든 재정은 단장의 호주머니에 들어가고 그의 재산은 태산을 이루고 있었다. 오두막 같은 그의 초라한 움막은 대번에 기와집으로 둔갑을 했고, 그의 얼굴에는 기름이 번지르르 흘렀다. 어느덧 귀티 나는 귀공자로 변했던 것이다. 앞에서 말했다시피 최태민은 있지도 않는 천상의 세계와 육 여사를 흉내내 변성을 이용해 박근혜에게 최면을 걸었다. 박근혜가 쥐어야 할 권력이 자연스레 그의 손아귀로 송두리째 굴러오게 되었다. 그녀의 부친은 최태민을 수상히 여기고 그를 견제하며 거리를 두기 시작했다. 박정희 대통령에게 인정을 받으려면 무슨 일이든지 해야만 했다. 그런 고민 끝에 생각해 낸 것이 바로 새마음 운동이었다. 그의 계획은 과연 보기 좋게 이루어졌다. 그가 의도한 대로 그 운동은 박정희 정권을 튼튼하게 강화시켜 주는 꼴이 된 것이다.

"아니, 이게 누구십니까? 하루아침에 기와집에서 나오시고 얼굴이 많이 변해서 몰라 뵙겠습니다."

최태민을 보며 박 생원이 그렇게 말했다. 그의 말투엔 빈정거림이 실려있었다. 박 생원은 최태민의 이웃이었다. 둘은 서로 호형호제하며 지내는 사이였다. 박 생원은 최태민의 곁에서 손님들을 몰고 오는 역할을 하기도 했다. 지나가는 사람들을 붙잡고 점을 보도록 유도하는 식이었다. 일명 바람잡이였다. 그가 손님을 데려오면 말 잘하는 최태민은 손님을 상대로 사주팔자나 관상을 그런 대로 잘 봐주기도 했다. 어쨌든 그의 신수는 잘 맞아떨어지고 있었다. 두 사람은 저녁이면 소주 집에서 주모와 시시덕거리며 웃고 떠들기도 하는 사이였다. 그런데 요 며칠간 보이지 않던 최태민이 어느 날 고대광실 높은 집을 사들인 것이다. 게다가 명동에서 비싼 고급 양복을 사서 걸치고, 박정희 대통령 같은 모습으로 둥근 얼굴에 검정 안경을 쓰고 거들먹거리기까지 한다. 그 모습을 보니 박 생원은 배가 아파서 죽을 지경이었다.

"와! 나라고 귀공자 스타일 하면 안 되겠는가?"

이빨을 쑤시며 최태민이 말했다.

"아니오! 형님! 요즘 형님이 안 보여서 태평양으로 건너가셨나 했지. 나가 시방 어느 안전이라고 시비를 걸겠소. 그런데 형님! 어디서 부잣집 과부를 업어 왔기로서니 동생한테나 귀띔을 해주면 어디가 덧납니까? 나도 떡고물 맛이나 좀 봅시다."

"이놈아! 나가 시방 귀티가 난다고 시샘을 하는 거여, 뭐여! 그리고 나가 태평양을 건너면 안 되겠다 그런 말이여. 나도 미국 물

좀 먹어야 되겠다 그 말이여. 이놈아, 귀가 있으면 내 말 잘 들어. 인제 근혜는 내 영적인 아내여, 이놈아."

최태민은 한쪽 발을 흔들면서 비싼 파이프를 물고 근엄하게 말하고 있었다.

"예! 뭐라 고라고라? 영애 씨가 마누라여?"

"쉿, 목소리가 크면 쥐도 새도 못하게 죽는 수가 있어. 이놈아."

"그런데 형님! 근혜 씨 손목은 잡아 보기라도 했수."

"이놈아 내가 뭐라고 했느냐! 그녀는 이제 내 영적인 마누라여."

"형님! 정말 대단합니다. 형님 물건 한번 맛보면 여인네들이 잠을 못 이루는데, 정말 부럽습니다. 나도 일자리 좀 주소."

"그럼, 너 운전할 줄 알아? 마침 운전사가 필요한데."

"나 운전면허 딴 지 한참 됐어요."

"두섭아! 그럼 너는 내 운전사 해라. 절대 내 물건에 손대면 안 되는 것 알제."

"아, 염려 붙들어 놓으시라니까요."

"네가 지난번에 내 물건에 손대는 바람에 허 과부가 떠난 것 기억하제?"

"아! 그때는 허 과부가 형님 물건인 줄을 몰랐지라. 그땐 정말 미안하요."

"인제 정신 놓으면 죽는다는 걸 명심하라고."

최는 자신의 물건에 손대지 못하도록 쐐기를 박았다.

최태민은 박근혜를 보좌하면서 부를 축적해 나갔다. 그러던 어느 날 최태민은 권력자로부터 견제를 받게 되었다. 최태민은 부패와 권력형 비리를 저지르고 권력자를 화나게 하고 말았다. 그는 영애를 이용하여 사회단체로부터 각종 이권을 남발하여 부조리한 재물을 뒤편으로 빼돌리고 있었다. 그것이 최태민 자신의 생명을 단축하고 있었다. 최 씨는 감옥에 들어갔다. 그는 아무도 모르게 그녀에게 언질했다.

"영애 씨! 내 말을 잘 들으세요. 내가 천문을 바라보니 앞으로 영애 씨는 여왕이 됩니다. 아버지는 나이가 들어 노쇠 현상이 왔어요. 운명이 언제 좌절될지 몰라요. 부산에서의 데모는 아버지의 운명을 바꿀 수 있어요. 이제 영애 씨는 아버지의 뒤를 이어 여왕이 될 겁니다. 그러니 친척을 멀리하고 남의 말을 귀담아듣지 마세요. 오직 내 딸 순실의 말을 듣고 상의해야 합니다. 그렇지 않으면 부정이 타서 여왕이 되지 못할 수도 있어요. 나는 천상의 천기를 알고 있는데 이 천기를 당신만 알고 있어야 합니다."

최태민은 천상의 비밀이라며 그녀에게 귓속말했다.

"예! 목사님 말씀을 깊이 새겨듣겠습니다."

영애는 최태민의 말을 곧이곧대로 믿었다. 면회를 마치고 그녀는 얼굴이 상기된 채로 아버지를 찾아갔다. 아버지의 낯빛이 좋지 않았다. 죽음의 그림자가 드리운 것이다.

'최 목사님의 말처럼 아버지의 운명이 다한 걸까?'

아버지는 맥없이 웃으시며 딸의 손을 붙잡고 얼굴을 바라보았다. 딸은 눈물을 흘리며 최를 석방하라고 아버지에게 말했다. 자

식을 이길 부모가 없듯 아버지는 최를 석방했다. 권력자는 노쇠해
갔고 그의 얼굴은 점점 수척해졌다. 초라한 노인네의 모습이었다.
그 무렵 서울과 부산에서는 학생들의 시위가 격렬해졌다는 보고
가 들려왔다. 청와대 경호실장인 차지철은 탱크와 같은 강력한 무
기였다.

"아! 그것들… 겁낼 것 없시오. 탱크로 밀어 붙이면 깨끗하게 끝
납니다."

얼굴이 두껍고 살찐 경호실장이 말했다. 안기부장이 그를 보고
눈썹을 꿈틀거렸다.

"각하! 그렇게… 만만하게 보시면 안 됩니다. 차 실장의 말대로
하면 기름을 쏟아 붓는 꼴이 됩니다."

김 부장이 적은 목소리로 권력자에게 말했다. 궁정동의 술자리
는 북방의 얼음산과 같이 차디찼다. 차 실장과 김 부장의 의견 대
립으로 조수와 같이 밀물이 쏟아져 들어왔다. 동시에 총성이 요란
했다. 세월은 흐르는 물과 같이 흘러서 어느덧 그의 전성기는 지
나가고 있었다. 박정희 대통령이 궁정동에서 피살됐다는 뉴스가
안방을 요란스럽게 흔들고 있었다. 백성들은 그를 애도하고 근대
사를 빛낼 그의 업적은 청사에 길이 빛날 것이다. 청와대의 주인
은 바람과 같이 바뀌고 박근혜는 야인으로 돌아갔다. 박정희 대통
령이 죽자 최태민은 무서울 것이 없었다. 최태민은 여전히 그녀의
곁에 있었다. 이제 박근혜는 그녀의 손에 놀아날 것이 불 보듯 뻔
했다. 그녀는 세상일에 대해 아무것도 모르고 공주와 같은 삶을
살고 있었다. 박근혜는 최태민만 믿고 청와대의 모든 열쇠를 그에

게 맡기고 있었다. 그건 고양이에게 생선을 맡기는 꼴이었다. 그는 박근혜의 손발이 되어 육영재단이나 대학재정에도 손길을 뻗치고 있었다. 그의 딸 최순실은 그녀의 수족이 돼서 주종관계로까지 발전하였다. 박근혜의 동생은 최태민에게 빠져 있는 누나를 구하기 위해 여러 방법으로 회유했다. 동생은 그녀에게 최 씨를 떠나라고 말했다.

"너 무슨 증거로 그런 말을 하는 거야? 증거를 대봐! 증거를 대보란 말이야!"

박근혜는 더 이상 옛날의 누나가 아니었다. 그렇게 인자하던 누나가 아니었다. 무당 같은 놈에게 누나를 맡길 수는 없다고 골백번을 말렸지만 소용이 없었다. 박근혜의 마음이 최태민에게 홀라당 넘어가 버린 것만 같았다.

새로운 정권이 들어섰다. 1979년 12월 12일, 전두환 장군을 중심으로 하나회 장성과 영관급 고위 장교들은 공수부대와 사단급 부대를 동원하여 서울로 진격하고 정승화 계엄사령관을 습격하고 체포했다. 최규하 대통령을 위협하여 주도권을 장악한 후 전두환 소장은 1980년 제12대 대통령으로 취임했다. 박정희 대통령이 사망한 후에 국무 총리였던 최규하는 대통령으로서의 역할을 하고 있었다. 전두환과 노태우는 하나회 회원으로 구성된 육군 사조직을 만들었다. 그들은 하나회를 중심으로 신군부를 세력화하여 군사반란을 일으켰다. 그 사건이 바로 12·12쿠데타였다. 한국을 산업화시킨 박정희 대통령이 서거하고 민주화를 열망하던 국민들에게 12·12사건은 참혹한 비극이었으며 군부독재의 연장선과도 같았다.

1980년 5월 18일, 광주에선 끔찍하고 참혹한 광경이 벌어졌다. 5월 18일에서 28일까지 광주시민들이 계엄령 철폐와 신군부 전두환 퇴진을 요구하며 시위를 했던 저항운동이었다. 시민들은 무기고를 탈취하여 일전을 각오하고 있었다. 무기고에는 전투복으로 무장한 세력들이 일사분란하게 움직이고 있었다. 그들은 시민들이 다루지 못한 총과 무기를 전문가처럼 다루고 있었다. 어디에서 나타났는지 그들은 총으로 무장하고 시민들을 주도하고 있었다. 시민들은 대부분 학생들의 시위대로 트럭을 탈취하여 머리에는 흰 수건을 동여매고 총을 들고 거리를 선도했다. 뒤에는 학생들이 물결처럼 도도히 흐르는 시위대가 거리를 메우고 있었다. 그들은 아세아 자동차 공장에서 트럭 300대와 무기를 탈취하여 교도소를 습격하였다. 헬기가 요란한 소리를 쏟아내며 지나갔다. 멀리서는 토벌대들이 시위대를 진압하려고 가까이 다가오고 있었다. 한쪽에서는 총성과 무자비한 폭력이 난무하고 시위대들은 피를 흘리면서 골목으로 달아나고 있었다. 와아— 하는 함성소리가 들려왔다. 시위대는 삼삼오오 모여서 대오를 이루었다. 어디에서 나타났는지 모를 학생들과 시민들이 물결처럼 쏟아져 나와 거리를 채워갔다. 이때 병사들이 투입되어 시민들이 죽어나갔다. 무장을 하고 있던 군인들은 시위대를 무자비하게 곤봉으로 때리며 중앙으로 돌진했다. 시위대는 쫓기면서 야유를 퍼부었다. 시위대는 콩알처럼 흩어지고 포로가 되어 어디론가 끌려가고 있었다. 거리는 어수선했고 분열했으나 몇 주 후에는 사회질서를 잡고 유지되었다. 초기에는 폭동으로 한국 사회를 접수하고 정권을 바꿀 수 있는 세력이었다. 시간이 지나 김영삼, 김대중 권력이 지속되면서 5·18 민주화 국가유공자가 탄생했다.

전두환 대통령은 강력한 카리스마로 사회질서를 유지하며 부패한 정치인을 퇴진시키고 참신하고 능력 있는 자를 정치일선에 내세워서 정치를 리드해 갔다. 김영삼, 김대중, 김종필. 이 세 사람과 측근들도 힘쓰지 못하고 정치일선에서 물러나야만 했다. 세 명의 김 시대는 위기를 맞이하고 자택에서 연금되었다. 닭의 목을 비틀어도 어둠은 지나간다고 누가 말했던가. 한편 최태민은 수많은 박정희의 재산을 빼돌려 자식들에게 양도했다. 그것도 모자라 박근혜를 돕는다고 그녀의 곁을 떠나지 않고 가족들을 괴롭게 했다. 이것을 견디지 못한 동생은 전두환 권력자에게 탄원서를 보냈다.

"이봐! 비서관 최태민을 전방에 있는 감옥으로 유폐시켜라."

최고 권력자인 전두환 대통령의 걸걸한 입에서 폭탄이 떨어졌다. 그래도 소용이 없었다. 감옥에서 나오면 최태민은 박근혜에게 달라붙어 떨어지지 않았다. 노태우 대통령에게도 탄원을 넣었으나 젊은 여인과 한번 사랑에 빠진 노인은 관계에서 헤어 나오질 못했다. 그는 어느덧 나이 육십이 넘고 칠십이 되었다. 세월은 물과 같이 빠르게 흘렀고, 자연의 법칙은 변하지 않았다. 최태민은 1994년 수많은 재산을 자신의 아내인 임선이에게 남기고 의문사했다.

청와대를 나온 그녀는 은둔생활을 했다. 18년 동안의 와신상담 끝에 그녀는 1998년 대구 달성구 보궐선거에서 국회의원으로 당선되었다. 그 후에 권력의 상징인 여의도로 입성하게 되었다. 그녀는 눈부신 활동을 했다. 백성들은 박정희의 혼령이 살아났다고 열광했다. 보릿고개와 가난을 해결하신 위대한 박정희를 잊지 못했던 것이다. 그녀는 가는 곳마다 선거에 승리하여 선거의 여왕이라는 타이틀을 가지게 되었다. 백성들은 눈부신 그녀의 얼굴을 보고 열광했다. 박근혜 대통령은 마치 무덤에서 잠자고 있던 박정희 전 대통령이 살아난 모습 같았다. 그러나 기라성같이 두각을 나타난 현대건설 회장이며 서울 시장을 했던 이명박 시장과 경선을 했으나 참패하고 이명박이 대권을 받았다. 허약한 이명박 대통령은 광우병사태로 인하여 힘 한번 쓰지 못하고 좌파 종북세력에게 사회 권력을 내어주어야만 했다. 그들은 정치, 교육, 노동, 문화, 언론, 방송, 사회 전반에 걸쳐 철두철미하게 종북세력을 확장해갔다. 박근혜는 권력과 미모를 무기로 삼아 2012년 12월 19일, 제18대 대통령에 당선되었다. 그녀는 이명박 전 대통령의 유형을 따르지 않고 전두환 전 대통령의 추진금을 납부하도록 강력한 행정력을 동원해서 추진금을 받아냈다. 전두환 전 대통령은 죽을 맛이었다. 부부는 박정희 전 대통령을 존경하고 따랐다. 그러나 박정희 전 대통령의 딸이 자신들을 죽이려고 칼을 들고 설치니 도저히 견딜 수 없었던 것이다. 80년도 군부세력의 권력자인 그도 세월의 변화는 이길 수가 없었다. 백성들은 박근혜 대통령이 영국의 마거릿 대처 수상을 닮았다고 호의적으로 바라보았고 박정희 대통령의 딸이라고 더욱 칭송했고 우상화하였다. 박근혜 대통령은 김기춘 비서실장을 임명하고 좌파뿌리를 근절하려고 했으나 단단하고 견고한 그들의 세력을 흔들지 못했다. 이명박 전 대통령은 사회를 어지럽혀 온 좌파세력을 근절하지 못하고 우유부단하게 정책을 이끌어왔다고 우파세력들은 씹어댔다. 그는 자유민주주의의 이념과 사상과 국가관이 결여된 운동권 대통령이었다.

"우파세력들은 과연 무엇을 보고 좌파세력들이 사회를 어지럽혔다고 말하는지, 그게 의문입니다."

한 시민이 말했다.

"당신은 그것도 알지 못합니까?"

다른 시민이 고개를 갸웃거리며 말했다.

"나는 모르겠는데요. 당신이 알고 있으면 들려주세요."

"한국에는 양대 노동단체가 있는데, 바로 한국노총과 민주노총입니다. 민주노총은 과격하고 산업체에 강력하게 영향을 미치고 있어요. 그들은 노동시위와 각종 시위를 주도하고 있는데요. 자유민주국가인 우리나라가 무너지는 소리가 들리곤 합니다."

"말 같지도 않는 소리! 무너지는 소리가 들려오던가요? 경찰과 검찰은 눈과 귀가 있을 텐데, 그것을 가만히 보고만 있던가요? 그들은 노동자의 인권과 권익을 위해서 움직이고 있습니다. 무엇을 알고 말씀을 하셔야지요."

우파 세력들은 부모의 은덕으로 공부했다. 유학파가 소수를 차지했지만 그들은 고생을 모르는 오렌지족으로 불리기도 하고, 웰

빙족으로도 불렀다. 그들은 온실에서 자라온 화초로서 안일하고
혁신을 모르는 자들이었다. 그들은 부모 덕분에 재력을 상속받았
고 권력도 상속받은 사람들이었다. 그러니 개혁과 혁신은 이루어
질 수가 없었다. 정부는 막대한 예산 수조 원을 들여 교육을 해왔
다. 이러한 교육정책을 바로잡기 위하여 전교조를 압박하여 근절
시키려고 하였다. 그러나 완강한 그들은 생존권 차원에서 박근혜
정부에 반항하였다. 그 이유는 바로 한국사 역사교과서를 친일세
력으로 규정하여 전국적으로 채택하지 못하게 하려는 속셈이었
다. 국가의 기강과 공권력은 무력화되었다. 해마다 5월이면 근로
자 임금을 인상하기 위해 노동자들은 시위했다. 그들의 이익을 성
공적으로 이끌어왔다. 철도파업이라든가 자동차파업으로 백성들
은 피로에 지쳐있었다. 민주노총은 확성기를 들고 정면에 등장했
다. 엎친 데 덮친 격으로 김영삼 대통령은 풀뿌리 민주주의를 한
다고 했다. 선진국에서 시행하고 있는대로 시의원과 교육감과 단
체장을 투표로 선출하도록 만들었다. 좌파 시의원과 교육감, 그
리고 단체장들이 등장하면서 교육계가 분열과 사회적인 갈등으로
한국사회에 등장했다. 민주화 열기로 기업과 사회는 노동자 세력
으로 재편되었다. 농민들은 전국적으로 세력을 확대하여 농민 세
력으로 등장했다. 전국적인 공무원 세력으로 공권력을 위협하게
되었다. 국가의 무능한 권력자는 무사안일하게 대응했다. 경찰의
힘도 나약하기 그지없었다.

  2012년 12월 19일, 그녀는 민주당의 대통령 후보 문재인과 겨

루어서 근소한 차이로 승리했다. 그녀는 18대 대한민국 대통령에 취임했다. 그러나 5년 임기를 채우지 못하고 불행하게도 약 일 년을 남겨두고 하차해야 했다. 최순실의 국정 농단으로 야기된 촛불 집회가 그녀를 대통령 자리에서 물러나게 했다. 그녀는 국회에서 탄핵되어 2018년 3월 10일 헌법재판관 이정미 재판관에 의해서 파면당했다. 박근혜 전 대통령은 검찰특별수사본부(이영렬 서울중앙지검장)에 의해서 2017년 3월 31일 특정범죄가중처벌법상 뇌물수수, 직권남용 권리행사방해, 강요, 강요미수, 공무비밀누설 죄목에 걸쳐 13개 범죄혐의를 받고 강부영 서울 중앙지법 영장전담 판사에 의해서 경기도 의왕시 소재 서울구치소에 구속되었다. 박근혜 전 대통령은 전두환, 노태우 전 대통령에 이어 구속 수감된 대통령이다. 이명박 전 대통령도 뇌물과 부정축재로 네 번째 수감되는 전직 대통령이 되었다.

　삼성전자 부회장인 이재용 씨가 박 대통령의 부탁으로 최순실과 정유라에게 수백억 원을 지원한 사실이 밝혀졌다. 이재용 씨는 결국 특검팀에 기소되어 교도소에 수감되었다. 그는 재판 결과 2년 6개월에 집행유예 4년 선고를 받고 수감된 지 353일 만에 석방되었다. 석방 날짜는 2018년 2월 6일이었다. 그는 권력자의 말 한마디에 바로 응하다가 그만 죄수의 몸이 되고 만 것이다. 하지만 누구나 이재용의 자리에 있으면 권력자의 부탁을 들어주지 않을 수가 없다며 관계자들은 선처를 호소했다.

핵실험

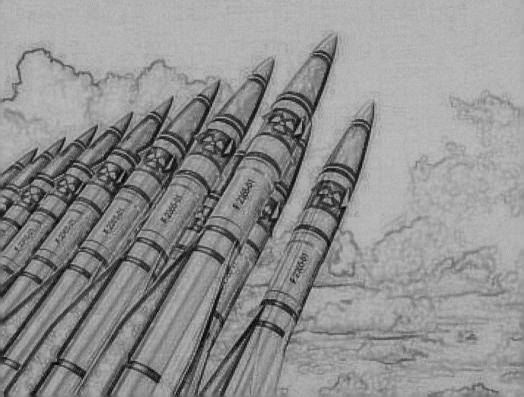

2016년 1월 6일, 소한을 하루 넘긴 날이었다. 따뜻한 공기가 감돌았다. 진해만의 북쪽엔 장복산이 있었다. 북쪽에는 창원의 공단이 내려다보이고, 좌측 끝에는 마산이 엎드려 있었다. 남쪽에는 진해가 한눈에 잡히고 바닷가에는 남녀노소 할 것 없이 진해루에서 즐거운 시간을 보내고 있었다. 청둥오리들 100여 마리가 잔잔한 물가에서 놀고 있었다. 녀석들은 물속을 들락거리며 먹이를 찾는 데에 혈안이 되어있었다. 한쪽에는 낚시꾼들 서너 명이 낚시 중이었다. 낚싯대를 멀리 던져 숭어를 낚고 있었다. 날씨가 쌀쌀했다. 시민들은 진해만을 바라보며 아이들과 같이 따뜻한 기운을 받으며 즐거워했다. 매장에서는 뉴스가 흘러나왔다. 앵커는 오전 10시 뉴스를 진행하며 말했다. 30분에는 평양에서 뉴스를 발표한다고 말이다. 모든 시민들은 생각했다. 북한의 김정은 위원장의 신년인사가 있겠지, 하고 말이다. 김정은은 집권하고 난 뒤에 핵실험을 해서 세계를 놀라게 했고, 두 번째는 자신의 고모부인 장성택을 잔인하게 살해해서 또 한 번 세계를 놀라게 했다. 장성택은 어릴 때부터 정은이를 도와주면서 함께 살았다. 김정은을 자신의 아들처럼 아끼고 사랑했다. 그런 장성택에겐 자녀가 없었다. 동구권에 유학을 보낸 딸이 있었는데, 딸은 그곳에서 스스로 목숨을 끊었다. 딸은 북한에서 외롭게 자란 아이였다. 형제들이 여럿이었다면 가족 같은 분위기가 넘치고 행복했을 것이다. 엄마는 백두혈통의 딸로서 손에 물 한 방울 묻히지 않고 귀족 같은 생활을 했다. 보통 엄마와 같이 태어났으면 진자리 마른자리 갈아 아이를 양육했을 것이었다. 하지만 신분이 높다 보니 보통 여인과 같이 살림을 하지 못했고, 이웃집과 교분도 없었다. 그야말로 궁궐에서 공주처럼 살아왔기에 그녀는 이웃과 정을 느끼며 살아갈 기회가 없었다. 한마디로 철옹성 같은 곳에서 암살의 위험을 느끼며 살았던 것이다. 동구권에 유학을 간 딸은 그곳에서 처음으로 남자와 사랑을 했다. 사랑을 하면서 딸은 인생의 재미를 비로소 느낀 기분이었다. 딸은 부모에게 말했다. 장래에 그 남자와 결혼하여 살 것이라고 말이다. 그러나 부모는 일언지하에 거절했다. 너는 백두혈통이어서 아무하고나 결혼할 수가 없다고 말이다. 그러나 딸은 사랑하는 연인과 결혼할 수 없다면 자신의 존재 가치가 없다고 판단했다. 사랑하는 남자와의 결혼은 당연지사인데, 백두혈통이라느니 당성이 있어야 한다느니 하며 결혼을 할 수 없게 하다니. 그럴 바엔 차라리 죽는 게 낫다고 생각한 딸은 결국 목숨을 버렸다. 딸을 잃은 장성택 부부는 기가 찼다. 결혼을 반대한다고 자살을 하다니. 부부는 슬픔과 비애를 느끼며 통곡했다. 그들은 처조카인 김정은을 자식같이 사랑했다. 유럽으로 유학을 간 정은이 형제를 정말 끔찍하게 생각하고 보살피며 도와주었다. 권좌를 승계할 때도 그는 정은이를 도와주었고 행정업무를 잘 보좌했었다.

김정은은 권좌에 올랐다. 그는 자신의 고모부인 장성택을 신임하고 그런대로 잘 지내고 있었다. 그러나 장성택이 비자금을 만들고, 중국과 거래하면서 손실이 생기고, 또 여러 가지 부정한 일을 추진했다는 소식이 들려왔다. 그리하여 결국 정적들이 그를 숙청하기로 하여 김정은에게 고발했다.

회의석상에서의 그의 행적은 정적들의 표적이 되기에 알맞았다. 위대한 북조선의 지도자를 위하여 인민들은 손을 들고 손뼉을 쳐야 했다. 그러나 장성택은 의자에 비스듬하게 앉아서 무표정했다. 손뼉도 건성으로 치며 눈꼴을 자아내고 있었다. 그러한 태도는 인민들이 경애하는 지도자를 능멸하는 것으로 간주되었다. 그것은 대역 죄인이 하는 행위에 가까웠다. 정적들은 그를 고발하여 지도자의 기강을 확립하고자 했다. 결국 장성택을 체포했다. 고모는 고모부를 죽이지 말라며 김정은에게 하소연했다. 하지만 조카마저도 이번에는 인내할 수가 없었다. 고모는 어떻게 처리했는지 정계에서 은퇴했다는 소리만 들려왔다.

김정일 정부 당시, 백성들은 세금과 부역에 진절머리가 나던 중이었다. 김정일이 자리에서 물러나고 나면 경제가 나아질 것이라고 믿고 있었다. 그렇게 되면 쌀밥을 배불리 먹고사는 문제는 다소 나아질 것이라고 백성들은 생각하고 있던 터였다. 그러나 인민들의 기대와는 달리 젊은 지도자는 다른 길로 가고 있었다. 고난의 길이 아직 끝나지 않고 진행형으로 계속되었던 것이다. 할아버지 지도자는 군부와 인민들을 주체사상과 천리마 운동으로 계몽했다. 삽질 백 번 하고 허리 한 번 펴기 운동을 전개하여 인민들을 핍박과 고통으로 인도하였다. 아버지 지도자의 통치 전략은 인민주의, 선군사상으로, 군부를 통제하면서 인민들을 따라오도록 했다. 핵무기를 만들기 위해 없는 돈을 마련하겠다고 했다. 인민들을 고난의 행군으로 고통 주면서 러시아와 중국과 중동으로 보내 노동력을 충당했다. 고된 노동과 비인간적인 처우를 견디지 못한 인민들은 결국 자유를 찾아 탈북을 하기에 이르렀다. 젊은 지도자는 할아버지와 아버지의 지도력을 통합해서 효과적으로 혹독한 통치력을 구상하고 있었다. 그는 서양의 문명을 맛본 사람이었다. 스포츠를 통하여 외화를 끌어들이는 자본주의 사상을 답습하고 있었다. 할아버지와 아버지의 사상, 독재정권을 이어받으며 더 나은 통치력으로 나라를 멋지게 운영하려는 생각을 하고 있었다.

오전 10시 30분이 되었다. 평양방송의 여자 아나운서가 나타났다. 아나운서는 통통한 얼굴과 덕스런 미모를 갖춘 사람이었다. 분홍색 한복을 입고 있었다. 저고리의 왼쪽 가슴에는 배지를 달고 있었다. 김정일을 상징하는 배지였다. 아나운서는 이내 곧 북한식 말을 토해내기 시작했다. 전국의 시청자들은 침을 꿀꺽 삼킨 채 아나운서의 말을 듣고 있었다. 지나가던 시민들도 걸음을 멈추고 텔레비전 화면에 눈길을 고정했다.

"우리 북조선은 위대한 지도자의 영도 하에 수소탄 핵실험에 성공하셨습네다."

그 말에 백성들은 깜짝 놀랐고 한국 정부는 경악했다. 박근혜 대통령은 안보회의를 긴급하게 소집했고 미국의 대통령과 전화로 의견을 교환했다. 일본의 수상과도 긴밀하게 의논했다. 미국은 오바마 대통령이 안보회의를 소집했으며 워싱턴 정가는 소란했다. 일본의 아베 총리도 안보회의를 긴급하게 소집했고 안보장관이 총리 관저로 달리는 모습이 보였다. 각국의 정상들은 강력하게 비판했고 유엔에서도 사무총장이 강력하게 비난했다. 일본 아베 총리와 오바마 대통령도 전화로 긴급 협의했고 동북아는 북한의 핵실험으로 인하여 평화가 위기에 봉착했다. 동북아시아는 북한의 핵실험으로 인해 저주의 공포가 몰려왔다. 생존권 차원에서 우리도 핵무기를 만들어야 한다고 백성들과 정치권은 전하고 있었다. 시간이 지나자 언제 그런 일이 있었는지도 모르고 조용해졌다. 그 후에 하나도 달라진 게 없었다. 그러나 박 대통령은 한반도를 비핵화하기로 했는데 이제 와서 핵무기를 만든다 하면 국제적인 신뢰관계가 틀어지는 것이고 해서 우리는 우방국과 긴밀히 협조하여 북한에 강도 높은 제재를 할 것이라고 말했다. 우리가 사느냐 죽느냐 하는 절체절명의 순간이 왔는데 무슨 이해할 수 없는 말을 하는지 백성들은 이해가 되지 않았다. 북한은 핵실험을 총 여섯 번이나 했다.

북한의 핵실험은 1964년도에 김일성이 추진했다. 김일성은 소련의 스탈린과 중국의 모택동에게 핵을 만들겠다고 말했다. 스탈린은 핵을 만들지 말라고 했고, 모택동은 북조선은 조그만 나라이니 만들 필요가 없다고 말했다. 그러나 그는 남조선을 적화통일하려면 미국이 사용한 원자탄을 만들어야 한다고 작심했다. 김일성이 사망하고 난 뒤에 그의 아들은 아버지의 정신을 이어받아 선군정치의 혁명전략 노선을 강행하여 남조선을 무력으로 적화통일하는 그날까지 핵실험은 계속된다고 천명했다. 그러한 결심으로 그는 핵실험을 하기 위해서는 여러 가지 조건이 있어야만 한다고 말했다.

첫째로는 핵무기의 기술과 자본이 있어야 했다. 기술과 자본이 없던 김정일은 핵 개발 과정에서 중국의 지원 아래 기술을 개발했고 부족한 기술은 파키스탄의 기술 지원으로 한계를 극복했다고 했다. 1996년에는 이미 핵실험 준비를 마쳤다고 황장엽 전 북한 노동당 비서가 증언했다. 북한에서는 파키스탄 기술진에게 수백만 불을 지불했다고 한다.

북한의 핵문제는 중국의 비호와 지원으로 이루어졌다. 그것이 중국의 국익에 크게 이바지하기 때문이다. 중국은 인도를 견제하기 위해 파키스탄에 핵무기를 지원했다. 인도와 파키스탄을 동시에 견제할 수 있다는 이유에서였다. 중국은 파키스탄을 매개로 북한을 핵무장시켜 한국과 일본을 견제하려고 했던 것이다. 중국은 수많은 나라와 인접해 있다. 과거부터 그들은 주변국을 약화시키거나 혹은 통제하는 정책을 추진해 왔다. 북한은 중국과 조·중 우호 조약(1961년 체결함)의 자동 참전 조항에 따라서 중국으로부터 핵우산을 받게 되어있는 게 사실이다. 그럼에도 중국은 북한이 핵무기를 무장하도록 지원했고 지금도 북한을 옹호하고 있다. 중국이 G2국가로서 미국과 같이 위상이 높아지려면 북한의 핵무기를 저지해야만 했다. 그것이 정의요, 세계를 이끌 수 있는 리더십을 갖추게 되는 길이었다. 그럼에도 그들은 그렇게 하지 않고 북한의 미사일 프로그램을 지원하고 있다. 세계의 최빈국이 어떻게 그런 핵무기를 실험할 수 있겠는가? 북한의 장거리 미사일 발사 차량은 중국에서 보낸 것이다. 북한의 탄도 미사일은 한국과 일본, 미국을 요격할 수 있는 수준에 도달했다. 북한은 스커드미사일(300-700km) 한 방이면 한국을 날릴 수 있고 노동미사일(1,300km)과 무수단 미사일(3,000km)로 일본을 공격할 수 있다. 그리고 대포동 미사일(6,700km)을 배치했고 2012년 12월에는 대포동 2호(1만 km) 발사에 성공했다. 얼마 전(2016년 2월 10일)에는 광명성호(1만 2,000km)를 발사하여 한국과 세계를 놀라게 했다. 그것은 적대국 일본과 미국을 작살내기 위한 것이 아니고, 남조선을 적화 통일하여 정치인과 관리들을 처참하게 죽이고 사회주의 공산국가를 이루기 위해서이다. 아이러니하게도 남한 백성들과 정치인들은 설마 그들이 우리에게 핵무기를 쏘겠는가 하고 말했다.

북한은 핵무기 보유를 선언하고 2006년(노무현 정부)에 1차 핵실험을 했고, 2009년(이명박 정부)에 2차 핵실험을 했으며, 2013년(박근혜 정부)에 3차 핵실험을 했다. 2016년(박근혜 정부)에 4차 핵실험을 했고, 그해 9월 제5차 핵실험을 했다. 그 뒤 북한은 2017

년 9월 3일 제6차 핵실험을 하여 세계를 다시 놀라게 했다. 북한은 1950년대부터 시작된 핵 개발은 휴전 협정 이후부터 핵 개발을 이어왔다고 1997년에 망명한 황장엽 전 북한 노동당 비서가 말했다. 김정일은 두려워할 것이 없었다. 중국이 받쳐주고 있기 때문이다. 중국은 북한에게 각종 중유와 물자를 제공하고 있다. 러시아도 우호적으로 돕고 있지 않는가. 제아무리 강대한 미국이라도 허수아비요, 종이호랑이라는 것을 북한이 알고 있었다. 한국과 미국, 일본은 성질이 다른데 3국이 상호 방위조약을 맺고 있으나 자동 참전조항은 없다. 미국은 핵우산을 받쳐준다고 회유하고 NPT체제에 붙들려 있다. 탄도미사일 사거리도 자체방어권인 800km로 하고 있으며 한국을 꼼짝 못하게 하고 있었다. 자기들은 핵무기를 보유하고 있으면서도 한국은 장거리 미사일과 핵실험을 못 하게 막고 있었다. 이스라엘과 한국만이 적국과 지리적으로 붙어있다. 그러나 이스라엘은 핵무기를 보유하고 있다. 한국의 운명은 어찌될 것인가. 한국은 그저 미국만 쳐다보고 있을 뿐이었다.

파키스탄도 인도와 적대국가다. 그래서 그들 국가는 핵을 똑같이 보유하고 있지 않은가. 이스라엘도 1억 5천이나 되는 적성국가에 인접해 있다. 그리하여 그들은 1970년도에 핵무기를 실험하여 현재 200기를 보유하고 있다. 우리나라는 미사일 방어체계가 미미하다. 한국의 역대 대통령은 우리의 미래를 위해서 무엇을 준비했는가? 준비한 게 아무것도 없다. 한국이 핵실험을 하면 무역으로 먹고사는 한국은 경제적 손실을 감수할 수밖에 없다고 한다. 한국은 옛날하고 다르다. 대한민국은 이제 선진국으로 가는 기로에 있다.

대한민국은 철강제국이고 중공업 국가이다. 전자제품은 세계를 잠식했고 선진국의 상징이라고 하는 자동차는 뉴욕, 베이징, 런던, 파리, 독일, 모스크바 등 세계의 거리를 질주하고 있다. 문화와 예술은 세계가 벤치마킹하고 있으며 한국은 세계 10대 무역대국이 되었다. 어느 나라가 시비를 걸겠는가. 중국이 먼저 태클을 걸 것이다. 그리고 미국도 보복을 할 것이다. 그들은 유엔 상임 이사국이다. 미국은 한국에 핵미사일을 허용하면 적대국(중국과 북한)을 손 안 대고 견제할 수가 있었다. 고집이 만만치 않다. 미국엔 공산국가와 같이 비상한 모략과 술수가 없다.

6자회담이다 뭐다 하면서 중국과 북한은 시간을 끌었다. 결국은 영리한 북한이 핵실험을 할 수 있었다. 중국은 북한이 핵무기로 한국을 초토화하면 한반도를 경유해서 태평양으로 진출할 날만 학수고대하고 있을 것이다. 이제라도 한국 정부는 중국의 세계 전략을 알고 대비책을 수립해야 한다. 유능한 인재를 발탁하여 한미일 동맹을 강화하고, 핵무기와 미사일을 만들어 공산군의 이간책에 대비를 해야 한다. 그동안 정부는 중국의 입맛에 맞는 일만 해왔다. 북한의 핵실험 비호는 지탄받아 마땅하다. 이제는 사드(고고도미사일)를 설치하고 미사일 방어망을 구축해야만 한다. 중국은 한반도에 사드를 배치하면 대가를 치르게 될 것이라고 협박하고 있다. 이것이 과연 한국이 생각했던 중국인가. 우리나라는 이중 얼굴을 하고 있는 중국을 견제해야만 한다.

1995년도에 김영삼 정부는 클린턴 정부에게 북한의 핵을 폭격하여 우환을 제거하겠다고 했다. 그러나 나중엔 입장을 바꿨다. 핵을 폭격하려다가 되려 전국적으로 전쟁이 발생할 수 있다며 핵폭격을 반대하는 입장을 취했다. 미국 정부는 북한의 핵실험을 반대했으며 다각도로 6자회담을 개최했다. 그러나 북한은 핵실험을 포기하는 대가로 각종 물품과 경유를 제공받았다. 북한의 김정일은 핵을 만들기 위해 박차를 가했다. 미국을 비롯한 주변국들은 6자회담을 실시했으나 그것은 앵무새 길들이기로 전락했을 뿐이다. 미국과 한국 정부는 속고 있었다. 핵을 만드는 데에는 상당한 자금이 투입된다. 하늘은 스스로 돕는 자를 돕는다고 했던가. 때마침 구세주가 나타났으니 다름 아닌 김영삼 정부였다. 김영삼 정부는 북한에 약 2천억 원의 자금을 제공했다. 이후로 김영삼 정부는 외화가 바닥나서 IMF(국제통화기금 위기)를 초래했고 백성들의 가슴에 피눈물을 흐르게 했다. 정권 말에 김영삼 대통령의 차남인 김수현(가명) 씨가 아버지를 등에 업고 기업가인 정태수 씨에게 60억의 뇌물을 받으며 비선실세 역할을 하다가 유죄판결을 받고 감옥에 다녀왔다. 신한국당의 인기는 하늘을 찌르고 있었다. 그러나 수현 씨의 비리와 IMF로 인하여 위기를 느끼고 있었다. 이회창 씨는 대선 후보인 신한국당 총재인 김영삼 대통령이 국민신당에 지원한 사실 여부를 두고 갈등을 빚었다. 이회창 후보는 김 대통령에게 탈당하라고 압박했고, 김 대통령은 결국 탈당했다. 신한국당 이회창 후보와 이인제 후보, 김대중 후보. 이렇게 셋이서 대통령 후보에 올라 맞붙게 되었다. 1997년 제15대 대통령 선거 때의 일이다.

김대중 후보는 입맛이 씁쓸했다. 도저히 이회창 후보를 상대할수가 없었다. 이회창 후보는 영남 보수들을 등에 업고 있었기 때문이다. 이회창은 이번 대선에서 이길 수 있다고 믿었다. 충남의 표밭은 자신에게 들어와 있다고 믿었다. 자신의 고향이 충남 예산이기 때문이다. 그리고 영남권의 표밭도 자신을 지지하고 있었다. 서울과 경기도에도 영남표와 충청표가 자신을 지지하기에 더욱 그렇다고 생각했다. 그러나 이인제 후보가 부산과 경남의 500만 표를 뺏어 갈 줄은 꿈에도 생각해 본 적 없었다. 김영삼 대통령의 탈당으로 김영삼 지지 세력이 이인제에게 갈 줄은 아무도 몰랐다. 이회창 후보는 큰 실수를 범하고 말았다.

지혜로운 책략가인 김대중 후보는 김종필을 찾아갔다. 그는 김종필을 보고 땅에 엎드리며 겸손하게 말했다.

"김 총재님! 저 좀 도와주시오! 나가 지금 염통에 불이 붙고 있지라. 이 불을 꺼주실 분은 당신밖에 없지라. 이번에 나가 당선된다면 총리 자리를 드리겠소잉. 그러니 나 좀 도와 주시오잉."

쓸개가 타는 심정으로 그는 그런 말을 했다.

"일어나시오. 내가 도와드리겠소. 대신 한 가지 약조를 해주셔야 하겠소."

김종필은 지독한 저음의 목소리를 내며 말했다. 김종필 총재는 협상의 대가였다. 세상에 공짜란 없다는 말이다. 김대중은 속이타 들어갔다. 그는 어떤 협상이든 간에 무조건 들어준다는 생각을 굳혔다.

"좋을 대로 하시오잉. 나가 뭐시든 들어줄 테니 말씀만 해보시오잉."

김대중은 땀을 흘리고 있었다. 가을에도 이런 더위는 처음이었다.

"내각제로 한다고 허면 내가 도울 수 있소."

그는 누런 이빨을 내보이며 말했다. 이렇게 해서 김대중은 김종필의 협력을 바탕으로 대권가도를 달리게 되었다. 김종필은 욕망이 없었다. 천하삼분을 직계로 나누는 천하대란에서 영남지역과 호남지역 그리고 충청지역으로 세력이 나뉘어졌다. 이인제가 부산지역을 가져간다면 싸움은 해볼 만하다고 김대중은 생각하고 있었다. 김종필을 잡았으니 충청표는 자신에게 올 것이라고 그는 믿고 있었다. 한편 이회창의 참모들도 자민련의 김종필을 끌어오자고 제안했다. 그러나 다른 당원이 극렬히 반대하여 뜻을 이룰수 없었다. 이회창은 이인제를 설득하고 그를 끌어안아야 했다. 하지만 그마저도 하지 않았다. 김대중은 합종연횡에 성공했다.

1997년 12월 18일, 15대 대선에서 국민회의 김대중은 40.3%, 신한국당 이회창은 38.7%, 이인제는 19.1%를 기록했다. 김대중은 10,326,275표. 이회창은 9,935,718표. 이인제는 4,925,591표를 얻었다. 김대중 후보가 390,557표의 근소한 차이로 이회창 후보를 꺾었다. 대선에 승리한 것이다.

김대중은 15대 대통령에 취임하여 햇볕정책을 내걸고 북한을 돕기로 결심했다. 김대중 대통령은 김정일 위원장과 2000년도에 6·15남북 공동선언을 발표했다. 그것은 남과 북이 경제교류협력의 증진을 위해서 해야 하는 중요한 정상회담이었다. 회담의 내용은 개성공단을 설립하여 공동의 이익을 창출하자는 것이었다. 북한 동포들에게 경제적인 이득을 주기 위해서였다. 북한에게 개혁개방을 할 수 있는 계기가 되는 자리였다. 북한은 남한에서 받은 돈으로 북한의 백성들에게 투자해야 했다. 하지만 북한 정부는 그러지 않았다. 인민들이 죽든지 살든지 나 몰라라 했다. 무책임한 정부였다. 북한 정부는 남한에서 받은 지원금으로 그저 핵을 만드는 일에만 투자했다. 개성공단을 통해 북한에게 거액의 돈이 흘러갔다. 정몽헌 아태재단 회장은 회담을 통해 김정일 위원장에게 5억 달러(5,500억 원)의 자금을 건네주었다. 정몽헌 회장은 비밀 자금 300억 원을 여당 실세에게 제공했다는 사건으로 검찰조사를 받고, 심경의 변화를 못 이긴 나머지 스스로 목숨을 끊었다. 명석한 인재가 죽다니 애석한 일이 아닐 수 없었다. 김대중 정부는 남북 정상회담을 하는 대가로 북한에게 막대한 금액 4조 5천억을 송금했다. 개성공단과 금강산 관광을 통해서 자금이 속속 유입되었다. 김대중 정부는 남북 이산가족 상봉을 추진했다. 금강산 관광이 국민들의 시선을 끌었다. 이산가족 상봉의 장면을 본 사람들은 감격의 눈물을 흘렸다. 김대중 대통령은 그러한 공로를 인정받아 노벨 평화상을 수상하였다. 김대중 정부는 북한에게 식량과 비료, 현금을 지원해 주었다. 북한의 인민들은 쌀을 배급받고 김정일을 우상처럼 받들었다. 자금을 통해 북한의 경제를 살리고 북한 주민들의 형편이 나아졌으면 좋았을 텐데, 그러한 긍정적인 효과는 없었다. 햇볕정책은 계속되었다. 오히려 북한은 군량미를 비축하고 미사일과 생화학 무기를 만들고 선군사상과 핵무기로 남쪽을 결단내고 파멸시키는 데 혈안이 되어있었다. 핵실험을 하고 미사일을 보내 동북아의 평화를 위협했다. 그것은 남한의 백성들을 위협해서 조공이나 받으려는 술책이었다. 그러나 남한의 백성들은 이러한 북한의 속내를 모르고 있었다. 금강산 관광이며 남북 이산가족을 만나는 대형 이벤트에 그만 눈과 귀가 멀어버렸던 것이다.

김대중 정권 관련한 금융사건이 꼬리에 꼬리를 물고 일어났다. 각 이권단체는 연일 시위를 했고 경북 고속도로에 대형차량들이 집결하여 교통이 마비되는 현상이 일어났다. 시위대가 나타났다. 국가보안법을 폐지하고 주한 미군을 철수하라는 외침이 들려왔다. 대통령의 아들들은 아버지의 후광으로 수십억의 뇌물을 받아 의원직을 상실하기도 했고 다른 아들들도 비리로 곤욕스러워했다. 작가 이문열 씨는 조선일보에 홍위병이라는 단어를 사용하였다고 했다. 진보세력들을 홍위병으로 묘사하여 그들의 흥분을 자아냈다. 그 사태로 인해서 그의 서적을 수거하여 분서갱유하려는 움직임이 있었다. 그러나 그것은 기우에 불과했다. 세월은 어느새 서산에 지는 해와 같이 저물어갔다.

2003년도엔 노무현 정권이 출범했다. 그는 이회창 한나라당 후보를 이길 수가 없었다. 노무현 후보는 대권주자로 떠오른 정몽준 후보와 단일화를 했다. 결국 노무현 후보가 최종 승리했고, 한나라당 대선 재수생인 이회창 후보와 각축전을 벌이게 되었다. 이회창 후보는 큰아들의 병역기피 의혹에 시달리고, 노무현 후보는 노풍을 일으키며 민주당 후보로 선출되면서 위기에 봉착했다. 그러나 정몽준의 단일화로 이회창 후보를 추격하기 시작했다. 이회창 후보가 이길 수 있다고 여론은 분분했다. 모두 다 이 후보가 이긴다며 장담했다. 그런데 선거 3일 전, 노무현 후보는 성명서를 발표했다. 이회창 후보를 꺾을 수 없다고 생각한 그는 꾀를 내었다. 그는 말했다. 서울시는 포화 상태이기 때문에 수도를 중부권에 유치한다고 말이다. 그 선언을 접한 언론은 동요했다. 언론과 방송은 민심을 움직였다. 작은 사자가 포효하면서 전국을 강타했다. 노 후보가 방망이를 휘둘러 장타를 날린 홈런이었다. 우리 모두 두려웠다. 그것은 노무현이 포효하는 소리였다. 이회창은 서울을 사수하는 발언을 했다. 하지만 여론은 노무현 쪽을 향해 기울어지고 있었다.

수도인 서울은 포화상태이니 중부에 수도를 이전한다는 성명은 충청권의 표심을 자극했다. 수도를 충청권에 세우면 주위에 있던 전북이나 충북이 발전할 것이라고 생각했던 것이다. 그는 말 한마디로 판도를 뒤집어 정권을 이어받은 통수권자가 된 것이다. 노무현 대통령은 경남의 김해 출신이며 부산상고 출신이었다. 그는 사법고시에 도전하여 합격의 영광을 누렸던 인물이다. 그는 창원 법원에서 근무하다가 퇴직하고 부산에서 민선변호사를 하면서 학생들의 무상변호를 하여 세간에 이름을 날리고 있었다. 그는 김영삼 총재가 발탁한 능력 있는 인물이었다. 그는 대통령에 취임하여 정부를 이끌고 순항도 하기 전에 국회에서 탄핵을 받았다. 국회의장 박관용 씨는 탄핵소추 사유에서 이렇게 말했다.

"노 대통령은 국가원수로서의 본분을 망각하고 특정정당을 위한 불법선거운동을 계속해 왔고 본인과 측근들의 권력형 부정부패로 국정을 정상적으로 수행할 수 없는 국가적 위기상황을 초래했으며 국민경제를 파탄시켜 왔다."

헌법재판소는 탄핵심판에서 기각결정을 내렸다. 그로써 그는 대통령 직무에 복귀했다.

노무현 정부 시절, '바다이야기'라는 사행성 오락이 우후죽순같이 일어났다. 이로 인해 많은 백성들이 피해를 입었다. 사건이 사건인지라 중수부에서 K 모 과장이 수사하려고 모든 절차를 준비 중이었다. 그런데 갑자기 P 모 부장이 수사종결을 외치며 모든 자료를 회수해 갔다고 김 과장이 말했다. 윗선에서 중지하라고 압력을 넣었다는 것이다. 국회라는 괴물은 배가 불러서 잠에 취해 있었다. 언론은 무엇을 했을까. 아마도 낮술에 취한 것일까? 그는 정권말기에 김정일과 정상회담을 하여 세간의 관심을 촉발했다. 10·4 정상회담을 성사시켰으나 막대한 자금(14조 3천억)으로 북한에 인프라를 구축해 주려는 노력은 수포로 돌아갔다. 그는 험난한 세월 5년을 마치고 고향에서 농사를 지으며 인생의 이모작을 하면서 행복한 시절을 보냈다. 밀짚모자를 쓰고 바람에 옷자락을 날리며 자전거 페달을 밟았다. 지나가는 시민들은 손을 흔들고 그에게 따뜻한 마음을 전했다. 하루가 지나면 권 여사가 지은 쌀밥에 된장국은 구수한 맛을 내고 생선을 굽고 나물 반찬이며 소주 한잔으로 기분은 하늘을 찌를 것 같았다. 이렇게 살아도 한평생인데 구차하게 권좌에 올라서 탄핵을 받을 때는 죽고 싶은 심정이었다. 골치 아픈 정치의 소용돌이에서 야당은 무엇 때문에 국회를 마비시키는지 의문의 꼬리는 끝이 없었다. 복잡한 정치를 떠나서 이제는 소탈하게 지내고 싶었다. 그는 검찰의 수사를 받으러 버스를 타고 상경했다. 나이 어린 자들이 검사라고 으스대는 꼴은 정말로 구역질이 났다. 무슨 뉴스거리라고 기자들은 차를 타고 똥파리같이 끈질기게 따라붙었다. 전직 대통령을 이토록 고통 주는 것이 바로 그들의 임무인가. 그는 문득 배알이 뒤틀리는 것을 느꼈다. 기분 나쁘다고 말하면 그 말로 곧 신문으로 옮겨져 도배될 것이었다. 그는 생각했다.

'참자, 그래, 참자⋯. 참을 인 자 세 번이면 사람을 살린다고도 하지 않던가.'

검사들은 정말 그를 집요하게 추궁했다. 의심의 눈빛을 거두지 않는 검사들을 향해 그는 항변했다.

"나는 절대 돈을 받지도 않았거니와 박 사장하고는 술 한 잔도 같이 나누지 않았다. 그런데 내가 무슨 돈 수백억을 받았다고 실토하라니. 그게 무슨 말인가. 언제 어디서, 누가 무엇을 왜 이런 식으로 말하였는가."

그는 억울했다. 집으로 돌아간 그는 아내와 말다툼을 했다. 그는 복잡한 심경이었다. 담배 하나를 입에 물었다. 맥없이 담배 몇 모금 빨고 있는데 문득 어디선가 부엉이가 자신을 부르는 것만 같았다. 부엉이는 농민들에게 친숙한 동물이다. 아침이나 노을이 질 무렵에는 부엉이 우는 소리가 농부들의 시름을 달래주고는 했다. 그는 부엉이 바위에 올랐다. 괴로운 마음을 이기지 못한 나머지 그는 결국 부엉이 바위에서 뛰어내렸다. 자살이었다. 그는 한 많은 인생을 살다 간 불우한 대통령이었다. 그의 죽음의 원인을 제공한 인물은 바로 '박연차'라는 이름의 한 기업인이었다. 대통령의 형님인 노태은(가명) 씨는 박연차의 뇌물을 먹고 배탈이 나서 검찰의 조사를 받았으며 유죄를 인정받아 수감돼 있다가 4년 만에 출소했다. 노무현 정부의 자금은 개성공단과 금강산 관광이라는 미명하에 북한 정권으로 속속 들어갔다.

때는 노무현 정부 시절, 2006년 1월 10일. 북한은 핵실험을 했다. 그는 북한의 핵무기를 자위적인 수단이라며 국제사회에 변호했고, 북한의 대변인 역할을 마다하지 않았다. 백성들의 자산인 자금이 북으로 흘러갔는데 자그마치 5조 6천억이 넘어갔다. 한편 좌파세력들은 광화문에서 시위를 하면서 격렬하게 저항했고, 평택 미군 부대 건설 사업장에서도 파이프와 죽창을 들고 시위를 했다. 누구를 위한 시위였는지 그들은 알지 못했다. 그들은 안타깝게 제주에 가서 한국 해군 부대 공사장에도 출현해서 공사를 방해했고 시위를 했다. 평택은 북한의 남침 도발을 막기 위해서 미군이 주둔할 것이고, 제주 해군부대는 한국의 해군 작전을 위해서 필요한 것이라고 정부에서 말했다. 그러나 정의사제단과 좌파 세력들은 무엇이 국익을 위한 행동인지 알지 못했다. 그들은 국익을 해치고 북한 정권만 이롭게 했다. 보수 세력들은 하이에나가 두려워 말도 못 했다. 노무현 대통령은 서민적인 이미지를 백성들의 가슴에 심어주었다. 또한 그는 권위적인 사상을 일거에 퇴출시킨 서민 권력자였다.

2008년도에 정동영 민주당 대표를 물리치고 이명박 정부가 탄생했다. 초기에 광우병 사태가 발생하면서 시들해지나 싶었다. 태양이 검붉은 피를 흘리고 사위는 점점 어두워졌다. 학생과 시민들은 촛불을 들고 행진하기도 했다. 그들은 자유무역협정을 규탄했다. 초반엔 한두 명이 촛불을 들고 나오는가 싶었다. 시간이 흘러 어느새 광장엔 수십만 명이 물결을 이루었다. 마치 전염병처럼 번질 것 같았다. 위기를 느낀 이 대통령은 고민하기 시작했다. 그는 국민의 저항에 주춤했다. 소고기를 먹는다고 해서 광우병에 걸리는 것은 아니라고 그는 다시 한번 힘주어 말했다. 그러나 시위대는 소고기를 먹으면 뇌에 구멍이 숭숭 난다는 등의 유언비어를 퍼트렸다. 어린 학생들도 촛불을 들고 시위에 참여했다. 그러한 유언비어가 사회를 병들게 할까 봐 두려웠다.

바로 그 무렵, 금강산 관광을 갔던 이왕자 씨가 북한의 병사가 발사한 총을 맞고 사망한 사건이 발생했다. 정부는 북한에게 세 가지를 요구했다. 사과할 것과 관련자를 처벌할 것, 다시는 재발이 없도록 할 것을 말이다. 그러나 북한 정부는 사과 한마디 하지 않았다. 금강산 관광지엔 군사시설이 있기 때문에 사살할 수밖에 없었다는 원색적인 말만 되풀이할 뿐이었다. 이명박 정부는 금강산 관광을 폐쇄했다. 2009년 5월 25일, 풍계리에서 북한은 2차 핵실험을 했다. 동북아의 평화위기는 시시각각 다가왔다. 그러나 권력자들은 국민의 미래를 잊어버렸고 정치인들은 사색당파에 목을 매고 싸움질에 정신이 없었다. 회색 모자를 쓴 사람들은 북한을 비호하고 친북 세력 중의 일부는 국회의원의 상징인 금배지를 달고 한국사회를 유린하고 다녔으나 보수 세력들은 아무런 의식이 없었다. 그들은 진보가 아니고 종북 세력이었다. 그때 당시 사회는 시끄러웠다. 1917년도에 발생한 볼셰비키 혁명으로 러시아 로마노프왕조가 무너졌다. 한국노동자들이 연일 시위를 하는 것도 어쩌면 그들 역시 볼셰비키 혁명을 꿈꾸고 있기 때문이 아닐까. 노조들은 철도파업과 직장파업을 밥 먹듯이 하고 있었다.

　학교에서는 좌파교육감이 학생들의 인권을 선언하고 교육장은 아수라장이 되었다. 학생들은 공부를 하기 싫어했다. 그럼에도 선생님은 회초리를 들 수가 없었다. 머리를 길게 길러도 선생님들은 잔소리를 하지 않았다. 학생들의 인권을 지켜주기 위해서 그들은 오늘도 스트레스를 받아야만 했다. 선생이 체벌을 하면 학생들이 체벌 장면을 인터넷에 유포시키곤 했다. 그렇게 되면 결국 선생님은 벼랑으로 떨어져야 했다. 선생님들의 인권은 과연 어디에서 찾아야 하는지 답답할 뿐이었다. 선생님들은 오늘도 먹고살기 위해 자신을 묵묵히 학대해야만 했다. 선거 때가 되면 '진보'와 '보수', 두 개의 파로 나누어졌다. 그들은 무상급식, 취업수당, 무상

복지라는 상품을 내놓고 표를 모으기에 급급했다. 보수 세력들은 오렌지 족속이며 한마디로 변화를 두려워하는 비겁한 집단이다. 나라가 어려울 때 옳은 것은 옳다고 하고, 잘못된 정책은 시정하라고 해야 하는데 보수와 지식인들은 침묵만 지키고 있었다. 부정부패와 재물을 끌어모으는 데 천재성을 발휘하고 있었다. 그들은 자기 자신만 챙기는 밥벌레에 불과했다. 광우병 사태로 몸살을 앓은 이명박 정권은 북한에 2,100억 원을 제공했다. 조공은 삼대정권을 통해서 계속되었다. 정부는 사회를 유린하는 집단과 종북 세력들을 키웠다. 백성들의 미래는 외면했다. 이명박 정권이 4대강 사업을 실시했다. 그 사업으로 인해 홍수가 범람해도 피해를 줄일 수 있었고 낙동강 범람으로 부산 감전동 일대와 김해 생림면 일대가 침수되는 일도 많이 감소했다. 가뭄이 찾아왔을 땐 보를 쌓아서 모아둔 물을 이용했다. 그 물을 요긴하게 쓸 수 있어서 백성들은 환영했다. 그러나 환경 운동하는 세력들은 4대강 사업을 반대했다. 환경이 죽는다는 이유에서였다. 선진국은 강을 개발해서 백성들에게 식수와 농지의 물과 공업용수를 지원했고 아름다운 환경을 만들어 시민들의 휴식처를 만들어주었는데도 그랬다.

2013년 박근혜 정부가 탄생했다. 친노 세력인 문재인 의원이 야권의 대통령 후보로 선출되었으며 박근혜 후보는 접전 끝에 51.6%대 48%로 승리를 하여 여성대통령 시대를 맞이하게 됐다. 그녀는 박정희 전 대통령의 장녀였으며 서강대학교 전자공학과를 졸업한 엘리트 과학도였다. 그녀는 학교를 졸업하고 프랑스로 유학을 갔다. 그 사이 그녀의 어머니인 육영수 여사가 괴한의 흉탄에 의해 사망했다. 어머니를 여읜 그녀는 심한 우울증을 겪기도 했다. 몇 년 후에는 아버지마저 측근의 총탄에 의해 서거했다. 이후에 그녀는 정치적인 냉대를 받고 칩거하면서 모든 어려움을 민들레와 같이 참고 견뎌냈다. 그 후 그녀는 한국의 미래를 세울 여성 권력자가 되었다. 그녀는 대한민국을 이끄는 여성 지도자가 된 것이다. 오천만 백성들을 행복의 시대로 인도하는 통수권자가 된 것이다. 안으로는 자주국가 정체성을 확립하고 국가안보를 발전시켜 핵무기로 위협하는 북한의 공산당을 막아냈다. 창조적인 과학 기술과 경제를 도모하여 백성들이 잘살 수 있도록 이끌어냈고, 밖으로는 미국과 일본의 협력을 이끌어냈다. G2로 부상하는 막강한 중국의 경제를 한국경제와 동등하게 발전시켜 한국경제를 한 차원 높여 선진국의 길목을 만들어냈다. 그해에 김정일 정권은 서산에 해가 지듯이 물러가고 그의 아들 삼남인 김정은 위원장이 북한의 공산국가 통수권을 이어받았다. 김정은 공산정권은 2013년 2월 12일에 제3차 핵실험을 해서 주변 국가와 세계를 두려움에 떨게 했다. 그러나 6자 회담이나 하던 미국과 중국정부는 손 놓고 멍청하게 하늘만 쳐다봐야만 했다. 2016년 1월 6일, 오전 열 시 삼십 분에 제4차 핵실험을 해서 또다시 우리 정부와 일본을 놀라게 했다. 먹고살기가 바쁜 북한 정권이 무슨 돈으로 막대한 자금을 들여서 핵실험을 하는지 의아할 사람은 아무도 없다. 그동안 한국 정부에서 조공으로 받은 막대한 자금이 후견인 노릇을 하고 있었다.

그들은 내친 김에 광명성호 미사일(1만 2,000km)을 남쪽으로 발사하여 남한 정부를 곤경에 빠트렸다. 미국과 일본은 북한의 자금을 동결하기 위하여 강도 높은 제재에 들어갔다. 일본 정부는 4번째 핵실험을 감행한 북한에 대한 독자 제재 조치로서 출국자 재입국 금지와 금융자산 동결 대상을 확대하는 방안을 검토하고 있다고 산케이 신문이 27일 보도했다. 외교소식통에 따르면 일본은 미국과 연대해 각국에 유엔 결의를 통해 엄중한 대북 추가 제재를 호소했지만 중국이 심중한 태도를 보이면서 합의점을 찾지 못하고 있었다. 아울러 북한으로 출국한 사람의 재입국을 금지하는 대상을 핵과 미사일 기술자까지 넓히는 방안을 생각하고 있었다. 금융자산의 동결대상도 확대해 기술 유출과 자금을 봉쇄함으로써 핵과 미사일 개발을 물리적으로 어렵게 만들려는 의도가 있는 것으로 신문은 분석했다. 또 일본은 대북 송금을 100만 원 이하로 제한했다. 북한의 선박이 들어오지 못하도록 일본 입국을 봉쇄하고 북한 방문자들과 핵미사일 관련 기술자들의 재입국을 금지했다고 한다. 미국은 세컨더리 보이콧을 실시하기로 했다. 세컨더리 보이콧이 무슨 뜻이냐 하면 받아들이지 않고 거부한다는 뜻이다. 미국기업이나 사람들이 북한과 거래하지 못하도록 한다는 뜻이다. 세계 각국 은행이나 회사가 북한과 정상적으로 거래하지 못하도록 한다는 뜻이다. 그래서 제삼 제재라는 것이다. 그러나 문제는 북한이다. 북한이 중국과의 은행거래를 많이 하는데 중국이 이 조항을 따라주면 된다. 하지만 미국의 제재를 따라주지 않으면 헛것이 되고 만다. 중국을 움직일 카드가 미국에 있는지 의문이라는 것이다. 한국은 유엔과 미국의 주도로 대북 제재를 가했다. 그러자 자발적으로 북한을 압박했다.

박근혜 정부는 2016년 2월 10일 개성공단 폐쇄를 선언했다. 2000년 8월, 현대아산은 북한과의 공업지구 개발에 관한 합의서를 작성했다. 이후 2002년 11월, 북한의 개성이라는 지역에 '개성 공업 지구법'을 적용했다. 북한이 합법적으로 달러를 벌 수 있는 돈벌이 수단이 된 것이다. 그들은 가만히 앉아서 일 년에 1300억 원이라는 막대한 돈을 받게 되었다. 돈벌이가 없어지니 북한 정부는 입에 차마 담지도 못할 욕으로 남한의 대통령을 저주했다. 한국정부는 개성공단을 폐쇄하고 한반도에 사드미사일을 배치한다고 선언했다. 그러자 더불어민주당 김성수 대변인은 "우리 당은 그동안 사드의 한반도 배치에 대해 충분한 여론 수렴과 신중한 판단을 강력히 요구해 왔다"며 마치 북한의 장거리 미사일을 기다려왔다는 듯이 국방부가 오늘 사드배치를 위한 협의를 시작한다고 발표한 것이 유감스럽다고 말했다. 그는 또 이렇게 말했다. 사드는 동북아의 긴장을 조성하고 중국의 반발을 불러일으킨다고, 중국 외교에 심각한 균열을 초래할 우려가 크다고 말이다. 중국을 설득하지 못할 때 우리가 감수해야 할 경제적 불이익과 외교안보적 불안을 고려한다면 한미 양국정부의 중국 설득이 매우 중요하다고 그는 말했다. 더불어민주당은 친중 사대주의 정당임을 공식 선언한 셈이다. 사드는 북한의 핵미사일을 견제하기 위해서 배치하고 주한 미군을 지키기 위해 배치하는 방어용 전술 미사일이다.

2월 10일 주한 중국대사(추궈훙)는 더민주당 김종인 대표와 대화를 나누었다. 중국대사는 한국에 사드를 배치하지 말 것을 강력하게 주장했다. 그는 "한국은 사드 배치 한 가지 문제로 중국과의 관계가 파괴될 수 있다. 과연 한국의 안전이 보장되는지 한번 고민해야 할 것"이라고 말했다. 중국에서 미사일을 쏘면 한국의 사드는 쑥대밭이 된다며 경제적으로나 정치적으로 중국의 말을 듣지 않으면 큰 피해를 당할 것이라고 협박한 것이다. 한번 무너진 신뢰는 쌓기가 힘든 법이라고 말했다. 정부는 중국대사를 초치하여 강력하게 우리의 주권으로 북한의 핵무기를 대비해서 사드를 배치하는 데 간섭하지 말라고 준엄하게 꾸짖었다. 그는 사안의 민감성을 이해한다며 한발 후퇴하는 모습을 보였다. 김종인 대표는 추 대사의 발언에 대하여 어떤 항의표시도 하지 않았다. 오히려 추 대사의 말에 공감을 표했다. 김 대표는 "우리 당은 사드가 실질적으로 방어 효과가 있는지 특히 중국과 경제적 문화적 협력을 고려해야 한다고 생각한다"며 "사드배치로 양국 간 우호협력관계가 훼손되는 건 건 원치 않는다"고 말했다. 한미동맹 차원에서 배치를 허용하는 것은 동맹국의 의무이고 주권국가의 의무이다. 그러나 더불어민주당의 말은 중국의 허락을 받고 하라는 말과 다름없다. 더민주당은 노예근성으로 북한과 중국을 상전으로 모시는 불량한 정당의 집단임을 만천하에 드러내는 꼴이다. 오천만의 생존과 직결되는 안보의 문제를 중국과 의논하고 허락을 받으라는 더불어민주당은 어느 나라 백성인지 이해할 수가 없다. "더불어민주당은 집권의 꿈도 꾸지 말고 집권을 포기해야만 한다"고 시민들은 입을 모아 말한다.

중국은 삼국시대 때부터 한반도를 유린했다. 613년 고구려 영양왕(24년) 때에 중국 수나라 양제는 우문술을 대장으로 110만 명이라는 대군을 이끌고 고구려를 정복하려고 침략했다. 요동성을 공격한 수나라 군사들은 용감하게 싸우는 요동성을 함락하지 못하자 평양성을 포위하려고 쳐들어왔다. 하지만 을지문덕 장군의 유도 작전에 넘어가 청천강에서 나라의 운명이 걸린 일전을 벌여야만 했다. 적군의 풍전등화에 백성들은 두려움에 떨었다. 나라는 바람에 흔들리고 있었다. 그러나 을지문덕 장군의 기개로 청천강에서 수나라 대군은 일거에 무너졌다. 살아서 돌아간 적군은 2,700명에 불과했다. 수 양제는 국력을 탕진했고 멸망의 길로 들어섰다. 그 뒤에 수나라는 멸망하고 당나라가 들어섰다. 645년 고구려 보장왕(4년) 때에 당나라가 침략하여 치열한 전쟁이 발발했다. 당나라는 요동성에 있는 안시성에서 삼 개월 동안 포위작전을 벌여 고구려를 괴멸시키려고 했으나 함락하지 못했다. 그러자 당 태종은 양만춘 장군을 칭송하고 비단 백 필을 남기고 철수했다.

993년, 요동에 준거하는 거란군은 세 차례나 고려를 침략했다. 그때마다 고려의 명장들이 나라를 위기에서 구했다. 서희 장군은 세 치 혀로써 외교술을 발휘하여 거란을 물리치고 강감찬 장군은 용맹을 발휘하여 귀주대첩을 승리로 장식했다. 1636년 친명정책을 숭상하고 청나라를 배격한 인조는 병자호란을 자초했고 인조는 한양을 버리고 남한산성으로 도망갔다. 분노한 청 태조는 대군을 거느리고 포위하여 인조는 삼전도의 치욕을 당하고 말았다. 그들은 군신의 예를 강요하고 수많은 인질과 전리품을 가지고 돌아갔다. 명나라는 망하고 청나라는 조선의 판도를 바꾸었다. 조선은 매년 청나라에 조공을 바치고 치욕의 역사는 그렇게 흘러갔다. 조선 후기에도 이홍장을 보내서 조선의 내정을 간섭했다.

1950년 6·25 전쟁을 일으킨 김일성은 유엔군의 군사를 이기지 못하고 패전하여 압록강을 건너가 도망쳤다. 공산주의를 수립하여 장개석을 물리치고 중국을 통일한 모택동은 중공군 35만 대군을 북한에 파병했다. 유엔군은 사력을 다했으나 인해전술로 나오는 중공군은 당해내지 못하고 후퇴하여 삼팔선에서 휴전을 하고 전쟁은 중지됐다. 미국이 북경에 핵폭탄을 발사해야 하는데 트루먼 대통령은 다가올 앞날을 고려하지 못했다. 그 결과 한반도는 두 동강이 났다. 북에는 공산주의가, 남에는 자유민주주의가 72년째 유지되어 오고 있었다. 이와 같이 중국은 지금껏 한국을 괴롭게 하고 있었다. 한국은 지정학적 위치에 있어서 언제나 외세의 침략을 받아야만 했다.

미국과 일본, 한국은 북한 정부를 제재하려고 자금동결을 하고 나왔다. 유엔에서도 북한 정부를 비난했지만 북한은 그런 일에는 신경 쓰지 않았다. 김정은 위원장은 미국과 일본 그리고 한국의 제재를 과연 어떻게 막아야 할지 고심 중이었다. 김정은 위원장은 이 세 나라의 관계를 지켜보고 있었다. 북한은 머리로 미국을 농락하려 들었다. 지금까지 6자회담이다 뭐다 해서 시간을 벌고 결국은 핵실험을 했으니 일단은 승리자라고 말해야 옳다. 미국은 북한과는 이해관계가 없는 집단이었다. 그들은 대의명분인 자유민주주의를 숭상하고 인권을 보장하여 인간이 인간답게 사는 자유민주주의를 지원하고 있기 때문이었다. 핵이 터지면 한국인이 죽지, 미국인은 멀리서 구경만 하면 될 일이었다. 그들은 경찰국가를 자임하고 민주주의의 헤게모니를 사실상 이끌어왔다. 초강국으로서 소수민족을 보호하고 인간이 인간답게 살도록 인권을 강화해 왔다. 미국은 강대국은 핵을 가져도 되고 약소국은 핵을 가지면 안 된다는 논리를 내세웠다. 그것은 말이 안 되는 소리였다. 가난한 국가는 핵을 만들 수단이 없었다. 핵은 인류를 멸망케 하는 무서운 무기였다. 폭발하면 수십만 명이 흔적도 없이 사라지고 그 일대는 방사선이라는 물질로 가득할 터였다. 그렇게 되면 생명이 자생할 수도 없고 삼십 년이나 지나야 인류가 회복된다고 했다. 사실상 지옥의 땅이라고 할 수 있었다. 북한은 남한을 적화통일 하려고 야욕을 가지고 있다. 북한이 핵실험에 성공하자 한국의 특사가 중국으로 달려가서 중국의 협조를 부탁했다. 그러나 미온적인 답변을 받았다. 그럴 수밖에 없는 것이 중국은 북한을 비호했다. 북한이 핵실험을 했어도 계속 묵인해 왔다. 북한에 경제적 이득과 중유를 계속해서 지원해 온 것이 바로 중국 아닌가.

북한이라는 소국이 미국을 위협하기 위해 핵을 만든다고 하니, 중국의 입장에선 북한을 말릴 이유가 없었다. 오히려 북한을 칭찬해 주고 싶었다. 미국은 다각도로 압력을 넣어서 한국이 핵실험을 하지 못하도록 했다. 그 모습과는 너무나 대조적인 모습이었다.

한국의 입장은 이러하였다. 북한이 핵실험에 성공했는데 한국의 백성은 어떻게 하란 말인가. 속절없이 북한에 끌려가야 하고 노예같이 살란 말인가. 해마다 북한에 수천억 원씩 돈과 쌀, 비료 30만 톤을 바치고 의료물자도 3천억씩 조공한다. 그 후에는 적화통일로 백성들이 죽어가야 한다는 말인가. 한국은 핵무기를 만들 돈도 있고 선진기술도 가지고 있다.

박근혜 정부 때에 핵실험을 해야 했다. 그렇지 않으면 북한은 소형화에 성공해서 서울을 불바다로 만들 것이다. 그렇게 되면 국가는 기간 시설이 붕괴되고 군인들도 손도 쓰지 못하고 핵무기에 두 손 들 수밖에 없다. 사실상 한국이란 국가는 붕괴되고 망할 것이다. 다음 정권에서 만들면 기회는 사라지고 백성은 노예가 되든지 적화가 되어 사실상 대한민국이란 지도는 사라지고 말 것이다. 그렇게 되면 군인, 경찰, 정부 관리들과 교수, 국회의원 등 사회지도층 인사들과 재벌들은 피땀 흘려 모은 재산을 모조리 강탈당하고 다 처형될 것이다. 종북 세력과 진보, 보수 세력들도 모조리 처형될 것이다. 기독교인, 불교인, 천주교인 정의사제단 불교좌익 세력들 모조리 굴비 엮듯이 처형된다. 남은 백성들은 부녀들과 어린 아이들과 노인들뿐이다. 핵무기가 얼마나 무서운지 한국인들은 잘 모르고 있다. 핵이 터지면 다 죽는다고, 다 죽으면 그만이라고 자조적인 말을 하고 있을 뿐이다. 부자들은 돈을 싸들고 외국으로 도망가면 그만이라고 말을 한다.

여당은 의장에게 직권을 상정하라고 연일 대화를 시도했다. 하지만 유능한 의장은 그럴 생각이 추호도 없었다. 정의화 의장은 부산 출신이었다. 그는 김영삼 총재에 의해서 국회로 진출했다. 1948년생으로 부산대 의대를 나왔고, 동구에서 출마하여 의원 배지를 달았다. 그는 4선 의원으로 19대 국회의장 실적이 형편없어서 국민의 지탄을 받았다. 정 의장은 현 정부와 사이가 편하지 않은 것처럼 보였다. 국민의 민생법이나 기업의 애로가 있는 법안을 통과시키지 않고 언제나 야당 편만을 우선시하는 것처럼 보였다. 한국의 야당은 언제나 국정을 농단하고 정부의 정책을 반대하는 족속들이라는 사실을 백성들은 알고 있었다. 의장은 중립을 지켜야 했다. 중립을 지키기 위해선 민생법이나 기업의 어려운 환경을 보고 판단해야 했는데, 그러한 판단을 하기에는 아직 무리였던 모양이다. 그는 큰 야망을 가지고 국가에 봉사하려고 국회에 입성했다. 인간의 욕망은 귀신조차 막지 못했다. 정부와 여당은 테러 법을 통과시키려 했지만 유능한 의장은 더민주당 비례 국회의원들의 공세로 의자에 앉아서 듣기만 해야 했다. 더불어민주당 의원은 단상에서 다섯 시간 동안 쓴 원고를 천천히 읽어 내려갔다고 했다. 그런 행위는 법안을 통과시키지 못하게 하기 위한 일종의 지연작전이었다. 국민들은 비례대표를 폐지해야 한다고 말하고 있었다. 그러나 국회에서는 다양성 있는 의원을 선출하기 위해서는 비례대표가 있어야 한다고 말했다. 국회는 이렇게 시간을 허비하고 테러법도 통과시키지 못했다. 야당이나 여당 의원들은 국민을 위해서 각성을 해야만 했다. 비싼 세비 값을 못하기 때문이었다.

북한은 2월 23일 청와대와 정부기관을 공격하겠다고 선언했다.

북한 인민군 최고사령부는 성명을 통해 적들이 사소한 움직임이라도 보이는 경우 선제적인 작전 수행에 진입할 것이라고 했다. 일차 타격 대상은 동족대결의 모략 소굴인 청와대와 반동 통치기관들이라고 구체적으로 선언한 내용이 담겨있다.

북한의 공산당은 남한 정부에 불세례를 퍼부어 준다느니 하면서 위협적인 언사를 퍼부었다. 백성들은 불안에 떨었다. 그들은 지하 방공호로 들어가는 연습을 하고 있다. 그러나 정치를 하는 국회위원들은 백성들의 사정에 관심이 없었다. 그저 나 몰라라 하는 심정으로 싸움질에 여념이 없었다. 전쟁이 일어나면 돈 많은 국회의원들은 먼저 비행기 타고 미국으로 도망갈 것이다.

핵폭탄은 무서운 것이다. 미국 태생의 언론인 톰 졸러(Tom Zoellner)가 쓴『세상을 바꾼 돌멩이 우라늄』에는 2차 대전 당시 원폭이 떨어진 일본 히로시마의 참혹한 광경을 다음과 같이 묘사하고 있다.

원자 폭탄이 히로시마에 투하되었다. 백색섬광이 히로시마의 심장을 갈기갈기 찢으며 섭씨 2,800도에 달하는 버섯 같은 열구름을 퍼트렸다. 하늘을 날던 새는 몸뚱이가 터져버렸고 비행기를 올려다본 부대의 군인(일본인)들은 눈알이 녹아 뺨을 타고 흘러내리고 있었다. 아이오이(相生橋)다리 근처에 있던 사람들은 폭발과 동시에 재가 되었고 조금 더 멀리 있던 사람들은 피부가 타들어가고 갈기갈기 찢겨나갔으며 건물은 붕괴되었다. 도로는 부글부글 끓어올랐다. 살아있던 아이들은 잔해에 깔려 죽은 부모들을 속수무책으로 바라볼 수밖에 없었다. 한 남자는 턱이 사라진 모습이었다. 입 밖으로 혀가 대롱대롱 매달린 한 여자가 시커먼 장대비가 내리는 신쇼마치 거리를 헤매고 있었다. 다리 밑에는 땅을 파서 만든 커다란 물웅덩이가 있었다. 한 여인이 빨갛게 화상 입은 아이를 웅덩이에서 건져내고 있었다. 여인은 아이의 머리를 들어 올려 감싼 채 흐느끼고 있었다. 근처에 있던 한 여학교는 600명이 넘는 어린 학생들과 함께 증발해 버렸다. 워싱턴에서는 해리 S. 트루먼 대통령이 준비된 성명서를 발표했다. 그 성명서의 내용은 다음과 같다.

"태양이 그 위력을 얻은 우주의 기본적인 힘을 극동 지역에서 전쟁을 일으킨 자들에게 가했습니다…(중략)…그곳에서 무얼 생산한 것인지 아는 사람은 거의 없습니다. 어마어마한 양의 원료가 그 공장 안으로 들어갔지만 나오는 것은 보지 못했죠. 폭발물의 크기가 놀라울 정도로 작기 때문입니다. 우리는 역사상 거대한 과학 도박에 20억 달러를 투입했고 우리는 성공했습니다."

트루먼 대통령은 일본이 즉시 항복하지 않으면 지구상에서 한 번도 본 적 없는 파멸의 비를 내리겠다고 공언했다. 그로부터 사흘도 채 지나지 않아 일본 나가사키에 원폭을 투하하였다. 나가사키의 상공을 비행하던 조종사는 시야가 확보되기만을 기다렸다. 그래야만 폭탄을 투하할 수 있기 때문이다. 마침내 시야가 확보되었을 때, 조종사는 플루토늄 핵폭탄을 시내의 타깃에서 수 킬로미터 떨어진 외곽의 성당 위에 투하하였다. 폭발력은 대단했다. 폭탄을 투하한 지 이삼 초 만에 사천 명 이상의 사람을 태워 죽일 정도로 강력했다. 고국으로 방향을 돌린 비행기에서 그 버섯구름을 본 한 목격자는 이렇게 말했다. 멀리에서도 알록달록한 구름 기둥이 보였다. 그 모습은 마치 몸부림치는 무지개들로 이루어진 거대한 산 같았다. 수많은 생명체들이 무지개와 함께 사라졌다. 원폭이 투하된 후 초기 2-4개월 동안 히로시마에서는 9만 명에서 16만 6천 명, 나가사키에서는 6만 명에서 8만 명 정도가 사망했다. 그중에 각 도시 사망자 절반은 원자폭탄이 떨어진 당일에 집계됐다. 이 사건은 역대 최단기간 가장 많은 사상자를 낸 사고로 평가되었다. 인구의 15-20%가 파폭으로, 20-30%가 질병과 부상으로 죽었다고 보고했다. 대부분의 한국 사람들은 북한이 4차 핵실험을 해서 그런지 모두 무감각한 상태라고 한다. 술에 취한 상태라는 것이다. 정부는 백성들을 핵폭탄으로부터 지켜주어야 한다. 하지만 현재로선 그런 대책이 전무한 형편이다. 이런 상황에서 백성들은 각자도생 할 수밖에 없다. 백성들은 핵무기에 관심도 없고 핵무기가 무엇인지도 모른다. 민족들은 핵무기가 폭발하여 사람이 죽어나가야 하는 꼴을 봐야만 사태의 심각성을 깨달을 것이다. 통탄스럽다. 자신의 핏줄이 죽어나가는 꼴을 봐야만 사태의 심각성을 깨달을 수 있는 민족이라니. 무지란 이처럼 무서운 것이다. 이런 상황이라면 대한민국은 이제 국호를 내려야만 한다.

1975년, 자유민주주의 국가 베트남이 공산베트콩의 춘계 대공습으로 멸망했다. 지도자들은 가족들과 함께 서방으로 망명했다.

군인들과 공무원들, 교수들과 사회지도층은 가족들까지 모조리 굴비 엮듯이 잡혀서 처형당했다. 좌파 승려들과 신부들, 사회지도층은 살려두지 않았고 좌파 사회시민단체들 역시 한 놈도 살려두지 않았다. 모조리 무자비하게 학살했다. 도살장으로 끌려가서 개 패듯이 때려죽였고 비참하게 인간들을 도살했다. 노인들과 아녀자와 아이들만 살아남았다. 사이공 시가지는 불에 탔으며 주택은 움막처럼 타서 재로 변했다. 완장을 차고 거리에 활보하는 공산당원들만 승리의 노래를 불렀다. 그들은 부르주아들의 재산을 약탈했다. 이러한 일이 전국적으로 벌어졌다. 동양의 아름다운 파리라고 불리는 사이공은 통곡소리로 가득 찼다. 이들 국가를 과연 누가 일으켜 주겠는가? 백성들은 살아보겠다고 보트를 타고 태평양으로 쏟아져 나왔다. 하지만 그들을 거두려는 국가는 이미 없었다. 그저 미국이 동정을 베풀어주었을 뿐이다. 바다에 빠져 죽은 백성들은 누구도 원망할 수가 없었다. 미국과 우방국은 월남에 막대한 원조를 보냈고, 군사들도 사기가 충전되었다. 그들의 군사력은 월맹을 쳐도 손색이 없었다. 월남은 왜 전투도 해보지 못하고 패망의 길을 갔을까? 지도자들은 어째서 부패했으며 어째서 뇌물을 탐내는 걸까. 정의는 어디에도 존재하지 않았다. 국회와 지식인들은 좌파 흉내를 내면서 미군에게 철수하라고 했다. 그러면 막강한 전투력을 가지고 있는 한국군은 철수할 게 뻔했다. 베트남군과 경찰은 이미 좌경화되었다. 미국은 한국군과 월남에서 베트콩과 전쟁을 했다. 하지만 근본적인 원인은 북쪽에 있는 공산월맹이었다. 공산월맹을 포격해야만 했다. 월맹을 가만히 두었기 때문에 전쟁에서 실패한 것이다. 미군이 철수하면 한국군도 철수할 것이라고, 그러면 평화가 올 것이라고 소문낸 곳은 좌파세력과 시민단체였다. 미군과 한국군이 없는 월남은 주인이 없는 것과 마찬가지였다. 공산 베트콩이 바로 이때 군부를 이끌고 사이공을 무혈 입성한 것이다. 월남이나 한국이나 지금 그때의 조건이 똑같이 재현되고 있었다. 한국은 그 어느 때보다 좌경화가 되어있어서 국란이 올 위기가 닥쳐오고 있었다.

정부는 중·고등학교 한국사 교과서 국정화 방침을 확정했다. 이 사안에 관하여 여론에서는 거센 찬반 논란이 있었다. 국정화를 결정하는 데엔 다음과 같은 배경이 깔려있었다. 김일성의 보천보전투를 미화하고, 남한의 토지개혁에 대한 왜곡, 북한의 천리마 운동과 남한의 새마을 운동에 대한 접근, 김일성 주체사상, 대한민국의 건국과 북한 정권수립 서술. 이런 과정을 거쳐 국정화가 결정된 것이다. 전교조와 민노총과 시민단체와 종교인들도 가세해서 국정화를 반대하고 있다. 그리하여 국론이 분열하고 사회가 한쪽으로 표류하고 있다. 이것은 북한의 공산당이 노리는 술책이었다. 한국의 국민들은 국정화가 무엇인지 이해를 못 하고 있다. 일부 단체들이 국정화를 반대한 이유가 있을 것이다. 반대한 이유를 국민들에게 주지시키면 국민의 지지를 받을 것이다. 그리한 후에 국민들에게 선택권을 주어야 할 것이다. 그렇게 해서 갈등과 분열을 종식시켜야 한다. 전교조와 민노총과 시민단체들이 말하는 것은 그것이다. 교육을 다양성 있게 가르쳐야 한다는 점이다. 친일파들이 역사를 훼손할 수도 있고, 친일 독재를 미화할 수도 있다. 편파적이고 편향된 역사교육으로 흐른다고 했다. 국민은 과연 어느 쪽을 지지할까?

이태수는 침대에서 벌떡 일어났다. 갑자기 목이 말랐다. 어제 친구들과 술을 한 잔 해서 그런지 어지럽고 갈증이 났다. 아직 여명이 밝기에는 좀 이른 시각이었다. 찬바람이 윙윙거리며 창문을 때리고 있었다. 사위는 아직 캄캄했다. 거실에 불을 켜고 냉수를 벌컥벌컥 소리를 내며 들이켰다. 벽시계는 새벽 다섯 시를 가리키고 있었다. 그는 TV를 켰다. 이 밤에 어떤 방송을 하는지 자못 궁금했다. 이슬람 소식이 나올지 궁금했다. IS는 이슬람 제국을 세우려고 수많은 목숨을 잔인한 방법으로 살해했다. 그런 장면을 그동안 서방국가들에게 보여준 것이다. 그 장면을 목격한 세계는 경악했고 IS의 만행에 치를 떨어야 했다. 터번을 두르고 얼굴을 가린 아랍인이 두 손이 묶여있는 가련한 인질 앞에서 칼을 높이 들고 참수한다는 동영상을 보여주었다. 인질의 얼굴이 창백하게 이지러졌다. 인질은 바로 처형됐다. IS가 인질의 몸값을 요구했다. 인질 한 명당 최고 천만 달러까지 요구했다. 그러나 일본 정부는 부산만 떨었지, 결코 항복하지 않고 돈을 부담하지도 않는다고 언론에 말했다. 일본인뿐만 아니라 영국, 프랑스, 미국인들도 해당됐다. 한 달 전에는 프랑스에서 연쇄테러가 일어났다. 파리에서 일어난 테러인데 IS의 소행으로 100여 명이 죽고 부상자들은 병원으로 옮겨졌다. 이러한 충격적인 테러에 프랑스의 백성들은 눈물을 흘리면서 조기를 게양했고 일치단결했다. 올란드 대통령은 IS에게 선전 포고를 했다. 프랑스 핵 함대가 중동으로 발진했으며 함재기들도 뜨면서 무자비하게 폭격했다.

그들은 어째서 테러를 감행했는가. 왜 하필이면 프랑스를 선택했는가. 그것은 아직 드러나지 않고 있다. 그들은 일사불란하게 지도자를 위시하여 일치단결했다. 프랑스 언론도 극단적인 방송은 자제했고 정부에 힘을 실어주었다. 그들은 좌파나 우파를 가리지 않고 오직 프랑스 시민들을 무자비하게 살해했다. 프랑스는 테러가 일어나지 않는 평화로운 곳인데 그들은 왜 프랑스를 공격했을까? 대한민국도 예외가 아니라고 한다. 만일 그들이 서울 한복판에서 테러를 했다면, 그리하여 백여 명이 죽었다면 한국 언론과 우파와 좌파들은 무슨 성명을 낼지 자못 궁금하다. 만일 그런 일이 실제로 일어난다면 정부와 보수 세력들은 그런 사태가 발생하여 참으로 유감스럽다고, 유족들에게 죄송하다고 말할 것이다. 테러집단을 반드시 응징하겠다고 말할 것이다. 백성들을 보호하지 못한 대통령은 국민에게 사죄해야 할 것이다. 백성들은 대통령을 향해 사퇴하라며 압박할 것이다. 한국 언론과 신문들은 매일같이 무능한 정부를 욕하고 선전 선동에 여념이 없을 것이다. 정부는 프랑스와 같이 폭격기를 동원하여 IS의 본거지가 있는 시리아를 폭격할 것인가. 한국 정부는 그럴 힘도 없고 대처할 능력도 없다고 생각한다. 우방국가와 협의나 하고 제재한다고 떠들어대기나 할 것이 자명하다. 그러다가 시간이 지나면 언제 그런 일이 있었는지 잊어버릴 것이다.

　TV에서는 평양 소식을 전하고 있었다. 평양중앙방송은 이례적
으로 제일위원장이며 절대자인 김정은 동지가 수많은 수행원들
을 대동하고 전통시장을 수행했다는 보도를 했다. 최룡해 전 비서
는 협동농장에서 삼 개월 동안 일하고 이틀 전에 전출 명령을 받
고 수행원의 맨 끝에 서있었다. 그의 얼굴은 수척했고 고생한 흔
적이 보였다. 집에서 좀 쉬고 싶었으나 위원장의 노기를 건드릴
까 봐 전전긍긍하여 위원장을 수행했다. 그는 복권되어 권력의 끝
자락에 서있었다. 협동농장은 살아 움직이는 지옥이었다. 주택이
라고는 방 두 칸에 부엌이 달려있고 살림 가구라고는 나무로 만든
큰 상자뿐이었다. 상자 위에는 이불이 놓여있고 안방에는 위대한
지도자의 초상화가 걸려있었다. 그들은 매일같이 노동일을 했고
식사라고는 배급제가 전부였다. 배가 고파서 얼굴이 피접하고 등
가죽이 말라서 힘을 쓸 수 없었다. 사상교육을 한답시고 매일같이
저녁에는 한 집에 모였다. 다 같이 모여 위대한 수령님의 교지를
읽고 사상 교육을 했다. 겨울에는 춥고 배가 고파서 이탈하는 인
민들이 늘었다. 최룡해가 혁명화 교육장으로 내려오자 위원장 동
지가 농장인민들을 모아두고 최룡해를 환영했다. 위원장 동지는
최룡해를 두고 최상부에서 직위를 박탈당해서 오신 동지라고 소
개했다. 인민 여러분이 도와서 최 동지가 무사히 업무를 잘 수행
할 있도록 힘써줄 것을 부탁했다. 최 동지는 그들의 영접을 받고
무슨 말을 할 수가 없었다.

"내래 잘할 수 있도록 동무들이 많이 도와주시라요."

그렇게 말하며 그는 애매한 미소를 지었다. 동지들이 박수로써 화답했고 그 다음날부터 최룡해는 그야말로 말로 할 수 없는 핍박을 받으며 노동일에 힘썼다. 하루 일을 할당받으면 그는 작업복을 입고 농기구를 들고 일해야만 했다. 더러운 작업복을 입자 그는 거지같은 꼴로 보였다. 최룡해는 문득 분통이 터졌다.

'김정은 동지를 위해서 러시아에 갔고, 그곳에서 푸틴 대통령을 만나 위원장의 서신을 전달했고, 북조선을 위해 노력했으며 또 중국으로 가서 시진핑 주석을 예방하여 북조선을 대변했는데, 그렇게 고생한 나를 이렇게 고통의 길로 보내다니.'

아무리 생각해도 분통이 터져서 견딜 수 없었다. 그러나 그러한 고통을 준 이유는 창의적이고 혁명적인 아이디어를 만들어내라는 지도자의 엄명인지도 몰랐다. 한 시간을 일하다 보니 허리가 아프고 도무지 견딜 수 없었다. 편히 공부하고 배 터지게 쌀밥을 먹고 고생이 무엇인지 모르는 최룡해는 노동일이 쉽지 않았다.

"지도원 동지 내래, 힘들어서 그러는데 좀 쉬면 안 됩니까?"

그는 얼굴을 찌푸리면서 말했다.

지도원 동지는 갑자기 그 말을 듣고는 안색이 변했다. 그는 당 조직 비서이며 총참모장까지 한 거물을 어떻게 요리해야 하나, 하고 깊은 고민을 했다. 만일 최 동지가 복권된다면 그는 복수극을 할 것만 같았다. 지도원 동지는 안절부절했다. 만일 그를 편히 대우했다가는 다른 동지들이 상부에 고발할 것이다. 그것 역시도 무서운 일이었다. 이런저런 생각을 하다가 그는 현재의 일에 느슨하게 대처하리라고 생각했다.

"이보시라요! 최 동지, 지금이 몇 시인데 일하다 말고 쉬겠다는 겁니까? 같이 일하고 같이 쉬어야 능률이 생깁니다. 노동일이 힘이 들겠지만 조금만 참고 쉬도록 합세다."

그는 일언지하에 쉬기를 허락하지 않았다. 할 수 없이 그는 동지들과 일하고 쉬기를 반복했다. 저녁이 되어 파김치가 되어서 돌아온 그는 저녁을 먹고 방에 누워서 쉬고 있었다. 잠에 들려고 하는 참에 인기척이 들리더니 이웃에 있는 김 동지가 나타났다.

"최 동지, 빨리 일어나시라요."

최룡해는 갑자기 무슨 일인가 궁금하여 고개를 들고 바라봤다.

"무슨 일이 있습네까?"

"이웃집에 모여서 사상교육에 참석해야 합네다."

그는 피곤한 몸을 이끌고 문지방을 잡고 나왔다. 허리도 저리고 온몸이 피곤하여 괴로웠다. 그는 이웃에 가서 교육에 참석했다. 십여 명이 방 안에 가득 모여 최 동지가 오기를 기다리고 있었다. 자리에 앉자 잠이 쏟아졌다. 위원장 동지가 무슨 말을 했는지 그는 하나도 기억하지 못했다. 우리 인민들이 이렇게 못살고 가난하며 식량도 부족하여 고생을 하고 있다는 것을 체험한 최 동지는 많은 것을 깨달았다. 내가 하루속히 복권하여 우리 북조선을 경제 강국으로 만들어야 한다고 마음으로 다짐했다. 중국의 지도를 받아서 경제를 일으키려는 야심을 가지고 있는 동지들이 있는데 그가 언젠가는 남조선보다 더 잘할 수 있으리라 생각을 했다. 중국과 같이 개방할 수 있는 것은 지도자 동지가 아니면 아무나 할 수 없는 일이었다. 어쩌면 그것은 권력 암투나 마찬가지였다. 능력이 있어도 힘을 쓰지 못하고 권력에서 밀어내려는 음모가 안개와 같이 진행되고 있을 터였다. 배가 고프고 심신이 피곤한 인민들은 농장을 이탈하여 갑자기 어디론가 사라졌다. 귀신이 곡할 노릇이었다. 인민들은 야밤을 틈타서 한 명씩 사라지고 있었다. 지도원 동지는 위기감을 느꼈다. 아내들을 불러 당신의 남편이 어디로 갔는지 아무리 물어도 돌아오는 대답은 한결같았다. 모른다는 것이었다. 자고 나면 한 사람씩 행방불명이 되었다. 지도원 동지는 이 상황이 두려웠다. 자신도 언제 처형될지 알 수 없는 노릇이었다. 배고파서 도망가는 인민들의 수가 계속 늘어났다. 그들을 통제하기에는 이미 늦었다.

그는 인민들이 한 명씩 사라진다고 상부에 보고를 했다.

"쌍 간나 새끼래, 왜 인제야 보고하는 기야! 죽고 싶어서 안달이 난 거야. 인민들을 통제하고 꼼짝 못하게 할 일을 두 눈 뜨고 잡지를 못했단 말이요."

상부에서는 인상을 쓰며 시비조로 나왔다.

"죄송합네다."

지도원 동지는 개구멍이라도 있으면 들어가고 싶었다. 하늘을 바라보니 황금빛 오리가 날아가는 것이 보였다. 자유로이 하늘을 날아가는 새가 부러웠다.

"지금 죄송하다고 인민들이 나타납네까? 정신줄을 놓다가는 귀신도 모르게 죽습네다."

위원장이 쌍나발을 불며 잔소리했다. 인민들은 목숨을 내놓고 압록강을 건넜다. 운이 있으면 살고 운이 없으면 총에 맞아 비참하게 죽는 인민들이 늘고 있었다. 그래도 이렇게 사는 것보다는 차라리 죽는 게 낫다며 압록강을 건너는 인민들이 늘어나고 있었다. 두만강가에도 수많은 시체가 쌓여있었다. 김정은 위원장의 명령으로 압록강가에는 철조망이 쳐져있었고 인민군들은 총을 들고 보초를 서고 있었다. 압록강에도 엄중한 경계가 내려졌다. 개미 새끼 한 마리도 탈출할 수 없을 만큼 엄한 분위기로 보초를 강화하고 있었다. 찬바람이 강가에 불어오고 있었다.

김정은 위원장은 잔인한 방법으로 인민들을 공개처형하고 있었다. 선친의 유언대로 그는 선군 정치를 하기 위해 광분하고 있었다. 그렇지 않으면 언제 미제국주의자들인 개새끼들과 남조선 간나 새끼들이 북조선을 초토화할지 알 수 없었기 때문이다. 인민 무력부를 격하시키고 총정치국장이 실질적인 군 내부를 통솔하고 있었다. 서열로 따지자면 제2인자가 인민무력부장인데 이제는 총정치국장이 인민 무력부를 대체하고 있었다. 위원장은 이렇게 군 지휘관들을 손바닥 안에 가지고 놀면서 그들을 통솔해 오고 있었다. 북한 인민들을 광신적인 집단으로 만드는 것이 최대의 숙제였다. 그것은 북조선이라는 공산국가를 떠받치는 콘크리트 지지층이며 북조선을 세우는 위대한 노동자들이었다. 동시에 군벌을 형성하는 요인이 되기도 했다. 그리하여 김정은 위원장은 미친듯이 잔인하게 공개처형을 감행했다. 국경 일대에 탈북자들이 강을 건너지 못하도록 전기철조망을 치고 장벽을 만들었다. 한국 드라마를 시청한 인민들을 죄다 집단처형하고 있었다. 인민들이 탈북자들이 전해주는 소식을 들으면 북한의 독재자 정권을 불신할 수도 있었다. 탈북자들이 전해주는 소식은 정권과 김정은에 대한 충성심을 약화시키는 요인이 될 수도 있고, 독재자를 응징하는 마음을 품게 하는 계기가 될 수도 있었다.

2013년이었다. 북조선에도 봄바람이 불어오기 시작했다. 곳곳마다 개나리가 만발한 봄이었다. 여인들의 옷차림에서 봄은 이미 와 있었다. 젊은 청춘남녀들의 교제가 시작되었다. 그들의 사랑은 한창 익어가고 있었다. 농부들은 농기구를 들고 밭으로 가고 아녀자들도 남편을 따라서 밭일에 여념이 없었다. 밤에는 위대한 동지의 교지를 읽어야 했고, 피곤한 몸에 일은 쉬지 않고 계속되었다.

"부위원장 동지, 내래 할 말이 있시오."

부위원장 산하에 있는 박 동지가 장성택 동지에게 은밀히 말했다. 그들은 조용한 곳에 서서 담배를 피워 물었다. 역시 담배는 남조선 담배가 질이 좋다고 말하며 그들은 담소를 나눴다.

"부위원장 동지, 조심하시라요. 위원장 동지의 칼이 부위원장을 겨누고 있시오."

장성택의 측근이 그에게 은밀히 귀에 대고 말했다.

"나도 그렇게 느끼고 있소."

"우리가 먼저 거사를 하면 되지 않겠소."

"그건 위험합니다."

"그러면 당하고 있을 겁네까?"

"나도 생각이 있소."

"한번 들어 봅시다. 부위원장 동지는 속전속결로 일을 하지 않고 구렁이 담 넘어가듯 뭉그적거리는데, 그러면 당합니다. 빨리 손을 써야만 합니다."

그들은 자신들에게 닥칠 죽음의 그림자를 느끼고 있었다.

2013년 12월 9일이었다. 평양중앙방송은 반당 반혁명 종파행위를 했다는 이유로 정치국 확대회의를 열고 장성택을 모든 지위에서 해임하고 일체칭호를 박탈하여 공산당에서 출당 제명시켰다고 보도했다. 이날 회의에는 김정은 위원장도 참석했다고 밝혔다. 그는 12일 전격 총살형으로 처형됐고 화염방사기로 뒤처리되었다. 화염 방사기를 이용한 것은 북한 주민들의 동요를 막고 북한체제를 결속시키는 동시에 잔혹하게 공포정치를 하여 김정은의 권력을 확고부동하게 세우는 계기가 됐다. 그 외 장성택의 수하 수십 명이나 되는 측근들도 모조리 처형됐다. 이 사건이 대서특필되자 북한의 공개처형에는 인간의 기본적인 인권이 없다는 사실이 드러났다. 세계의 여러 나라는 이 사실을 두고 경악했고 놀라서 앞다투어서 성명을 내기에 바빴다. 1991년 12월 25일, 고르바초프 대통령이 사임하자 소련의 사회주의공화국이 해체하면서 러시아가 출범했다. 고르바초프는 23세에 모스크바 법대를 졸업하고 고향에서 공산당 관리로 취업했다. 그는 승승장구하여 소련공산당 제일 서기가 되었다. 1986년 소련의 공산당 서기장 고르바초프는 페레스트로이카를 발표하여 개혁개방정책을 받아들이게 되었다. 소련도 시장원리에 따라서 경제가 돌아갈 수 있도록 하고 개인도 기업에 참여하여 잘살자고 하는 데에 그 목표가 있었다.

김정은
위원장

날씨가 쾌청했다. 보잉747 프랑스 에어라인은 드골공항에서 굉음을 내며 이륙하고 있었다. 객실 내부에는 브람스의 곡이 잔잔하게 흐르고 있었다. 승무원들이 객실 내부를 돌아다니며 손님들에게 서비스를 제공하고 있었다. 손님들 중 브람스의 곡을 아는 사람은 고개를 끄덕이며 음악을 감상하고 있었다. 하지만 곡을 모르는 사람들은 그저 유리창 너머 풍경만을 바라보거나 폰을 만지작거릴 뿐이었다. 항공기를 타고 여행하는 사람이라고 해서 모두 수준 높은 음악을 감상하는 건 아니었다. 고등 교육을 받은 자들만이 음악을 음미할 뿐이었다. 그들은 음악을 전공한 자들이었다. 또는 음악을 좋아하다 보니 브람스 곡을 몇 번 들은 사람들이었다. 여객기가 지나갈 때 구름들은 길을 비켜주고 있었다. 여객기는 최상의 컨디션을 유지하며 유럽 상공을 가로지르고 있었다. 스위스를 경유하여 카타르에서 손님을 태우고 다시 말레이로 향하는 노선이었다. 태수는 독일에서 파리까지 열차를 이용하여 드골

공항에서 말레이 여행을 하고 있었다.

2017년 2월 13일, 말레이 쿠알라룸푸르 공항 제이청사에서 두 명의 여성이 독극물 VX(신경가스)가 든 스프레이를 김정남의 얼굴에 뿌리고 도주했다. 김정남은 가족을 만나러 비행기를 타려고 줄을 서있던 차에 독극물로 인하여 혼수상태에 빠졌고, 이내 곧 사망했다. 북한의 황태자 족보 씨 말리기가 시작된 것이다. 그는 수행원 하나 없이 가족들을 만나러 갔다가 변을 당한 것이다. 마른 천지에서 날벼락을 맞은 격이었다. 그는 북한인이 우글거리는 동남아에서 자신을 보호하지 못하고 사랑하는 가족을 남기고 죽었다. 현지 경찰은 두 명의 여성을 체포했다고 발표했다. 그녀들은 돈을 받고 남자에게 그런 못된 일을 했다고 자백했다. 인도네시아인 '시티 아이샤(25세)'와 베트남인 '도안 티 흐엉(29세)'이라는 두 명의 여인은 북한의 황태자인 김정남을 죽여서 살인자라는 오명을 얻게 되었다. 그들은 말했다. 설마 사람이 죽을지는 몰랐다고. 그렇게 말하며 우리들은 아무런 잘못이 없다고 저항했다. 어쨌든 사람이 죽었으니 형벌을 피할 수는 없을 것이다.

말레이시아 당국은 일주일 동안 사인을 밝히지 못하고 있었다. 김정남을 죽게 한 약물이 신종독극물이라서 다소 시일이 걸릴 것이라고 말했다. 용의자 중에는 김정남이 테러를 당할 때에 멀리서 지켜보던 이들이 있었다고 말했다. 김정남이 쓰러질 때 그들은 급하게 자리를 이동하고 있었다. 그들은 왜 그랬을까. 그것은 수수께끼 같은 의문이었다. 경찰이 용의자들을 검거하고 CCTV

를 확보하면서 그 사실을 알아낼 수 있었다. 북한인 여러 명이 현장 주위에서 김정남이 사망하는 걸 확인하고 현지를 뜨는 장면이 CCTV에 찍힌 것이었다.

　북한 언론은 김정남이 심장마비로 사망했다고 전했다. 김정남은 북한의 지도자 김정일의 장남으로 귀여움을 받고 자랐다. 성장하여 대외 부분에서 일을 하고 비자 없이 일본공항에 내렸다가 공항 당국에 검거되었다. 이러한 일이 신문에 보도되자 화가 난 부친인 김정일의 미움을 받아서 본국에 가지 못하고 동남아 등지에서 유랑하는 생활을 해왔다. 그는 비둘기같이 순진해서 정치적인 음모를 펼치는 모사꾼이 되지는 못했다. 김정남의 이복동생인 정은이가 대권을 위임받을 때에 삼대세습은 잘못됐다고 비난을 했다. 아무런 힘이 없는 그는 말 한마디로 김정은을 격분시켰다. 그는 고모부인 장성택의 도움으로 생활했으며 후견인마저 죽자 어떠한 경로로 생활했는지 아는 이가 없었다. 중국이 김정남을 보호했다는 설이 제기되었다. 그는 실제로 중국과 가까운 곳에서 생활을 했다. 태수는 쿠알라룸푸르 공항에서 황태자를 추모하는 마음을 가졌다. 그런 식으로 황태자의 발자취를 더듬어 갔다. 그는 김정은과 함께 국제학교에서 생활을 했으며 그런 연유로 인하여 그의 이복형을 측은한 마음으로 동정을 했다. 어머니와 아버지의 사랑을 받지 못하고 사는 것은 얼마나 비통하고 쓸쓸했는지 아무도 모를 것이다. 권력자의 아들로 인정받지 못하고 낭인생활 하는 것은 비참한 인생이라고 표현해야 할 것이다. 그는 황태자의 발길을 따르며 마음속으로 그가 가는 길을 추모했다. 저세상에서나마 당신의 뜻을 펼치시라고 마음속으로 전했다.

태수는 20여 년 전의 일을 떠올렸다. 그는 독일에서 초등학교를 다니고 있었다. 아이들은 힘이 센 아이들과 약한 아이들이 있었다. 힘이 센 아이들은 약한 아이들을 괴롭히고 금품을 갈취하곤 했다. 어느 날 태수는 아이들과 공부를 마치고 집으로 가고 있었다. 학교에서 교문을 나서면 긴 도로가 쭉 뻗어 있었고 도로 우편에는 마을이 있고 가게들이 수십 개나 있었다. 도로를 따라가는 아이들도 있었고 주택 길로 들어가는 아이들도 있었다. 태수는 아이들과 도로 좌편으로 들어갔다. 도로 좌편에는 소나무와 떡갈나무, 쭉쭉 뻗어 올라가는 미루나무들이 있었다. 여름이면 매미가 우렁차게 울어대는 곳이었다. 각종 새들도 날아다니면서 먹이를 찾는 장소였다. 점심시간이면 아이들은 그곳에서 술래잡기를 하고 나무 위에 올라가 알을 꺼내 오기도 했다. 공원 숲으로 가는 길은 언제나 유쾌했다. 꿈과 낭만이 있는 곳이었다. 그런데 그 평화로운 장소는 종종 불량배들의 활동구역이 되기도 했다. 아이들은 그곳을 지나칠 때마다 불안감에 떨곤 했다. 불량배들이 그 길목에서 담배를 피우다가 하교하는 아이들을 상대로 돈을 갈취하거나 괴롭히는 일이 다반사로 일어나고 있었다. 물론 경찰이 단속을 하고 있기는 했다. 하지만 약삭빠른 불량배들이 경찰의 눈을 피해 나쁜 일을 저지르곤 했던 것이다. 불량배들로부터 피해를 입은 아이들은 보복이 두려워 신고를 하지 않았다.

그날도 마찬가지였다. 아이들 다섯 명이 공원 쪽으로 웃고 떠들면서 가는데 불량배 녀석들이 나타났다. 녀석들은 아이들을 불러 세웠다. 녀석들은 몸집이 보통 아이들보다 컸다. 싸움을 할 줄 몰라도 우선 덩치가 크면 상대방은 주눅이 들고 두려워한다는 속성을 이용해 그런 놈들끼리 뭉친 모양이었다.

"너희들 거기 서지 못해!"

녀석들이 소리쳤다. 집으로 가고 있던 아이들은 녀석들을 마주치자 그 자리에 머뭇거렸다.

"뭘 봐 새끼야! 사람 처음 보는 거야!"

녀석들은 시비를 걸고 넘어졌다. 덩치가 큰 녀석은 아이들 앞으로 다가가 주먹으로 머리통을 한 대씩 쥐어박았다. 한 녀석은 침을 땅바닥에 뱉으며 몽둥이를 들고 있었다.

"너희들 이곳을 지나려면 통행세를 내야 한다는 걸 알고는 있겠지?"

그들은 결손 가정의 아이들이었다. 거리에서 아이들을 괴롭히며 살던 녀석들이다. 녀석들은 담배를 피우면서 태수에게 담배를 피우라고 입에 물려주었다. 그는 담배를 피우지 않고 담배를 뱉어 버렸다. 그러자 한 놈이 그의 복부에 주먹을 날렸다. 태수는 자리에 그만 주저앉았다. 온몸에 힘이 빠지면서 도저히 일어날 수가 없었다. 녀석들은 아이들에게 돈을 요구했다. 불가항력인 상황이었다. 할 수 없이 주머니를 털었다. 그러나 돈은 없었다. 빈 호주머니였다. 그들은 그를 일으켜 세운 다음 계속해서 주먹을 날렸다. 입술이 터지고 코피가 났다. 태수는 그들의 샌드백이 되었다. 쓰러져서 일어날 수가 없었다. 녀석들은 태수를 제외한 다른 아이들에게도 내일 돈을 가지고 극장으로 오라는 말을 남기고 자리를 떴다. 지나가던 독일인들은 그 광경을 목격했음에도 불량배들을 말리거나 아이들을 구하려 들지 않았다. 그저 힐끔거리며 지나갈 뿐이었다. 아무래도 그들 역시 불량배들이 두려운 것 같았다. 태수의 얼굴은 눈물과 피로 얼룩졌다. 다리를 끌면서 겨우 집에 왔을 때는 사위에 어둠이 내리고 있었다. 집에 도착했을 때, 태수의 모습을 본 부모님은 놀라면서 녀석들을 법정에 세워야 한다고 했다. 그러나 이방인인 그의 가정은 풍전등화였다. 누구와도 상담할 수 없었다. 그들에게 있어 법은 무용지물이었다.

그 후로 그는 매주 녀석들에게 돈을 빼앗겼다. 기를 펴고 학교에 다닐 수 없게 되었다. 녀석들의 등쌀에 도무지 학교에 다닐 수가 없었다. 태수는 아버지가 운영하는 과일가게에서 일하며 용돈을 벌고 있었다. 학교에서 돌아오면 자전거를 타고 과일을 배달하면서 용돈을 버는 식이었는데, 그 용돈을 불량배들에게 상납하고 있는 상황이었다. 상납하지 않으면 매일같이 얻어맞고 학교에 다녀야만 했다. 불량배들에게 얻어맞는 것은 너무나 괴롭고 하루하루가 지나는 것이 지옥과도 같았다. 녀석들은 돈을 두 배로 올려서 가지고 오라고 말했다. 이제는 아버지의 가게에서 돈을 훔쳐야만 했다. 그 돈을 녀석들에게 주는 것은 그를 너무나 힘들게 했다. 몸은 피곤하고 지쳤다. 학교에 갔다 오면 그들은 길목을 지키고 그를 기다리고 있었다. 녀석의 뒤에는 그와 같은 애들이 있었다. 아이들은 그들을 따라다니면서 그들의 시중을 들어야만 했다.

태수는 아버지의 가게에서 과일을 배달해야 한다고 말했다. 녀석들은 들은 체도 않고 코너로 몰아세우더니 복부에 주먹을 날렸다. 그는 복부의 통증으로 땅바닥에 주저앉았다. 두 번 다시 말하면 그냥 두지 않겠다고 으르렁거렸다. 그의 얼굴은 고통으로 일그러졌고 땅거미가 질 때까지 그들을 따라다니다가 집으로 돌아갔다. 늦게 돌아오는 그의 얼굴을 보고 아버지가 반겨주셨다.

"태수야! 너 요즘 이상한 행동을 하는데 무슨 문제가 있지?"

아버지가 그에게 말씀하셨다.

"아버지 아무 일도 없어요."

"너, 얼굴을 보니 눈물 범벅인데, 불량배들하고 어울리고 다니는 모양이구나."

아버지가 집요하게 묻는데 차마 거짓말을 할 수도 없었다. 할 수 없이 그는 사실대로 털어났다. 그의 얘기를 들은 아버지는 분노했다. 불량배 녀석들을 그냥 둘 수가 없다며 경찰에 신고해야 한다고 말했다. 아버지의 말에 태수는 깜짝 놀랐다. 만약에 그들을 경찰에 신고한다면 보복을 당할지도 몰랐다. 두려웠다. 그는 아버지를 말리며 말했다. 내가 알아서 할 테니 저에게 맡겨 달라고 말이다. 아버지는 그에게 좋은 수가 있느냐고 물으며 그렇게 하라고 일단 안심했다. 이후로 그는 아버지에게 말하고 태권도 도장에 다니게 되었다. 도장에 다니면 내 몸뚱이 하나 지킬 수 있을 정도로 강해지니 일단 다녀볼 생각이었다. 도장에서 운동하는 친구들도 만나니 마음에 안정이 찾아왔다. 일과가 끝나면 도장으로 달려가서 밤늦게 운동을 했다. 일 년 만에 유단자가 되기 위해 태수는 태권도에 빠져들었다. 발차기와 돌려차기는 어려운 기술인데 그것을 연마하는 데 오랜 시간이 흘렀다. 어느 날 그는 학교에서 도장으로 가려고 나섰다. 녀석들은 그를 학교 앞에서 기다리고 있었다. 녀석들은 그를 불러내더니 요즘 왜 우리를 만나지 않느냐고 시비조로 말했다.

"나를 건드리면 도장에 있는 선배와 사범이 너희들을 가만두지 않을 걸. 나는 도장에 다닌다."

태수는 당당하게 말했다. 녀석들은 그제야 길을 비켜주었다.

태수가 유단자가 됐을 무렵엔 동내 친구들이 그를 잘 따랐다. 내친김에 그는 킥복싱으로 운동을 전환했다. 운동하면서 녀석들은 그를 멀리했다. 그러나 그는 복수를 해야만 했다. 학교 공부를 끝내고 도장으로 가는 길이었다. 두 여자아이가 불량배들에게 끌려가는 것이 목격되었다. 녀석들이 여자아이를 끌고 가서 윤간을 하고 못된 짓을 하려는 것을 알고 있었다. 녀석들은 네 명이고 여자아이는 두 명이었다. 공원을 지나 허름한 변두리로 가고 있었다. 자작나무 숲이 하도 무성해서 주변은 어두웠다. 인가는 멀리 떨어져 있었다. 그는 그들에게 다가갔다. 녀석들은 흉기를 들이대고 여학생들의 옷을 벗기려 들었다. 여자 아이들은 필사적으로 거절했으나 불가항력이었다.

"이놈들아! 아이들을 보내라."

태수가 위협적인 목소리를 내지르며 다가갔다.

녀석들은 일제히 흉기를 들고 그에게 몰려왔다. 태수는 가방을 내려놓고 옆발차기로 한 녀석을 공격했다. 녀석은 칼을 놓치며 그 자리에서 나동그라졌다. 그 모습을 본 녀석들은 태수가 두려운지 주춤거렸다. 그는 연달아 세 녀석을 공격했다. 녀석들은 겁에 질려 달아났다. 여자 아이들 두 명은 고맙다고 하면서 고개를 숙였다. 그는 아이들을 집까지 무사히 데려다주었다. 그런 일이 있고 나서 매일같이 복수에 복수가 벌어졌다. 태수는 불량배들을 찾아가서 결투를 신청했다. 그는 녀석들을 공원으로 불러냈다. 그들에게 당하고 나서 일 년쯤 되었을 무렵의 일이다. 녀석들은 주머니 칼을 들고 태수를 위협했다. 그는 옆 발차기로 한 놈을 날려 보냈다. 비명을 지르면서 녀석은 나가떨어졌다. 녀석들이 주춤하는 사이 태수는 연달아 공중회전을 하며 발차기와 정권으로 녀석들을 한 방에 날려 보냈다. 녀석들은 살려달라고 손을 비볐다. 그는 녀석들에게 말했다. 다음에도 한 번 더 아이들을 괴롭게 한다면 죽여 버리겠다고 큰소리로 으름장을 놓았다. 그 후에도 도전자들과의 싸움이 계속됐다. 싸움에 진절머리가 난 부모님은 그런 연유로 해서 그를 스위스로 유학 보내게 되었다.

엄마는 태수의 손을 잡고 할 말을 잃은 듯 더 이상 말씀이 없었다. 동생들도 태수를 보고 손 흔들고 있었다. 수많은 사람들이 기차에 분주하게 올라탔다. 그는 동양인이다. 노란머리, 금발머리 빨강머리의 유럽 사람들과 같이 태수도 손을 흔들며 기차에 올라탔다. 기차는 기적을 올리며 출발했다. 독일을 지나는 데 몇 시간이나 소요되었다. 그는 스위스에 도착할 때까지 잠을 청하고 있었다. 태수 옆에는 아주머니와 개구쟁이 꼬마애가 있었다. 아주머니는 갓난아이를 안고 있었다.

차창 너머로는 자작나무 숲이 보였다. 높이가 한 20m나 되는 숲은 하늘이 보이지 않을 정도였다. 노루같이 생긴 야생동물들이 눈을 멀거니 치켜뜨면서 지나가는 기차를 보고 있었다. 매일같이 많은 기차가 다니기 때문에 놀라지 않는 것 같다. 기차는 역에 도착했다. 몸이 근질거리고 있었기에 그는 밖으로 나왔다. 수많은 야생동물에게 모이를 주지 말라고 당부의 스피커가 들려왔다. 또 야생동물들의 습격도 있으니 되도록 멀리 피해 있으라고 말했다. 산불이 났는지 역 주변에는 연기가 자욱했다. 십 분 후에 기차는 출발했다. 산악지대로 올라가는 소리가 요란하게 들려왔다. 8시간이 지나서야 기차는 스위스에 도착했다.

스위스의 수도는 베른이고 그곳은 독어를 사용한다. 인구는 팔백만 명이고 종교는 신교다. 스위스에서 신교가 발생했고 칼뱅이 종교개혁을 했다. 루터가 독일에서 종교개혁을 1517년에 했으니까 그 이후에 스위스에서도 개혁의 깃발이 일어난 것이다. 중세기의 건물이 웅장하고 아름다운 모습을 보존하고 있었다. 베른 국제학교는 학비가 비싸고 세계 부호의 자제들이 다니는 학교다. 국제학교를 졸업하면 영국의 명문대학교나 프랑스나 독일, 그리고 미국의 명문대학교에 진학한다. 그는 아름다운 베른의 모습을 보고 국제적인 인물이 되어야겠다고 꿈을 가졌다. 가을에 신학기가 시작됐다. 중학교에 편입학해서 아이들과 만나게 되었다. 각국에서 온 아이들은 저마다의 소질과 특기가 있었다. 유난히 덩치가 큰 아이들도 있었다. 작은 아이들은 소외감을 가지고 공부를 했다.

겨울이 되었다. 태수와 친구들은 스키를 타면서 체력을 연마했고 즐거운 생활에 점차 익숙해졌다.

선생님이 새로운 아이를 소개해 주었다. 그 아이는 동양에서 온 소년이었다. 동양인은 조금 두려운 기색이 있는지 비교적 조용했다. 그는 부끄럼을 타는 소년에게 관심이 갔다. 같은 동양인이기 때문에 더욱 애정이 갔다. 소년의 이름은 박철이라고 불렀다. 박철은 태수에게 친밀함을 느꼈다. 자연스레 어울리는 시간이 많았다. 겨울 방학에 그들은 독일에 가서 놀기도 하고 스노우보드나 스키를 타며 즐거운 시간을 보내기도 했다. 크리스마스에는 동네 교회에 가기도 했다. 교회에서는 다양한 놀이를 했고 그들은 그곳에 비교적 잘 적응했다. 크리스마스가 지난 후에 박철은 고향에 간다고 했다. 그는 몇 달 후에 돌아왔다. 태수는 박철의 형도 만났다. 그 형제들은 비교적 자기 얘기는 잘 하지 않았다. 자신의 고향은 북한이고 부모님은 북한을 통치하는 권력자라고 했다. 그는 그 소리를 듣고 신경이 곤두섰다. 박정희 정권 시절에 독일에 있는 유학생들이 북한을 다녀와서 검거선풍이 일어난 일이 있었다. 그는 문득 두려워졌다. 그러나 박철을 보고나면 마음이 안정되었다. 박은 인정이 있고 누구와도 잘 지내기 때문이다. 중동에 있는 권력자들의 자녀들도 학교에 잘 다니고 그들과 하나도 다를 게 없었다. 박철의 인상은 얼굴이 둥글고 토실토실 살이 붙어있고 욕심이 많았다. 형도 비교적 유순했고 박철보다 더 친밀감이 있었다. 그들은 공부는 보통으로 했고 태수와 같이 농구를 좋아했다. 운동을 많이 하다 보니 그는 인기를 얻었다. 그들은 시내에서 즐거운 쇼핑을 했다. 음식을 먹고 시내를 활보하면서 극장에 들어갔다.

극장은 잘 꾸며져 있었다. 남녀노소 할 것 없이 많은 이들이 있었다. 개를 데려온 사람도 있었다. 이제는 강아지가 백인들에게는 친숙한 동물로 자리 잡은 모양이었다. 입구에서는 강아지를 데리고 들어갈 수 없다고 직원이 나와서 통제했다. 나이 든 사람은 제발 한 번만 봐달라며 사정했다. 그러나 거절당했다. 사람들 중에는 금발머리가 가장 많아 보였다. 동양계 흑색계열은 많지 않았고 태수와 박철도 백인 여자의 뒤에 서서 차례를 기다렸다. 두 명의 백인 여자는 무엇이 그렇게 할 말이 많은지 그들을 쳐다보면서 수다를 그치질 않았다. 그들은 표를 받고 극장으로 들어갔다. 한국말을 사용하는 사람은 두 사람뿐이었다. 박은 먹을 것을 두 봉지나 사 왔다. 한 봉지를 태수에게 건네주었다. 그는 고맙다는 말을 전했다. 영화는 전쟁물이었다. 할리우드에서 촬영한 인기 영화였다. 영화의 줄거리는 다음과 같았다. 미국에서 말을 타고 사냥하는데 어디선가 인디언이 나타나 미국인을 무자비하게 살상했다. 전쟁의 소용돌이 속에서도 남녀의 사랑은 이루어졌다. 그러나 인디언이 공격을 해서 병사의 여인은 납치당했다. 여인을 구하러 가는 병사는 목숨을 내놓고 추격을 계속했다. 다행히도 여인을 구했다. 하지만 여인은 사랑을 이루지 못하고 죽고 만다. 병사는 여인을 붙들고 오열한다. 멀리서 그 광경을 지켜보고 있던 인디언은 총을 겨누고 그에게 다가온다. 총소리가 들렸다. 병사는 고개를 들고 뒤를 돌아본다. 인디언이 쓰러진다. 병사는 자기를 도와주는 사람이 존재한다는 걸 알게 된다. 그 존재는 바로 주황색의 얼굴을 한 미모의 인디언 여인이었다. 병사는 그녀에게 가까이 다가가서는 무릎을 꿇고 앉는다. 감사하다며 눈물 흘린다. 그녀는 눈을 뜨고 병사를 쳐다볼 뿐이다. 여인은 병사에게 다가가서 남자의 눈물을 손수건으로 닦아준다. 그녀는 그녀 자신조차도 알 수 없었다. 어째서 자신의 족속을 죽이고 적을 구해주었는지 말이다. 스스로를 이해할 수 없었다. 두 남녀는 총을 쏘고 달려오는 인디언을 피한다. 혼신의 힘을 다해 달려서 인디언 구역을 벗어난다. 이제 병사는 인디언 여인을 구해주어야 한다는 사명을 가지고 부대로 귀가했다. 잃어버린 애인을 생각하면 가슴이 아프다. 하지만 이제 그 일은 과거가 되었다. 그러니 과거를 흘려보내고 인디언 여인과 살아가야 한다. 그것이 마치 운명이 남긴 숙제처럼 다가왔다. 남녀의 사랑이란 이처럼 인종을 초월해서 이루어진다고 생각했다. 병사는 그녀에게 가정으로 돌아가라고 말했다. 사랑하지만 그녀를 돌려보내야 했다. 병사는 그녀를 책임질 수 없는 현실이 너무나 각박하게 여겨졌다. 그녀는 병사에게 말했다. 당신은 나를 사랑하지 않는다고, 그렇지 않고서야 헤어지자는 말을 할 수가 없다고. 헤어지려는 이유를 대라고 말했다. 헤어지지 말고 우리 부족과 함께 살자고 그녀는 제안했다. 그곳에서 목장을 하고 아름다운 가정을 만들자고 그녀는 병사에게 제안했다. 영화의 결론은 이것이었다. 남녀의 사랑이란 전장에서도 꽃을 피울 수 있다는 것. 영화는 그렇게 말하고 있는 것 같았다.

그들은 이런 줄거리의 영화를 보고는 숙소로 돌아왔다.

김정은 위원장

저녁을 먹고 있는데 친구들이 농구를 하자고 말했다. 태수와 박철이 한 팀이 되었다. 두 녀석은 아랍에서 온 아이였다. 아랍인들도 백인과 비슷해서 알아보기가 쉽지 않다. 그는 아이들과 농구를 했다. 땀을 흘리고 웃통을 벗고 태양빛 아래에서 얼굴이 벌겋게 타오르면서 그들은 지칠 줄 모르고 농구에 열중했다. 한 시간이 넘도록 운동했다. 그들은 지치고 힘에 부쳐서 운동장에 주저앉았다. 태수와 철이가 녀석들을 이길 수 있었는데 아쉽게도 분패했다. 다음번에는 꼭 이길 수 있다고 생각이 들었다. 박철도 잘했는데 너무나 지치고 체력이 달렸다. 녀석들에게 진 것이 아쉬운지 박철은 다시 한번 하자고 졸랐다. 그들은 웃으면서 거절했는데 박철과 태수가 세 번 슈팅으로 승리자를 가리자고 말했다. 그들은 서로를 쳐다보면서 한번 해보자고 결의를 다진 것 같았다. 그는 박철과 하이파이브를 하며 파이팅을 외쳤다. 그들이 먼저 슈팅을 포인트에서 날렸다. 세 번을 거듭 날렸는데 박철이 두 번 넣었고 태수가 세 번을 다 넣었다. 여섯 번을 다 넣어야 이기는데 한 점이 부족했다. 녀석들은 키가 그들보다 약간 크다고 잘 넣는다는 보장이 없었다. 녀석들이 공을 손끝으로 굴리면서 드리블을 하더니 포인트에서 슈팅을 날렸다. 그들의 묘기에 태수는 황홀함을 느끼고 바라봤다. 그는 햇볕을 안고 봤는데 눈이 찡하면서 고개를 숙였다. 성공을 외치는 목소리를 듣고 애들은 태수보다 한 수 위라고 생각을 했다. 태수와 박철도 이들의 적수가 될 수 없었다. 마지막 행동을 지켜보는 것이 좋겠다고 그는 판단했다. 한 녀석이 삼 점을 넣었고 한 녀석이 또다시 한 점을 통쾌하게 넣었다. 박철과 태수는 마른침을 삼키고 녀석들을 쳐다보았다. 제발 한 점만이라도 실점을 해라 그들은 한 녀석을 지켜보았다.

녀석은 웃음을 날리면서 두 번째 공을 날렸다. 그들 모두 농구 바스켓을 쳐다보았다. 공은 타원형을 그리면서 바스켓에 들어갔다. 이제 한 번 남았다. 그들은 약속이나 한 듯이 마른침을 꿀컥 삼켰다. 제발 이번에는 바스켓에 맞고 다른 곳에 떨어지라고 마음속으로 빌었다. 그러면 다시 한 번 대결을 할 수 있었다. 동점이란 존재할 수도 없었다. 비긴다는 것은 더 큰 치욕이라고 생각했다. 태수는 운동을 할 때 쓰던 방법을 생각했다. 그것은 마음속으로 목표를 정하고 행동을 하면 큰 점수를 얻게 된다는 점이었다.

그들을 마지막 한 점을 실격하리라고 확신에 차있었다. 녀석들은 그들을 만만하게 보고 있었다. 그런 마음 자세가 태수의 눈에 보였다. '너희들 동양 미꾸라지들이 우리 아랍인들을 따를 쏘냐!' 하는 냉기가 그들의 눈과 입 언저리에서 맴돌았다. 드디어 한 점을 남겨놓고 있었다. 녀석들은 빙글빙글 공을 돌리며 아이들을 기선 제압하고 있었다.

"너희들, 이제 쇼는 그만하고 공을 던져라!"

태수가 소리쳤다. 녀석들은 멈칫하면서 애써 태연한 척했다. 녀석들은 입가에 비웃음을 흘리며 공을 던졌다. 공은 타원형을 그리면서 멀리 날아갔다. 그런데 공이 바스켓 구멍으로 들어가지 않고 포물선을 그렸다. 공은 바스켓에 맞아 떨어져 나갔다.

동점이 되었다. 태수와 박철은 다시 도전할 기회를 얻게 되었다. 태수는 박철에게 도전 정신을 주고 우리는 여섯 점을 얻을 수 있다고 반복해서 말하면 좋은 점수를 얻을 수 있을 것이라고 말했다. 박철은 알겠다고 화답했다.

녀석들은 '알라를 위하여!'라고 소리치더니 두 손을 모으고 알라에게 경배했다. 이제는 알라신과 천주교의 한판승이 예고된 것이다. 태수는 부모님을 따라서 성당에 다녔다. 그러나 박철은 무신론자였다. 태수는 박철과 두 손을 높이 들고 할렐루야를 외쳤다. 박철은 종교를 멀리했다. 그러나 유럽에 사는 백성들은 모두 개신교나 천주교를 선호했다. 박철도 자연스레 종교에 대해서 이해하는 쪽으로 가닥을 잡았다. 녀석들은 큰소리로 웃으면서 말했다. 우리 알라신이 너희 신을 이길 것이라고 그들은 호언장담했다.

시끄러운 소리에 주위에는 친구들이 몰려들었다. 녀석들이 태수를 응원하러 왔다는 것이다. 유럽인들도 패가 갈렸다. 태수 편을 응원하기도 하고 다른 친구들은 아랍인을 응원하기도 했다. 빅토리를 외치며 박수를 쳤다. 이제 녀석들이 포인트에서 액션을 멋지게 하면서 공을 멀리 던졌다. 공은 멋지게 포물선을 그리면서 바스켓 속으로 들어갔다. 아이들이 환호성을 울렸다. 두 번 들어가고 한 번은 실패했다. 두 번째 애가 던졌다. 녀석은 액션도 취하지 않고 두 손으로 공을 받치면서 조심스럽게 공을 던졌다. 모두의 시선이 공을 추격했다. 공이 바스켓에 들어갔다. 박수소리와 함께 환호성이 울렸다. 세 번 다 들어간 것이다. 이제는 태수가 할 차례였다. 그는 손가락으로 브이 자를 그리며 조심스럽게 공을 던졌다. 포물선을 그리며 공은 바스켓 안으로 들어갔다. 아이들이 소리를 지르고 환호성이 터졌다. 세 번 다 들어갔다. 다음에는 박철이 했다. 그는 신중하고 조심해서 던졌다. 공이 포물선을 그리면서 바스켓에 들어갔다. 두 번 모두 들어갔다. 이제 한 번만 던지면 승패는 가려진다. 그들은 조바심이 났다. 모두들 조용했다. 그는 두 손으로 공을 받치면서 심호흡을 했다. 그는 여유 있게 공을 던졌다. 모두의 시선이 공을 추격했다. 공은 포물선을 그리면서 바스켓에 들어갔다. 환호 소리와 함께 그들은 얼싸안고 빙글빙글 돌았다.

녀석들은 태수 팀과 악수를 하며 말했다. 자신들이 졌고, 너희들이 이겼으니 우리가 맥주 한 잔을 사겠다고 말했다. 그들은 갈증이 나서 맥주 생각이 간절하던 참이었다. 기분이 너무나 좋았다. 아이들은 친구들과 같이 숙소로 들어갔다. 아랍인들은 부자였다. 냉장고에 맥주와 햄버거, 치즈가 풍부했다. 이러한 음식들은 늘상 먹어오던 음식이었다. 중동 지방에도 가난과 부자가 공존했다. 서양인들이 즐겨먹던 음식은 아무나 먹는 게 아니었다. 아랍인들은 넓적한 빵을 먹으며 양고기를 먹는다. 가난한 아랍인들은 양고기를 제때에 먹지 못하고 밀가루 반죽한 빵을 주식으로 먹는다. 부자들은 얼굴에 화기가 돌고 얼굴이 보기 좋게 살이 붙어 있다. 하지만 가난한 사람은 얼굴이 길고 하관이 마른 모양을 하고 있다. 미국인들이 즐겨먹는 음식은 주로 햄버거와 핫도그이다. 이러한 음식은 언제 어디서나 즐겨먹었다. 먹기 편하고 단백질이 많아서 인간이 필요로 하는 영양분이 다 들어있다. 아이들은 맥주

한 잔을 하며 즐겁게 떠들고 대화를 나누었다. 그들은 인사를 하고 숙소를 나왔다. 그들은 태수가 거처한 숙소로 돌아왔다. 박철도 기분이 좋은지 웃으면서 얘기를 나누었다. 아이들은 샤워실로 들어갔다. 시원하고 기분이 좋았다. 룸으로 돌아와서 태수는 침대에 누웠다. 고향에 계신 부모님과 동생들이 떠올랐다. 지금은 어떻게 지내는지, 지금도 저 달을 보면서 아들을 생각하고 있을 것이라고 생각했다.

태수는 박철 형제들에게 독일어를 가르치고 그들이 쉽게 대화를 하도록 유도해주었다. 그들 형제는 남들과 같이 다니지도 않고 동양인인 태수에게만 의지하면서 놀고 공부를 했다. 스위스에는 한국인들이 없었다. 그렇게 비싼 거금을 들여서 유학 온 아이들이 없었다. 돈이 많은 중국인이나 일본인들도 없었다. 수십 명의 유럽인들만이 있었을 뿐이다. 그들은 모두 독일과 프랑스의 귀족들의 자녀들이었다. 또는 중동지방의 부호들의 자녀이며 왕실의 자녀들도 보이곤 했다. 그들은 영국의 명문 대학이나 미국에 있는 유명 대학에 진학한다. 왕실의 자녀들은 서양문물을 배워 정치, 경제, 법학, 의학, 외교에 대해서 탁월한 인재로 거듭나는 것이다. 체육시간이 되면 학생들은 배구와 농구 또는 축구를 하면서 체력을 향상시키고 친교를 통해서 우정을 다지게 된다. 각국에서 온 유학생들이라 마음을 열고 대화를 나누는 일이 마냥 쉽지만은 않았다. 종종 다투는 아이들이 있으면 언제나 태수가 그들을 교통정리 해주고 우의를 다지게 해주었다.

어느 토요일이었다. 아이들 네 명은 스위스의 수도인 베른 중앙에 있는 시장을 구경하러 나갔다. 각처에서 몰려든 시민들로 중앙 시장은 인종 전시장을 방불케 했다. 아이들은 배가 고팠다. 먹거리 시장에 들어섰다. 동양인들도 다수 보였으나 그들은 어디서 왔는지 서로에 대해 묻지를 않았다. 서로를 보면서 유난히 눈동자를 크게 뜨곤 했다. 하지만 흔히 있는 일이라서 별 관심이 없었다. 그런데 '도둑이야!' 하는 소리가 들렸다. 그들은 반사적으로 고개를 돌렸다. 도둑놈을 잡으라고 고함치는 이는 바로 동양계 사람이었다. 중국이나 일본계로 보였다. 태수는 도망가는 도둑을 발로 걸어서 쓰러뜨렸다. 녀석은 넘어졌다. 녀석에게서 지갑을 빼앗아 주인에게 돌려주었다. 불량배는 경찰에 넘기고 청년은 태수에게 고맙다는 말을 전했다. 그는 괜찮다고 대꾸하고는 가던 길을 갔다. 동양계 남자는 중국 사람이었다. 그는 영어로 자신은 중국에서 왔으며 이름은 왕유라고 했다. 그는 태수에게 사례를 하겠다고 말했다. 태수는 그에게 영어로 그럴 필요가 없다고 말하고, 나는 한국인 독일계라고 소개했다. 스위스 국제학교에 다닌다고 말했다. 그들은 북경에서 유럽으로 여행을 왔는데 스위스를 구경한다고 했다. 아이들은 왕유 친구와 어울리고 식사를 같이 했다. 식사를 하고 나서 공원으로 향하고 있는데 뒤에서 불량배들이 손에 몽둥이를 들고 따라붙었다. 아이들은 발걸음을 빠르게 걸었다. 그런데 앞쪽에서 서너 명이 가로막고 있었다. 아이들은 여섯 명이고 불량배들은 열 명이나 되었다.

녀석들은 아이들을 코너로 몰았다. 두목이 앞으로 나오면서 아이들을 위협했다.

"너희들 가진 돈 모두 다 내놓아라. 그러면 살려줄 것이고 그렇지 아니면 다 죽이겠다."

장발을 한 두목이 말했다. 녀석들은 검은 안경을 쓰고 공포스러운 분위기를 연출하고 있었다. 녀석은 나이프를 들고 있었다. 왕유는 두려워하면서 돈을 내놨다. 태수는 왕유의 돈을 빼앗아 주머니에 넣고 불량배들을 노려보았다.

"네놈이 내 친구를 경찰에 넘겨주었다. 이제 그 대가를 돌려주겠다."

그가 말했다. 태수는 운동화 끈을 단단히 조이고 녀석에게 다가갔다.

"나와 대결해서 나를 이기면 돈을 주겠다. 네가 패하면 우리들을 돌려보내라. 그렇게 하겠나."

태수가 녀석에게 말했다.

녀석은 한 손으로 팽 하고 누런 콧물을 토해냈다. 그러고는 싱긋 웃었다. 박철과 친구들은 긴장이 되어서인지 어서 빨리 돈을 주고 위기에서 탈출하고 싶은 마음이었다. 왕유라는 청년도 마찬가지였다. 이 험악한 분위기에서 어서 빨리 벗어나기를 원하고 있었다. 녀석들은 한 손에 몽둥이를 들고 또는 팔짱을 끼고 냉소적으로 바라보고 있었다. 녀석은 칼을 휘두르며 위협적으로 움직였다.

"어쭈…. 애송이가 무슨 말이 많으냐! 좋다! 나는 이 칼이 나의 손이라고 생각하면 된다. 그래도 괜찮으면 덤벼봐라."

녀석은 의기양양하게 말했다. 불량배들이 주위를 에워싸고 있었다. 그들은 슬슬 거리를 좁혀왔다. 태수는 친구들을 보호해야 한다는 의무감이 들었다. 그는 친구들에게 한쪽으로 뭉쳐있으라고 말했다. 그는 칼을 든 불량배에게 주먹을 단단히 쥐고 다가갔다. 칼 든 녀석부터 후려치고 몽둥이를 든 녀석들도 처리하리라고 생각했다. 녀석은 칼을 휘두르며 난폭하게 덤벼왔다. 녀석이 휘두른 칼바람이 휘휘 소리를 낼 때마다 시퍼런 검기가 나오는 듯했다. 태수는 용케도 칼을 피하며 기합을 했다. 이단 옆차기를 시도하여 녀석의 면상을 후려쳤다. 운동을 하던 녀석이라면 발치기를 피할 수 있었을 것이다. 하지만 녀석은 피하지를 못하고 얼굴을 얻어맞고 쓰러졌다. 녀석은 기본적인 무술을 알지도 못한 것이 분명했다. 바닥에 쓰러지는 놈을 본 순간 태수는 자신감이 생겼다. 다른 놈들 역시 한 방에 날려 보낼 수 있다고 생각했다. 녀석이 단일합도 견디지 못하고 쓰러지자 녀석들이 모두 태수에게 달려왔다. 그는 녀석들을 차례로 공격했다. 우선 앞에 온 녀석부터 정권으로 제압했고 그 뒤에 오는 녀석들은 발차기로 무찔렀다. 나머지 녀석들 역시 일 합도 견디지 못하고 쓰러지고 말았다. 그들은 자리에서 일어나지 못하고 신음하고 있었다. 태수는 그중에 장발을 한 녀석을 일으켜 세웠다. 태수의 손아귀에 붙들린 장발 녀석은 살려달라며 소리쳤다. 태수가 승리한 것이다. 태수의 친구와 왕유는 원더풀을 연발했다. 단 몇 분 만에 불량배들을 제압한 것을 보고 놀라워했다. 박철도 태수를 보더니 무술을 가르쳐달라고 말했다. 그때였다. 누가 신고했는지 경찰이 달려왔다. 주위로 사람들이 모여들었다. 경찰관은 불량배들을 끌고 갔다. 시경은 태수에게 공로패를 증정하겠다고 했다. 그러나 그는 경찰의 말을 거절하고 학교로 돌아왔다. 며칠 후였다. 태수의 이러한 공로가 스위스 국제학교에서도 소문이 났다. 그 사건으로 인해 태수는 최고의 스타가 되었다. 그 사실을 여자들이 제일 먼저 알고 그에게 데이트 신청을 했다. 데이트 신청을 한 여성들 중에 시경의 최고 권력자의 딸도 끼어있었다. 그중에는 중동 석유 재벌의 딸도 있었고 왕자들도 그를 보고 아는 체를 했다. 왕유는 며칠간 태수와 박철과 같이 있다가 프랑스로 갔다. 그의 명함을 받고 그들은 깜짝 놀랐다. 믿거나 말거나 그가 중국의 공산당 상무위원의 조카라는 사실에 주목하지 않을 수 없었다. 상무위원은 대단한 직위이며 공산당 우두머리라고 했다. 그의 아버지는 중국의 한 성의 공산당 서기로 있으며 중국의 실세라는 것이다. 시간이 있으면 중국으로 자신을 찾아오라고 말했다. 그들은 악수를 하고 헤어졌다.

1991년도에 중국은 한국과 수교를 맺었다. 등소평의 개혁 개방 정책으로 인하여 중국은 날로 발전하였고 개발의 효과가 나타나기 시작했다. 석유가 날로 치솟고 철강공장을 세워 중화학 공업이 발전하고 있었다. 한국의 중소기업들은 너나 할 것 없이 중국에 공장을 세웠고 현지인들을 채용하여 중국시장을 잠식해 들어갔다. 한국은 인건비가 비싸서 물건을 제조하려면 힘이 들었다. 원가가 높기 때문이었다. 물건이 비싸서 팔리지 않는다고 기업인들은 말했다. 한국에서는 기업이 해외로 나갔기 때문에 청년들의 일자리가 그만큼 줄어들고 있었다. 한국의 청년들은 사기가 떠났고 청년들의 창업은 생각할 수가 없었다. 젊은이들은 인터넷으로 물건을 매입하기 때문에 상인들은 물건이 안 팔려 생활에 어려움이 도래했다. 가뜩이나 출산율이 낮다고 떠들고 있는데 취업과 주택 문제가 발목을 붙들고 있어서 결혼은 생각할 수조차 없었다. 취업과 결혼은 한국의 큰 사회적인 이슈가 되었다.

박철은 태수를 자기의 가정에 초대한다는 말을 남기고 학교를 졸업하고 떠났다. 태수는 너무나 슬펐다. 가까이에 있던 박은 언제든지 연락하면 만날 것을 약속하고 떠났는데 그는 북한의 최고 권력자의 아들이라고 메시지를 남겼다. 태수는 여름방학을 독일에서 보내려고 기차에 올라탔다. 친구들은 영국이나 프랑스에 여행을 하러 가는 중에 태수하고 같이 자리에 앉았다. 그들은 영국의 옥스퍼드나 케임브리지에 진학하려는 생각을 했다. 태수는 상급학교에 가려면 부모님과 상의해야만 했다. 국제적인 인물이 되려면 영국으로 가야만 한다. 영국의 케임브리지 대학은 유럽에서는 1위이고 옥스퍼드는 2위를 자랑하고 있다. 공대로 가려면 독일의 뮌헨대학으로 가면 돈 벌고 먹고사는 문제는 해결할 수가 있었다. 그러한 대학은 학비가 무료이고 유럽의 인재들이 몰려오고 있다. 태수 아버지는 어떻게 생각을 하시는지 모르겠지만 그는 문학이나 경제학을 공부하리라고 생각을 굳히게 됐다. 문학은 인간의 삶을 조명하고 인간의 아름다움을 찾아 가는 것이 아닐까 하고 생각을 했다.

박철은 고국에 돌아가 그 다음해 봄에 김일성종합대학에 들어갔다. 외국에서 공부를 했고 서양의 문화를 보고 배웠으니 정치를 하면 잘 할 것이라고 생각했다. 그는 아버지가 계신 평양에서 공부에 열중할 수밖에 없었다.

박철은 북한에서 김정은이라 부르고 있으며 김정일 위원장의 셋째 아들이다. 그의 가정은 복잡한 가계도를 가지고 있었다. 독재국가의 비운이라고 말해야 할 정도로 독재자들은 권력투쟁이 심했다. 이복형제나 친형제들을 숙청하지 않으면 외국으로 보내고 아니면 자진해서 해외로 떠돌아다닐 수밖에 없다. 그것은 권력자들이 암살을 하거나 교통사고로 위장하여 처형하기 때문이다. 장남의 이름은 김정남이었다. 김정남은 1971년생으로 김정일의 두 번째 부인 성혜림 사이에서 태어났다. 성혜림은 1937년생으로 창녕에서 부유한 성(成)씨 집안의 부친 성유경 씨와 김원주 여인의 1남 3녀 중 차녀로 태어났다. 그녀는 서울사대 부속초등학교를 다녔고 풍문여중을 다니는 도중에 1948년 부모와 같이 월북했다. 그녀는 평양 제3여자중학교를 졸업하고 평양예술학교를 나왔다. 그녀는 이평이라는 청년과 결혼한 뒤에 평양 연극영화대학을 나왔다. 그녀는 평양의 최고의 스타가 되었고 김정일의 눈에 들어서 그를 위하여 가정생활에 충실하다가 아들을 얻었는데 그가 바로 장남 김정남이다. 그 후에 그녀는 지병을 치료하러 모스크바로 떠났다. 하지만 그로부터 몇 년 후인 2002년 5월, 나이 65세에 모스크바에서 지병으로 사망했다.

김정남은 부친의 사랑을 받고 자랐고 제네바종합대학교 정치외교학과를 졸업했다. 그는 견문을 넓히려고 각국을 유랑하고 있었다. 그는 두 명의 여인과 동거했으며 슬하에 아들을 두고 있었다.

아들의 이름은 김한솔이었다. 한솔은 할아버지도 뵙지 못하고 외국에서 공부를 하고 있었다.

　고영희는 김정일의 3번째 부인이다. 그들 사이에서 차남 김정철(1981년)과 삼남 김정은(1983년)이 태어났다. 고영희는 1953년생으로 일본 오사카에서 태어난 재일교포이다. 그녀는 1953년 가족을 따라 북한으로 건너가서 1971년 만경대예술단 무용수로 활동했다. 그녀는 김정일 위원장보다 12살이나 어렸다. 그녀는 만수대예술단원으로 활동을 하는 중에 김정일의 눈에 들었고 간부들과 즐기는 비밀연회에서 항상 김 위원장의 옆자리에 앉게 되었으며 1976년부터 김정일의 안방에 주인으로 들어앉게 되었다. 1994년 8월 7일, 태양이 시들지도 아니하고 폭염을 지상에 방출하고 있었다. 모든 시민들이 바닷가에서 더위를 날리고 있는 사이에 위대한 수령 김일성 수령께서 심근경색으로 서거하셨다는 것을 비통한 심정으로 온 나라 전체 인민들에게 알린다고 발표했다. 평양방송은 이날을 김일성 주석의 특집으로 방송했다. 김일성 주석은 49년 동안 북한을 무력으로 통치했다. 그리하여 그의 아들 김정일이 최고 지도자로 나라를 승계받았다. 그의 통치이념은 주체사상을 위시하여 남북이 통일될 때까지 선군사상으로 핵을 개발하여 미·제국주의 녀석들에게 고통당하는 남조선을 무력으로 통일하여 남조선 인민들을 구하는 것이라고 하였다. 김정일 국방위원장은 키가 작아서 언제나 스트레스를 받고 있었다. 그에게 있어서 키는 언제나 콤플렉스였다. 장령들이나 참모들과 같이 있으면 왜소한 키로 인해서 그는 신경이 날카로워지곤 했다. 그는 고민이 있을 때마다 독서를 함으로써 돌파구를 모색하고자 했다. 그는 다독을 했고 유식하며 지식이 탁월했다. 그는 어려운 여건 속에서도 핵무기를 실험하여 세계를 놀라게 했다. 북한 주민들 중에서도 각고의 고생 속에서 굶주려 죽는 자가 늘어나고 국가 기간산업이 어려움을 당할 때에 남한의 통치자와 두 번이나 정상회담을 통하여 막대한 이익을 창출하였다. 핵무기를 개발하여 북한의 위상을 높이기도 했다. 그는 2011년 지병으로 사망하였다. 그는 십칠 년 동안 어려운 국가를 통솔하고 많은 업적을 남기고 아버지와 나란히 금수산에 누워있다. 그의 뒤를 이어 그의 삼남 김정은이 연소한 나이로 북한의 대통령 자리를 계승했다.

김정은 위원장이 국가를 통치한 지 4년이 지났다. 그는 6차 핵실험을 하여 세계를 놀라게 하였다. 남한을 곤경에 빠트렸다. 남한의 사회를 갈등과 분열로 유도하였다. 김일성 주체사상을 남한의 귀족들과 노동자와 교사와 학생들에게 씨를 뿌려온 지도 어언 65년이나 지났다. 사회주의 이념은 전 연령층에게로 번진 것이다.

친구들

태수는 뮌헨 대학교에 입학하여 약학을 공부했다. 약장수가 되기 위해서였다. 태수는 대학에서 이런저런 경험을 하면서 대학이 곧 사회의 축소판이라는 사실을 깨달았다. 대학 공부는 만만치 않았다. 교수가 책을 읽고 리포트를 써 오라고 했다. 리포트 작성 역시 쉽지 않았다. 책 한 권을 다 읽고 주제를 정하고 써 내려가야 했다. 처음에는 선배에게 이런저런 지도를 받았다. 그래서 큰 문제는 없었지만 그렇다고 해서 쉬운 것은 아니었다. 책 한 권을 읽기 위한 시간도 부족했다. 하지만 막상 리포트로 만들어낼 때는 보람이 있기도 했다. 공부와 과제에 치이다 보니 친구들과 어울릴 시간도 부족했다. 도서관과 숙소에서는 언제나 책을 보고 있어야만 했고 그날 배운 공부는 미루는 법이 없었다. 그러니 친구를 사귈 시간은 고사하고 놀러 가는 것은 생각조차 할 수 없었다.

그러던 어느 날이었다. 시험이 끝나고 시간적 여유가 생겨 친구를 사귈 기회를 얻게 되었다. 동양계는 중국에서 온 애 두 명이고,

러시아에서 온 애 서너 명이었다. 대부분이 유럽인이고 중동인이 일곱 명이나 되었다. 중동에 있는 아이들은 석유재벌들이었고 그들은 주로 왕족들이었다. 하루는 휴식을 하려고 캠퍼스에 있는 조용한 곳에서 쉬고 있었다. 나무들이 많이 서 있었고 그늘지고 시원한 장소였다. 책을 읽다가 벤치에 누워 잠깐 잠이 들었다. 한 삼십 분 정도 잤을까. 문득 들려오는 시끄러운 소리에 설핏 눈을 떴다. 소리가 나는 쪽을 향해 고개를 돌리니 저만치 떨어진 곳에 몰려있는 한 무리가 보였다. 학생들이었다. 무슨 일인지 여러 명이 다투는 모양이었다. 무엇 때문에 다투는 걸까. 태수는 궁금했다. 덩치가 큰 학생들이 그보다 작은 학생들을 일방적으로 밀어붙이는 것처럼 보였다. 그는 자리에서 일어나 무리에게로 다가갔다. 가까이 가서 보니 우람하게 생긴 학생들이었다. 보통 체격의 아이들도 같이 있었다. 그제야 사태가 대충 파악이 되었다. 어디든지 간에 선한 사람이 있으면 악한 사람도 있기 마련이었다.

선과 악은 인간 사회에서 서로 공존하고 있다. 그곳이 바로 인간 사회다. 인간들을 다스리기 위해 법이 존재한다. 법을 이탈한 사람은 언제나 법의 제재를 받는 것이 현실이다. 그들 무리 중 두 사람이 몇 사람을 가격하는 것이 눈에 보였다. 그는 사태를 바라보고 있던 다른 이들에게 무슨 일이냐고 물었다.

"지금 무슨 일이 있습니까?"

"……."

"저들은 누구입니까?"

"……."

그러나 그들은 말이 없었다. 그들 역시 두려움에 떠는 것처럼 보였다. 덩치가 큰 자들은 독일인이었다. 맞는 자들은 국적은 알 수 없으나 연약한 자들이 분명했다. 덩치가 큰 그들은 행동거지로 미루어 보아 아무래도 유도를 한 자들 같았다. 상대를 메어치는 기술이 범상치 않았기 때문이다. 이런 자들에게 한번 메어치기 당하면 보통 사람들은 꼼짝 못하고 만다. 힘이 있는 자가 상대를 리드한다. 이것이 인간세계에 존재하는 약육강식의 법칙인지도 몰랐다. 태수는 어떤 액션도 취하지 않고 그들 무리를 가만히 바라보기만 했다. 그들이 태수의 존재를 의식했는지 태수가 있는 쪽을 바라보며 물었다.

"그 뒤에 있는 사람은 누구야?"

그는 태수에게 반말로 물었다. 그러나 그는 침묵을 지킬 뿐이었다. 그들이 다시 한번 물었다.

"당신은 누구야? 동양인이잖아."

그러자 학생들의 시선이 일제히 그에게로 쏠렸다. 그들 중 한 사람이 태수에게 손짓했다. 이리 오라는 손짓이었다. 그러나 그는 나가지 않고 사태를 관망할 생각이었다. 싸움을 하지 않기로 작심하고 이제 그만 뒤돌아 나가려고 했다. 그들과 싸워서 이긴다고 한들 언젠가는 또다시 그들이 싸움을 걸어오리라는 것을 알기 때문이었다. 일단 피하는 게 상책이었다.

"거기 서지 못해!"

등 뒤에서 들려오는 목소리를 외면한 채 그는 달리기 시작했다. 싸워봤자 별 수 없다고 판단한 것이다. 그가 그들을 제압할 수도 없었다. 덩치로 봐서 그들은 호락호락하게 물러설 위인들이 아니었다. 그들에게 잡힌다면 그들은 조직을 동원할 것이다. 그렇게 되면 싸움판이 커질지도 모를 일이었다. 이제는 싸우지 않고 공부를 제대로 하자며 스스로를 추스리고 있었다. 생명의 위협을 받기 전에는 그 누구와도 싸움을 피하자고 작심한 터였다. 삼십육계 줄행랑이란 이럴 때 쓰는 말이었다. 그런데 그들의 싸움은 어째서 일어난 것일까. 상대방에게 자신의 의견을 관철시키기 위해 폭력을 행사한 것은 아니었을까. 폭력의 기척을 느낀 다수가 두 사람의 폭행을 저지하기 위해서 또 다른 폭력으로 맞선다면 결국은 패싸움으로 번질 것이다. 그렇게 되면 약한 자들이 희생을 당할 수밖에 없었다. 여기서 말하는 다수에 속한 자들은 힘이 없는 약자들이었다. 강자는 자기의 욕심을 채우기 위해 항상 불의를 저지르고 약자를 괴롭히기 마련이다. 그래야 강자는 재물을 쌓을 수 있고 자기의 욕망을 채울 수 있기 때문이다.

약자들은 언제나 무리의 변두리에서 몸을 낮추고 자신의 일에 몰두한다. 또는 주의를 관망하면서 함부로 나서지 않는다. 약자는 손해 보는 일에 나서지 않고 사태를 주시한다. 만일 태수가 그 자리에서 약자의 편에 섰다면 싸움은 불 보듯 뻔할 것이었다. 그래서 그는 상황을 외면할 수밖에 없었다. 그것은 비겁이 아니다. 그러한 현실을 피해야만 나 자신을 지킬 수 있다고 판단한 것이다. 일종의 생존본능인 것이다. 그렇다면 정의란 무엇일까? 사회는 왜 항상 강자들의 편인가. 어째서 약자들이 고통을 당해야만 하는가. 태수는 그런 생각을 했다. '정의'에 대한 사전적 정의를 찾아보니 '올바른 도리, 올바른 의의'라고 기술되어 있었다. 그렇다면 올바른 도리를 세우기 위해서는 과연 어떻게 해야 하는가. 그것은 개인이 할 일이 아니고 경찰이 할 일이다. 경찰이 판단해서 검찰로 보내면 될 것이다. 검찰은 그들을 판단할 것이다. 기소를 해야 할 것이면 또 잘 해결하도록 유도할 것이다. 만일 태수가 그들 사이에 낀다면 어떻게 되겠는가. 그들은 태수에게 당신이 무엇인데 남의 일에 상관하지 말라며 비키라고 할 것이다. 비키지 않으면 그들은 폭력으로 그를 제압할 것이었다. 상상만 해도 끔찍했다. 그 자리를 피하고 보니 그로서는 홀가분하지만 마음 한쪽으로는 찜찜하며 영 개운치가 않았다. 식사하고 난 뒤에 따뜻한 커피한 잔 마시지 않는 것과 같았고 더러운 손을 물로 씻고 타월로 닦지 않은 것과 같았다. 그의 발길은 어느덧 도서관으로 향하고 있었다. 밀린 공부나 하자고 책을 펴고 독서를 하고 있는데 문득 자신이 부끄럽고 민망스러워서 앉아있을 수가 없었다. 자리에서 안절부절했다. 몇 시간 전의 안타까운 광경이 머릿속에 절로 그려졌다. 눈에 선한 광경이었다. 그는 책을 덮었다. 그들의 고통을 외면한 것이 죄스러워서 견딜 수 없었다. 이러면 안 되는데, 하면서도 자신을 통제할 수가 없었다. 그들의 광경이 머릿속에 떠오르면서 '우리를 구해주세요!'하는 절망의 호소가 들리는 듯했다. 하지만 지금 태수가 그곳에 가본다고 한들, 그들은 이미 어디론가 가고 없을 것이다. 이런 생각을 했지만 하여튼 일단 가보기로 했다. 그는 그곳으로 뛰어갔다.

예상대로 그들은 이미 자리를 뜨고 없었다. 두 명의 학생이 고개를 숙인 채 우울한 얼굴로 잔디에 앉아있을 뿐이었다.

"여기에 덩치 큰 두 사람들 어디로 갔나요?"

태수가 학생들에게 물었다. 하지만 아무런 대답이 없었다. 도대체 무슨 일이 있었든 것일까?

"방금 전, 여기 덩치 큰 두 사람 어디로 갔나요?"

그는 큰 소리로 다시 한번 물었다. 역시 아무런 대답이 없었다. 그저 담배만 태우고 있을 뿐이었다. 한 사람은 키가 크고 마른 체형이었다. 또 한 사람은 키가 작지만 제법 다부진 체형이었다. 그들은 담배를 다 피우고 담배에 불을 붙였다. 태수를 의식하지 않고 행동을 하고 있었다. 이 사람들은 태수의 말을 듣고 있었으나 반응을 보이지 않고 있었던 것이 틀림없었다. 그는 이제 그만 뒤돌아 가려고 몸을 뒤틀고 가려는데 뒤에서 문득 반응이 왔다.

"그 사람들은 경찰이 온다고 바로 떠났어요."

담배 연기를 코로 내뿜으며 키 큰 학생이 말했다. 주먹으로 귀싸대기를 후려치고 싶은 심정이었다. 그는 심호흡을 하고 여기까지 왔으니 말이라도 듣기 위해 멈췄다. 도대체 무슨 일로 그들에게 폭행을 당했는지 궁금했다.

"벙어리인 줄 알았는데 말은 들립니까?"

태수가 빈정거리며 말했다.

"미안합니다. 하도 어처구니가 없어서 말이 안 나왔어요."

"무슨 어려운 일이 있나요? 들어봅시다."

"말해야 해결될 일도 아닌데요."

그들은 그렇게 말하며 입을 다물었다. 그는 그들을 설득했다. 태수의 설득에 결국 그들이 마지못해 입을 열었다.

"우리들은 그제 공부를 끝내고 시내에서 놀다가 맥줏집에서 맥주를 마시고 있었습니다. 그런데 한 여자가 다가오더니 우리에게 말을 걸어왔어요. 그날 친구는 그 여자와 재미를 본다고 헤어지고 우리들은 학교로 왔어요. 문제는 그다음에 일어났어요. 오늘 건장한 두 사람이 오더니 우리들을 폭행하면서 자기의 애인과 동침했다며 하며 화를 냈습니다. 그러더니 돈을 요구했어요. 만일 해결이 안 되면 너희들 학교는 다 다닌 줄 알라고 하면서 으름장을 놓더군요. 그러고선 자리를 떠났습니다."

치정에 얽힌 일이었다. 여자의 접근은 돈을 뜯기 위한 일종의 수법이었을 것이다.

"그 친구는 후회를 하면서 호주머니에서 돈을 주었습니다. 하지만 그 돈만으로는 해결이 안 된다고 했어요. 부끄러워 이런 일을 말을 할 수 없었습니다. 그래서 잠자코 조용히 있던 겁니다."

그 말을 듣고 태수는 조금 막막했다. 자신이 어떻게 해결할 수 있는 일이 아니었다.

"문제는 돈이었는데, 한 사람이 아니라 연대 책임을 져야 한다는 겁니다. 우리들은 경영학과 친구들인데 이번 일로 서로 등을 지게 되었습니다."

그들은 계속해서 말했다.

"부모님들이 시골에서 농사나 장사하여 아들을 공부시키려고 학교에 보냈는데, 아들들은 친구를 잘못 만나 돈을 줘야 하는 고통을 얻게 되었습니다. 돈이 없어 기숙사에 들어갔는데 어떻게 돈을 마련해야 하는지, 참 답답합니다. 공부를 그만둘 수도 없고 말이죠. 누가 이런 사태를 해결해야 할 지 정말 눈앞이 깜깜합니다."

그 말을 듣고 난 태수는 고민을 하게 되었다. 이들은 태수와 한 학교에 다니는 동급생들이었다. 그대로 둘 수만은 없었다. 그는 결국 덩치를 만나야 한다는 결론에 이르렀다. 도서관에서 독서를 하면 고민 같은 것은 있지도 않았을 텐데, 괜히 사서 고생이라더니 정말 일이 난처하게 되었다. 그는 그 두 사람을 데리고 덩치를 만나야 한다고 말했다.

"돈을 마련하지 않으면 만나러 오지 말라고 했어요. 그들은 깡패 집단에 있는 부랑자들입니다. 만일 돈이 없으면 다른 길을 통해서라도 돈을 가져오라고 했죠. 그들이 말하는 다른 길이란 곧 술집 아르바이트를 말합니다. 한번 부랑자 집단에 빠지면 영원히 헤어날 수 없는데요. 그것은 죽음을 자초하는 일이라고 합니다. 바람피운 친구는 자기가 한 일인데 다른 친구들은 놓아달라고 말했어요. 그런데 그들은 폭행으로 보복을 했어요. 폭행 앞에서는 그 어떤 말도 통하지 않아요. 경찰에 알리면 너희는 죽는다고 했어요."

그는 그들을 만나서 해결해야 한다고 말했다. 태수는 그들에게 그들을 만나러 가자고 했지만 그들은 고개를 저을 뿐이었다. 노예 같은 아르바이트 생활을 접을 길이 없다고, 이러다간 공부조차 할 수 없을지도 모른다고 걱정했다. 그 말을 들은 태수는 물었다. 그렇다면 술집을 가르쳐 줄 수 있느냐고 말이다. 그러자 그들은 그것만큼은 할 수 있다고 했다. 그들과 태수는 술집이 즐비한 거리를 향해 걸음을 옮겼다. 한 1km 걷고 보니 시내를 한눈에 볼 수 있게 되었다. 그 거리는 뮌헨대학교 학생들이 자주 다니는 거리의 술집이었다. 술집은 대도로 옆에 있는 화려하고 깨끗한 맥줏집이었다. 태수는 두 친구를 남겨두고 King Dom이라는 맥줏집으로 성큼 들어갔다. 은은한 멜로디가 흥겹게 흘러나오고 있었다. 테이블은 열 개 정도 되었다. 바텐더가 힘이 있고 덩치가 커 보였다. 그가 학교에서 봤던 덩치였다. 테이블에는 사람들이 들어찼고 바텐더 앞에는 높은 의자에 앉아 맥주를 마시는 학생들이 있었다. 그는 주위를 두리번거리다가 바텐더 앞으로 가서 맥주 한 병을 주문했다. 색안경을 쓴 바텐더는 맥주 한 병의 마개를 따고 미소를 지으며 태수에게 건네주었다. 태수는 고맙다며 맥주를 마셨다. 시원한 맥주는 식도를 타고 내려갔고 위장을 시원하게 적셔주었다. 그는 어떻게 말을 꺼내야 하는지 무척 고민이 되었다.

'이런 빌어먹을 것 같으니라고, 시팔 놈들…. 모조리….'

이런 욕지거리가 마음속에서 용트림을 했다. 언제나 이런 갈등 속에서 살아야 하는가. 자본주의 국가에서 힘이 있는 놈들은 돈을 쌓아놓고 자손 대대로 잘살 것 같이 돈을 모으고, 놈들은 대기업이란 간판을 걸고 은행에서 무한정 대출받아 사업을 확장하고, 백성들의 노동력을 착취하다니. 백성들은 하루 세 끼 밥도 제대로 챙겨먹지 못하고 있지 않은가. 이제는 정신을 차려야만 한다.

"저… 맥주 맛이 좋습니다. 한 병 더 주세요."

"우리 집에는 처음 오셨지요? 자주 오세요."

"공부한다고 맥줏집에 자주 가지 못했어요. 앞으로 종종 오겠어요."

맥줏집은 좋은 위치에 있었다. 바텐더는 오래 하면 돈벌이가 좋은 직업이다. 학생들은 이곳에서 아르바이트하면서 공부를 하는데 일자리를 얻기도 힘들다고 했다. 학과수업을 끝내면 오후 밤늦게 아르바이트를 하는데 공부는 언제나 뒷전으로 밀리고 있었다.

"저… 뭐 한 말씀 여쭈어보겠는데요."

"에… 말씀해 보세요."

"밖에서 말씀을 하고 싶은데요. 누가 들으면 이상해서…."

그는 덩치를 외부로 유도해서 일을 끝내고 싶었다. 만일의 사태를 대비한 생각이었다. 좁은 공간에서는 힘을 쓸 수 없다. 덩치에게 멱살을 잡히면 초전에 박살난다는 것을 그는 잘 알고 있다. 싸움은 넓은 데서 붙어야 하고 그래야 그의 발은 날개를 달 수 있었다. 그는 요금을 지불하고 밖으로 나왔다. 바텐더가 따라 나왔다.

"젊은이 아르바이트하려고 합니까?"

그는 태수가 아르바이트 일을 구하는 줄 알고 있었다.

"아닙니다. 그제 한 학생이 여기서 술을 먹고 한 여자하고 사랑을 했는데, 그 문제에 대해서 의논을 하려고 왔습니다."

그의 말에 그는 긴장하고 얼굴색이 변했다.

"이봐! 그 문제는 끝났네…. 아이들이 아르바이트를 한다고 했다네."

그는 일언지하에 말하기를 끝내고 손을 휘저었다.

"아저씨! 그들은 시골에서 올라온 아이들입니다. 내가 사과할 테니 그 일을 끝냅시다."

그의 얼굴을 보니 상기돼 있었다. 쉽게 끝낼 일이 아닐 것 같았다. 그는 삼십 대 초반으로 보였고 운동으로 단련된 몸이었다. 그는 태수의 눈과 몸을 훑어보면서 예사 놈이 아니라고 생각하는 듯했다. 어쨌든 일은 벌어진 것이다.

"네놈은 누구냐? 녀석들의 두목이냐? 난 그럴 수 없다. 녀석은 내 동생을 겁탈했다. 대가를 치러야 한다."

그는 타협을 원하지 않는 것 같았다.

"나는 그들과는 한 학교에 다니는 동급생들입니다. 어려울 때 돕는 게 친구가 아닙니까? 그리고 여자도 남자를 좋아해서 사랑했는데 이해를 해주셔야 합니다."

그는 단호하게 힘을 주어 말했다. 남자는 팔짱을 끼고 깊은 고뇌를 하고 있음에 틀림이 없었다.

그의 여동생은 스물네 살이었다. 얼굴이 곱고 나무랄 데 없는 예쁜 모습이었다. 그녀의 머리는 노란색이었다. 남자를 유혹하기에 좋은 머릿결을 가지고 태어났고, 오빠가 있는 맥줏집에서 서빙을 하면서 청소도 해주고 있었다. 대학생들과 눈이 맞아서 연애를 하기도 했다. 한 번 만난 남자들하고는 잠자리를 하지 않는 독특한 면을 가지고 있었다. 남자들이 의자에 앉아서 맥주를 마시면 다가가서 눈웃음을 했다. 말을 붙이면 대부분의 남자들은 그녀의 요구에 응한다고 한다. 한 일 분의 시간이 지나도록 남자는 입술을 지그시 깨물고 생각하는 것 같았다.

"좋다… 한 가지 조건이 있다. 내 동생과 무술 대결을 해서 이기면 들어준다. 할 수 있나?"

남자는 운동으로 다져진 태수의 몸을 보고 무술을 시험해 보고 싶어서 동생과 대결하라고 한 것이다.

"동의합니다."

태수는 그의 말이 떨어지기가 무섭게 대답했다.

얼마 후에 남자가 나타났다. 제법 덩치가 큰 사내였다. 이들은 유도를 배웠음에 틀림이 없다. 유도나 복싱은 언제든지 필요할 때 쓰는 좋은 무술이다. 그도 낙법을 배워 알고 있지만 녀석들이 오른손으로 상대의 멱살을 쥐면 성패는 끝난다고 봐야 한다. 놈이 업어치기 하기 전에 정권으로는 상대가 안 되고 발기술로 끝장내야 한다. 그는 운동화 끈을 조여 매고 워밍업을 하고 몸을 풀었다. 상대방은 그를 유심히 보더니 회심의 미소를 흘리면서 태산같이 서있었다. 녀석은 무슨 무술을 하는지 모르고 있었다. 놈은 옷을 벗고 도복으로 갈아입었다. 태수는 상의를 벗고 허리띠를 단단히 조였다. 격투기는 무서운 무술이다. 정권은 물론 발기술과 주먹으로 상대를 가격하고 무릎으로도 무서운 괴력을 낼 수 있기에 상대에게 치명상을 입히는 무서운 무술이다. 유도하고 붙어도 같이 땅바닥에 구르면서 발로 놈의 목을 공격하면 된다.

주위에는 어느새 구경꾼들이 모여들었다. 태수는 녀석의 주위를 돌면서 경계가 풀리기만을 노렸다. 녀석은 두 팔을 치켜들면서 앞으로 다가왔다. 녀석은 곰이 먹이를 발견하고 공격하는 자세로 전환했다. 그는 옆으로 피하면서 단 일격으로 끝장내야 한다고 단단히 벼르고 있었다.

녀석은 빠른 속도로 앞으로 다가왔다. 손을 뻗치며 그의 옷을 잡으려고 가까이 다가왔다. 그는 발로 녀석의 손목을 후려쳤다. 녀석은 손을 거두고 일단 물러났다. 가까이 오자 그는 발과 정권으로 응수했다. 기회를 봐서 이단 옆 발치기로 끝내려고 했다. 그는 한 오 보 정도 떨어져 있다가 머리 위를 칠 생각으로 달렸다.

녀석은 피하면서 그에게 달려들었다. 이얏! 하는 기합 소리로 녀석의 얼굴을 치는 데 성공했다. 녀석은 비틀거리며 다시 섰다. 무서운 힘이었다. 보통 사람은 쓰러져 정신을 차릴 수 없는데 녀석은 덩칫값을 단단히 하고 있었다. 녀석의 면상에서는 코피가 터져 피를 흘리고 있었다. 녀석은 고개를 좌우로 흔들면서 정신을 차린 듯이 두 팔을 앞으로 뻗치면서 한 발 한 발 내딛고 있었다. 하지만 자세가 이미 흩어지고 있었다. 상당한 충격을 받았음에 틀림이 없다. 이번에는 정권으로 면상을 후려쳐야만 한다고 다짐하면서 가까이 다가갔다. 녀석은 일보 후퇴하면서 두 팔만 앞으로 내밀었다. 그는 두 발을 내치면서 가까이 가서 놈의 면상을 치려고 주먹을 내질렀다. 녀석은 두 손으로 그의 옷을 붙잡고 끌어당겨 업어치기를 하려고 발을 내밀었다. 그와 동시에 태수는 두 손으로 녀석의 목을 끌어당겨 이마로 녀석의 면상을 들이받았다. 순식간의 일이었다. 어느 누구도 생각할 수 없는 일이었다. 녀석의 손에 잡힌 채 업어치기로 한판승을 예고할 수 있겠다는 생각이 들었다. 녀석의 얼굴은 피로 물들었다. 녀석은 어느새 뒷걸음질을 치고 있었다. 이때를 놓칠 수가 없어서 이단 옆차기로 녀석의 목을 강타했다. 녀석은 바로 쓰러졌다. 비실대며 쓰러지는 녀석과 달리 태수는 꼿꼿했다. 유도 장사들이란 다리 근력이 튼튼해서 쉽사리 쓰러지지 않는다. 흔들림 없이 서 있는 것이 가능한 것이다. 반면에 녀석은 쉽사리 목을 치는 데 성공해서 무릎을 꿇었다.

"스톱! 중지하시오. 당신이 이겼으니 학생들의 아르바이트는 없던 걸로 하겠소."

남자는 경기를 중단시켰다. 더 이상 진행하면 심각한 부상이 예상되기 때문이었다. 남자는 좋은 구경을 하게 되어 고맙다며 악수를 청했다. 그는 태수에게 싸움을 잘한다고 칭찬하며 무슨 무술을 익혔느냐고 물었다. 그는 격투기를 조금 배웠다고 말했다. 남자는 그를 칭찬하면서 싸우느라 땀을 흘렸으니 맥주 한잔하라고 하면서 홀로 안내했다. 그는 그들에게 싸움에 패했다고 조직을 동원하여 복수하는 일은 절대로 없도록 해야 한다고 말했다. 남자가 말하길 무도인들은 비겁한 행동은 하지 않는다고 말했다. 그들과 헤어지고 두 명의 학생들과 학교로 돌아왔다. 언제 그 소식을 들었는지 그들 다섯 명이 와서 태수에게 고맙다고 사례했다. 그는 그들과 어울리면서 맥주를 마시고 식당으로 들어갔다. 식당에는 식사를 하려는 학생들로 만원이었다. 싸움 한 번 하고 나니 친구들이 많이 생겼고 공부하는 시간은 그만큼 줄어들었다. 그러는 도중에 태수는 도서관에서 공부하는 한 여학생을 알게 되었다. 그녀는 금발 머리를 하고 있었으며 얼굴은 갸름하고 살이 알맞게 붙어 있었다. 귀여운 여인이었다. 그녀는 상냥하고 웃는 모습이 너무나 예뻤다. 어느 날 그녀가 여러 권의 책을 들고 오다가 그만 그와 부딪쳤는데 그녀는 책을 바닥에 떨어트리고 말았다. 그는 너무나 황당하고 미안해서 어쩔 줄을 몰랐다. 책을 주워서 그녀에게 주었다.

"죄송합니다. 정말 앞을 보지 못했습니다."

말하고 고개 숙여 용서를 구했다. 그녀는 태수를 보고 미소를 지으면서 말했다.

"괜찮습니다. 저도 앞을 보지 못했는데 서로 피장파장입니다."

그녀의 모습은 소담스럽게 피운 한 송이 붉은 장미꽃이었다. 햇빛에 비추인 그녀는 너무나 아름다운 다이아몬드처럼 빛나고 있었다. 그런 연유로 인해서 그녀는 그와 자주 데이트를 했고 진지하게 대화를 시작했다. 그녀는 '알베르트 안나'라고 불렸다. 그녀를 자주 만나고 대화를 하고 점심을 먹고 강을 따라서 데이트를 하고 보니 정다운 연인이 되었다. 학교는 인종 전시장을 방불케 했다. 여러가지 사건이 항상 일어났다. 도서관에는 도적이 들끓었고 학생들은 언제나 피해를 입었다. 기숙사에도 강도가 출현해서 돈을 잃어버리는 아이들이 많았다. 도둑이 심해지면서 서로 의심을 하고 있었으나 도둑은 잡지를 못했다. 학생들은 관심을 가지고 도서관에 드나드는 사람들을 유난히 관찰했다. 그러기를 몇 달 후, 수상한 사람이 와서 드나든 것을 지켜본 학생들은 그들을 붙잡고 CCTV로 확인했다. 도둑이라고 판정되어 경찰에 신고했다. 도둑들은 사라졌고 학생들은 도서관에서나 기숙사에서 물건이 없어지지 않고 마음을 놓고 공부에 전념하게 되었다. 한 학기를 보내고 나니 보다 더욱 공부에 전념하여 자격증을 따기 위해 화학공부를 열심히 했다. 생각보다는 어려웠다. 안나는 태수에게 모르는 것을 찾아서 조언해 주었다. 책벌레인 그녀는 아는 것이 너무나 많았다. 어느덧 졸업 시기가 찾아왔다. 태수는 아버지의 결정대로 도시의 한 병원에 취업했다. 환자들의 약을 분류해서 조제하는 일이 그의 업무였다. 그는 자신의 업무에 점차 익숙해지고 있었다. 하지만 하루 종일 약을 분류해서 봉지로 만들어내고 있자니 지루함이 금세 찾아왔다.

병원에는 세 명의 약사가 있었다. 그들은 모두 여자들이었다. 태수는 약국에 들어서면 현기증부터 일곤 했는데, 그 이유인즉슨 바로 진한 화장품 냄새 때문이었다. 여자들의 화장품 냄새가 코를 찌르곤 했다. 그는 언제나 그녀들의 향수 냄새를 맡으며 하루 일을 시작하고 끝내곤 했다. 경험이 많은 여인은 그를 가르치고 정말 많은 도움을 주었다. 그는 그녀들에게 누가 되지 않도록 세심하게 처세하면서 일을 했다. 사무실을 청소하는 담당자가 있지만 그는 그녀들이 오기 전에 먼저 청소를 하고 약 상자들이나 박스로 들여온 물건들을 정리하고 주변을 깨끗이 청소했다. 청소를 마칠 무렵이면 여자들이 출근하곤 했다.

그녀들은 사무실이 깨끗한 것을 보고 태수를 칭찬했다. 한 여인은 태수에게 눈웃음을 보내며 데이트 한번 하자고 졸라대기도 했다. 그녀들은 또 자기들끼리 커피를 자주 마셨다. 마실 때면 늘 태수에게는 맛있는 커피를 손수 타다 주기도 했다. 태수는 그녀들을 통해서 많은 것을 배웠다. 시간이 흐르고 어느덧 많은 세월이 지났다. 그의 경제적 형편은 점차 나아지고 있었다.

김영철 대장

대남 담당비서인 김영철이 어느 날 김정은 위원장 사무실에 나타났다. 위원장 비서는 급하게 다가오는 대남 담당비서를 보고 경례를 붙였다.

"이보라우, 여성동지. 지금 위원장 동지가 안에 계신가?"

대남 담당비서가 눈썹을 꿈틀거리면서 김영숙 대위에게 말했다. 위원장 비서실에는 영관급 장교 밑에 여성 위관급 비서들이 근무하고 있었다. 최고위원장의 지시로 꽃다운 여성장교를 배치하게 된 것이다. 꽃다운 여성 장교는 가슴이 불룩했고 반짝거리는 군화에 칼날 같은 주름이 잡힌 바지를 입고 있었다. 제법 멋있는 장교였다.

"방금 총 정치국장과 인민무력부장님도 들어가셨습네다."

여성 비서가 대답했다.

"뭬라! 나보다 빨리 들어왔단 말이야!"

"그렇습네다."

"이런 제기랄…."

대남 선전부장은 여성 군관대위의 말에 얼굴이 붉으락푸르락했다. 그는 문을 열고 위원장실로 급히 들어갔다. 사무실에는 이미 총정치국장과 인민무력부장 그리고 노동당 비서인 최룡해가 배석해서 최고위원장과 의견을 나누고 있었다. 위원장은 의자에 앉아 있고 세 사람은 책상 앞에 서서 위원장과 애기를 나누고 있었는데 심각하게 말을 하고 있었다.

"위원장 동지, 부르셨습네까?"

위원장 동지는 고개를 까닥거리고 있었다. 나이가 어리지만 북한의 최고 실력자인 위원장은 왕과 같은 존재요, 북한의 어버이였다. 그들은 말을 놓는 위원장에게 깍듯이 예우를 하고 있었다. 대남선전부장은 늦게 온 것이 미안해서 그들 앞에서 일장 연설을 토해냈다.

"위원장 동지, 큰일났습네다. 유엔에서는 미국과 중국이 우리 북조선을 제재하려고 똘똘 뭉치고 있는데 똘마니들이 제재안을 통과시켰답니다. 우리도 뭔가를 똑똑히 보여줘야만 합네다."

선전 부장인 김영철 동지가 침을 튀기며 말했다.

김영철 대장은 1948년도 양강도 출신으로 만경대 혁명 학원과 김일성 군사종합 대학을 나와 인민군 15사단 DMZ 민경중대근무를 시작해서 오늘에 이르렀다. 천안함을 폭침해서 남한의 해군병사 46명을 수장시켰고 그런 공로를 인정받아 상장(중장)에서 대장으로 승진했고 일찍이 위원장의 눈에 들어서 정찰 총국장으로 진급을 했으며, 대남 담당비서인 김양건이 죽는 바람에 강경파인 그가 그 자리에 앉혔다. 그는 백령도에 무력으로 화력을 발사하여 북조선의 영웅 소리를 듣고 있었고, 대포를 발사하여 남조선 아이들을 쑥대밭으로 만들어 주었다고 동지들에게 자랑을 했던 인물이었다. 그는 2012년 대장으로 진급했으나 그동안 대장, 상장, 대장, 상장으로 오르락내리락을 반복한 인물이다. 남한의 비무장지대에서 목함 지뢰 세 발을 의도적으로 묻어 폭발시킨 일이 있었다. 이 폭발로 인해 한국군 하사 두 명이 양다리와 발목을 절단하는 부상을 입은 바 있었다. 대장으로 진급하고 선전부장으로 높은 자리에 올랐으니 김정은에게 무엇인가를 보여 주기 위해 끊임없이 남조선의 정부를 흔들고 병사들을 괴롭게 한 인물이었다.

"대남 담당 비서는 어떤 복안이라도 있소?"

심각한 표정을 하고 있던 위원장이 그를 보고 물었다.

"보복을 해야 합니다. 가만히 있으면 저놈들이 호구로 보고 더욱 기세등등할 겁니다."

입에 침도 바르지 않고 김영철은 거침없이 내뱉고 있었다.

"보복을 하다니… 어떻게 어디 말해보소."

인민무력부장 박영식 대장이 그를 보고 말했다.

인민무력부장이 내뱉는 말에 김영철은 주춤하니 그를 쏘아보고 나서 혀를 내밀어 입술을 적셨다.

'위원장 동지에게 보고를 하려는데 말을 가로채다니, 이런 괘씸한 것 같으니라고….'

그는 속으로 생각했다. 하지만 막상 말하고 보니 어떻게 해야 할지 매우 난감했다.

"그러면 인민무력부장은 복안이 있습네까?'

괘씸한 생각이 들어 빈정거리자 대남 담당비서가 말했다.

"그것 때문에 상의하는 것이 아닙니까? 미국 양코배기 놈들은 중국과 협의하기를 당신도 알고 있지요? 무역을 제재하고, 은행 거래를 중단시키고, 해양봉쇄와 무기도 못 팔게 하고, 공군력도 비행기 뜨는 것도 못 하게 막고 있시요. 그것도 우리의 혈맹이라고 하는 떼놈들하고 말입네다. 이거 속이 뒤집혀지게 생겼시요."

"우리의 화물선이 필리핀에서 억류되어 있는데 외교라인을 동원해보니 그놈들 순 미국놈하고 떼놈들 앞잡이입네다. 우리 선원을 추방하고 배는 몰수한답니다."

김영철은 꿀 먹은 벙어리가 되고 말았다.

"그렇게 좋은 기회가 왔는데 남조선을 통일하지 못한 것이 원통합네다. 남조선 노무현 정부 때나 김대중 정부가 햇볕정책을 하고 우리 북조선에 돈과 쌀을 태산같이 보내주었을 때 공격을 해서 쑥대밭을 만들어야 하는데 후회가 됩네다."

"맞습네다. 우리 북조선 화물이 남조선 어디든지 입항을 했을 때가 정말 좋은 시기인데 그걸 우리는 놓쳤습네다. 인천, 군산, 목포, 부산, 제주, 안 간 데가 없었시오."

"남조선에 양놈들이 있는데 고런 말이 튀어나옵네까? 양놈들이 무지막지한 전략무기로 우리 북조선을 강타하면 당신들은 살아날 재주라도 있습네까?"

눈을 게슴츠레 뜨고 최룡해가 빈정거렸다. 위원장은 딱하다는 듯 그들을 쏘아보고 있었다.

"우리가 답답하여 그런 뜻이지 정말 농담도 하지 못합네까?"

"우리 솔직히 한번 대놓고 말합세다. 사실은 나도 노무현 때에 남조선을 개박살을 내고 싶은 생각이 한두 번이 아닙네다. 우리들 뒤에는 중국과 러시아가 있질 않소."

그들은 김대중 정부와 노무현 정부 시절에 적화통일을 하지 못한 것을 두고두고 후회하고 있었다. 김대중 정부는 북한의 사회를 변화시킬 수 있는 방법은 햇볕정책이라고 생각했다. 그래서 그는 북한정부에 막대한 공물을 조공으로 보냈다. 그러자 이를 보다 못한 한나라당이 이의를 제기하면서 북한하고 전쟁할 거냐며 입에 거품을 물고 소란을 피웠다. 한나라당은 이들을 두고 종북 세력이라고 하였다. 이들 종북 세력들은 북한을 공격한 맥아더 장군의 동상을 폐쇄하려는 움직임을 보였다. 하지만 자칭 애국세력이라고 하는 보수의 기세에 손도 써보지 않고 물러났다.

"자자, 그만들 하시라요. 어려운 시기가 왔소. 이 위기를 돌파하려면 어떻게 해야 할지 얘기들을 해보시라요."

위원장이 소동을 중단시키고 말했다.

"좋은 수가 있긴 한데, 막상 생각이 안 납네다."

인민무력부장이 말하고 입맛을 쩝쩝 다시고 있었다.

"내 생각에는 남조선 놈들을 박살내는 것이 좋겠습니다. 그게 소원입네다."

"우리가 만든 미사일로 남조선 놈들 골통을 깨부서 버리면 여한이 없시오."

"위원장 동지! 미사일 발사 준비됐다는 전갈입네다."

"동해상으로 발사하고 성능을 제대로 분석하라 하시라요."

"알겠습네다."

인민무력부장은 미사일 부대에 휴대폰으로 전화해서 명령을 내렸다.

"화장실에 다녀올 테니 그대로 있으시라오."

위원장 동지는 네 명의 동지들을 사무실에 남겨두고 화장실로 갔다.

남조선의 신문과 텔레비전에서는 북조선이 동해상으로 미사일을 쏴 보냈다는 뉴스를 머리기사로 장식했다. 한국과 일본이 항의를 해도 북조선은 핵무기를 갖추고 더 많이 쏘라고 했단다. 최고 위원장이 그렇게 지시를 내렸단다. 남한 정부는 속수무책으로 어찌해볼 도리가 없었다. 남한의 신문과 매스컴에서는 연일 떠들고 시끄러웠다. 아무리 야단을 쳐도 무엇 하나 해결된 게 없었다.

"이보시라요! 최 동지! 큰일났습네다."

대남비서인 김영철이가 노동당 비서인 최룡해에게 말을 했다.

"무슨 일입네까?"

"군수담당 정보기관인 김정률이가 망명했습네다."

"김정률이가 누굽네까?"

"아니, 오스트리아 군수담당 기관원을 모르십네까?"

김정률은 대좌출신으로 동구권 오스트리아에서 군수담당 정보기관원으로 일하던 중 김일성이 사망할 때(1994년)에 빈에서 잠적하여 은둔생활을 하다가 『독재자에게 봉사하며(Im Dienst des

Diktator)』라는 책을 독일어판으로 내고 김일성 주석의 초호화판 사생활을 폭로했다. 그는 고생하며 숨어 지내다가 결국 모습을 드러냈다. 이렇게 살다가 죽을 바에 차라리 독재자의 비밀을 폭로하고 죽겠다고 하며 말이다. 그것이 바로 그가 출판을 하는 계기가 되었다. 그는 2006년 오스트리아 남조선 대사관에 망명 신청을 했으나 거절당했다고 그간의 괴로운 이력을 말했다. 그는 책을 낸후에 공산당원에게 피살될까 봐 불안하다고 했다. 그는 북한에 있는 가족이 보고 싶다고 했다.

"이런 빌어먹을 놈이 있나. 기래, 이놈이 아직도 살아있더란 말입네까?"

"동구권에 있는 놈을 어떻게 잡아 족치겠습네까? 이거 나이 어린 동지에게서 욕을 듣게 생겼는데 어찌하면 좋겠습네까?"

"미리 손을 써야만 하는데, 우리 모두 욕을 듣게 생겼소. 외교부장은 얼굴을 들 수 없겠소."

"아무 소리 말고 가만히 있으시라요. 수십 년 지난 일들을 지금 꺼내면 욕만 듣습네다."

위원장 동지에게 말을 해도 소용없었다. 동구권에 있는 일을 당장 해결할 수는 없는 노릇이었다.

그들은 해외에서 손을 들고 망명하는 고위급들을 어떻게 할 도리가 없었다. 그들의 가족들이야 수용소로 보내면 그만이었다. 하지만 막대한 비밀을 들고 탈출하는 데 어찌할 도리가 없었다. 압록강을 넘고 두만강을 건너 중국으로, 만주로 탈북하는 인민들이

골칫거리였다. 죽을 각오로 탈북하는 그들을 도무지 막을 도리가 없었다. 강을 건너는 자는 무차별 발포하라고 명령을 내렸다. 그리하여 죽어간 자들이 많았다. 시간이 지남에 따라 경비도 차츰 느슨해졌고, 기강도 해이해졌다. 그러자 탈북자들이 또 기승을 부렸다. 그들은 총 맞을 각오로 압록강을 건너고 두만강을 넘었다. 고난은 여전히 진행 중이었다. 죽을 자는 죽을지라도 간간히 살아서 넘는 자는 갖은 고생과 생명의 위협을 무릅쓰고 중국으로 흩어졌다. 그들은 중국에서 성폭력에 시달려야만 했고 자신의 몸뚱이 하나 간수하기가조차 어려웠다. 얼굴이 반반하면 중국인들의 노리개로 절망 속에 살아야 했으며 고통과 통한의 눈물을 먹고 모진 날들을 견뎌야만 했다. 어떤 동포는 중국인의 소실로 들어가야만 했고, 자신의 부모를 원망해야 하는 처지였다. 몽골까지 들어가서 중국을 경유하여 라오스에서도 죽을 고생을 했다. 몇 년 후에는 한국으로 망명했다. 목마른 사슴이 시냇물을 찾듯이 그들은 꿈에 그리던 자유대한민국에 도착하여 눈물을 흘렸다. 그렇다고 해서 고생이 끝난 것은 아니었다. 한국에 도착한 후에도 어려운 고비가 있었으니 그것은 바로 생활고였다. 교육을 받고 희망과 꿈을 가지고 자유대한민국에서 잘 살아보겠다고 사회에 나온 그들이었다. 그러나 추운 겨울이 그들을 기다리고 있었다. 그들을 바라보는 사회의 시선은 차가웠다. 생활고와 사회의 냉대 속에서 그들은 어떻게든 먹고살고자 애를 썼다. 그러나 그것은 쉬운 일이 아니었다. 당장에 취업조차 할 수가 없었다. 그들은 탈북자라는 꼬리표를 떼려고 발버둥 쳤다. 그러나 돌아오는 것은 사회의 멸시와 냉대, 조롱이었다. 그들은 절규하며 통한의 눈물을 흘리고 또 흘려야만 했다. 다행히도 그중에는 성공해서 어엿한 사회인이 된 자들도 있었다. 어엿한 사회인이 되기까지 그들은 얼마나 많은 눈물을 흘려야 했단 말인가.

화장실에 갔던 위원장이 문을 열고 들어섰다.

"김영철 대남비서동지! 남조선을 비방할 게 아니라 시끄러울 때는 조용히 있는 게 상책이오. 저렇게 발악하고 있는데 그들과 협상을 해보시라요."

박영식 인민무력부장이 김영철을 보고 말했다. 모두들 김영철에게 시선이 쏠렸다. 박영식은 김격식과 함께 북한의 강경파를 이끌고 있었다.

"그것 참 좋은 생각입네다."

총정치국장이며 제2인자인 황병서(차수)가 말했다. 그 옆에서 얘기를 듣고 있던 최룡해 당 비서는 웃음을 지으며 최고 지도자를 보고 있었다. 그러나 그들은 아무런 해답을 내놓지 못하고 있었다.

혈맹국인 중국이 난리를 치며 미국 놈들과 일본 놈들도 동패가 되었다. 유엔에서 새로운 제재를 만들었다. 핵병기나 탄도미사일을 개발하는 북조선을 강하게 비판하면서 각국으로부터 북조선에 항공 연료의 수출을 금지하고 석탄이나 철광석 수입을 제한하는 제재를 포함했던 것이다. 그러나 러시아는 소극적인 자세를 견지하였다. 문제를 연구해 본 다음에 결의를 하겠다고 으름장을 놓았다. 한마디로 말해 미국과 중국 그리고 일본이 눈에 불을 켜고 북조선을 살피고 제재를 포괄적으로 하는 것이 못마땅했다. 러시아를 제치고 제재한다니 있을 수 있는 일인가, 이렇게 생각하고 훼방 놓을 심사로 나오고 있었다. 그러나 법안은 통과되었다. 미국 대통령이 서명만 하면 법적 효력이 나타나게 되어있었다.

"남조선의 할망구가 우리의 생명줄인 개성공단을 폐쇄했는데 이제 와서 무슨 말을 할 수 있겠소. 나는 말 못합니다. 놈들을 강하게 압박해야 우리 전사들이 사기를 가지고 전쟁을 할 수 있는 겁네다. 우유부단해서는 아무것도 못합네다."

"남조선에 우리 동지들이 고군분투하는데 위로 차원에서 안부를 전하면 어떻겠습네까?"

당 비서인 최룡해가 최고 위원장 동지에게 건의했다. 그 소리에 황병서와 박영식, 그리고 강경파인 대남담당비서인 김영철이 좋은 말씀이라고 화답했다.

"남조선의 한상철 민주노총 위원장이 감옥에서 고생이 많소."

젊은 지도자 동지는 영악하고 영리해서 많은 걸 알고 있었다.

"위원장 동지 역시 머리가 좋습네다. 우리는 이름도 모르고 있었시오."

잔머리 굴리는 황병서가 박수를 치면서 위원장 동지에게 아부하고 있었다. 그 모습을 옆에서 지켜보고 있던 당 비서는 야릇한 눈빛으로 그를 쳐다봤다. 모두들 위원장 동지에게 한마디씩 아부하고 있었다.

"그렇습네다. 저도 민주노총 위원장의 이름도 몰랐시오. 정말 영특하십네다."

최룡해가 웃으면서 말했다.

"그렇구말구요. 저는 군대에만 생각이 있었지, 정말 모르고 있었시오. 위원장 동지는 뛰어나신 분입네다."

"아… 아… 왜 이러십네까. 그만들 두시라요. 내래 어지러워 비행기 안 탈랍니다."

한상철(1961년생)은 광주에서 기계공고를 졸업하고 거화를 거쳐 동아자동차와 쌍용자동차에서 근무했던 이력을 갖고 있었다. 근무하던 중 일찍 뜻한 바 있어서 전임자 노총 위원장의 강경 투쟁을 계승한다고 말하고, 이후에 일약 민주노총 위원장에 당선되었다. 그는 다수의 시위 집회에서 불법 행위 등을 주도한 혐의로 재판에 넘겨져 있었다. 한상철은 지난해 2015년 4월 16일부터 11월 14일 1차 민중 총궐기 대회까지 11차례 집회에서 특수공무 집행 방해치상과, 특수공용 건물 손상, 일반교통방해 준수사항위반, 해산 명령불응, 금지 장소집회 참가 등을 저지른 혐의를 받고 있다. 그러나 한상철은 공판 준비 기일에서 공소사실 전부를 부인했다.

당시 변호인도 그를 두둔하며 말했다.

"공소사실 전부 인과관계가 맞지 않거나 경찰의 해산 명령 통보 등 절차상 문제가 있다."

그렇게 말하며 그는 범죄사실에 대하여 무죄를 주장했다. 한국에는 양대 산맥의 노동자 단체가 있는데 바로 한국노총과 민주노총이다.

한국노총은 과격한 시위는 주도하지 않고 있으며 백성들에게 혐오감을 주지 않고 있다. 그러나 민주노총은 5월에 임금협상을

김영철 대장

하면서 과격적인 형태를 지속하고 있었다. 민주노총은 철도파업을 주도했다. 그로 인해 시민들은 불편을 겪었다. 사회적인 지탄을 받고 있는 셈이었다. 그러니 어느 누구에게도 지지를 받지 못했다. 주한 미군 철수, 국가보안법 철폐, 비정규직 차별을 부르짖고 정부와 대치하면서 한 치의 양보도 하지 않았다. 노동자 단체가 정치성 발언을 하고 있었다.

"남조선 사회는 참으로 희한합네다. 우리 공화국에서는 그러한 일이 있으면 즉시 역도들을 사살합니다. 그러면 사회가 조용해질 건데 그런 반역도당들을 왜 살려주는지 참 희한합니다."

김영철 대남비서가 입에 침을 튀기며 말했다.

"김영철 동지! 고런 말 함부러 하지 마시라요. 우리 김일성 주석님께서 주체사상을 그들에게 전파했는데 이제야 그 성과가 나타나고 있는 겁네다. 그들은 우리 공화국의 혁명 열사들입네다. 남조선 사회에서 우리들의 과업을 그들이 훌륭히 해내고 있는 겁네다."

최룡해 동지가 조심스럽게 말했다.

"우리는 월맹과 같은 혁명세력을 구축하고 그들을 통해서 남조선 사회를 유린하고 혼란을 지원해야 합네다. 북조선을 따르는 후원 세력들도 많이 양산해야 합네다. 그리하여 아버지와 할아버지가 이룩하지 못한 통일을 준비해야 합네다. 무엇 때문에 아버지가 핵을 만들었는지 아시겠습네까?"

위원장 동지가 힘차게 말했다.

"맞습네다. 위원장 동지! 지금 남조선은 우리가 자금을 지원하지 않아도 저절로 좌익화되어 가고 있습네다. 국회인가 뭔지 하는 곳을 보시라요. 그들은 지금 주사파와 레닌 막스 사상으로 무장되어 있시오. 우리보다 더 지독한 사회주의자들입네다. 우리의 김일성 동지와 김정일 동지를 추앙하고 있습네다."

김일성 종합대학에서 정치학과 출신인 머리 좋고 아부 잘하기로 유명한 최룡해가 말했다.

"대남비서동지 전교조란 무엇입네까?"

위원장 동지는 이미 알고 있었다. 측근들이 알고 있는지 검증을 하기 위한 차원에서의 물음이었다.

"예… 전교조는 거 뭐시냐 하면… 에…, 남조선 선생들 노동단체인데 학생들에게 참 교육을 시키며 촌지를 받지 않고 교장들의 횡포를 막고 전근대적인 사상을 말살하려는 집단입네다."

김영철은 공부를 하지 않아서 대충 말을 했다.

"대충 알고 있으면 오히려 화가 됩네다. 최 동지가 말씀해 보시라요."

최룡해는 대답을 잠시 망설였다. 주책없이 나섰다가는 두들겨맞을까 봐서 엉거주춤하게 서있었다. 사람들의 시선이 최룡해에게로 쏠렸다.

"저도 더 이상은 모릅네다. 위원장 동지께서 한 말씀 해주시라요."

"공부들 하시오. 남조선에 대해서 공부를 해야 적을 이길 것 아닙네까. 그러면 황병서 총정치국장이 말씀해 보시라요."

황병서 정치국장은 두려웠다. 한 대 얻어맞으면 기사회생할 수 없는데 여간 난처한 일이 아닐 수 없었다. 최룡해 당 비서도 미꾸라지처럼 빠져나갔는데 잘못 말하면 질투가 심한 위원장 동지한테 어떻게 당할지 알 수 없었다.

황병서는 1949년생이다. 출신지는 명확하지 않지만 전북 고창군 성내면 출신일 가능성이 높다. 그의 부친은 한국전쟁이 발발하기 전에 월북한 뒤 간첩으로 남파됐다가 체포되었다. 이후에 그에 대한 소문이 들려왔다. 그가 1985년 대전형무소에서 목숨을 끊은 비전향장기수 황필구 씨의 아들이라는 설이 제기되었다. 황 씨의 친인척 일부는 황필구 씨로부터 북한에 장남 병순과 장녀 희숙, 막내아들 병서 등 삼남매를 두고 있다는 말을 들었다고 증언했다. 그러나 확신할 수는 없다고 전했다.

"위원장 동지! 저는 정말 모르겠시오. 나이를 먹다 보니 늙어서 기억력이 떨어졌시오. 나보다 젊은 동지에게 물어보시라요."
하면서 후배들을 쳐다보았다. 황병서는 쩔쩔매며 식은땀을 흘리고 있었다. 적당한 기회에 한직으로 물러나야겠다고 생각했다. 고모부를 무자비하게 죽인 사람이고 부하들을 벌써 수십 명 숙청했다는 것을 모르지는 않았다. 그것이 가족을 위해 더 나은 결단이었다. 위원장은 인민무력부장을 쳐다보았다. 박영식은 눈이 마주치자 두 다리가 후들거리는 것을 느꼈다. 그는 떨리는 가슴을 진정시켰다. 그는 여우 같고 구미호 같은 최룡해나 황병서에게 분노를 느끼고 있었다. 그들이 말을 잘하면 나에게도 질문이 쏟아지지 않을 것이었다. 박영식은 발등에 불이 떨어졌는데 말도 못 하고 어물거리고 있었다.

"왜 말을 못 하고 떨고 있는게요. 어디 아는 대로 말해 보시라요."

황병서와 최룡해는 바닥을 보면서 어서 여길 빠져나가야 한다고 생각하고 있었다. 박영식은 인민무력부장다운 모습으로 아는 대로 입을 열었다.

"에… 전교조란… 에… 남조선의 선생들이 조직을 해 가지고 설라므니… 학부형이 주는 봉투나 받지 말고 아이들 교육을 잘 가르치자고 만든 단체입니다. 에… 그리고…."

"그만! 그만하시라요."

위원장 동지가 손을 흔들며 소리쳤다.

"내 말을 잘 들으시라요. 앞으로 남조선에서 일어난 모든 것은 빠지지 말고 메모해서 공부하시라요. 남조선 신문들을 보고 공부를 하시라요. 그래야 혁명 동지들이 하는 일을 우리가 적극적으로 도울 수 있기 때문에 그렇습네다. 동지들! 남조선에서 고통받고 있는 인민들을 구제하고 싶지 않소?"

위원장 동지는 쉬지 않고 그들에게 직설적으로 묻고 있었다. 그는 영리해서 손바닥에 간부들을 올려놓고 훈련하고 있었다. 시원치 않으면 가차 없이 내칠 터였다.

"그럴 리가 있습네까. 우리들은 혁명적인 지도자 동지를 모시고 남조선을 적화통일하는 데 이 한 몸 결사보은하겠시오."

네 사람 모두 부동자세였다. 그들은 똑같은 말로 침을 튀기며 대답했다.

"전교조는 전국교직원 노동조합으로 이승만 시대부터 교사들 사이에 주지되어 있었는데 이승만과 박정희는 반공을 국시로 삼고 우리 지도원 동지들을 학살했소. 전두환 정부와 노태우 정부 때도 남조선에 있는 우리들의 지도원 동지들이 고생하면서 주체사상을 아이들에게 주지시키려고 했으나 실패했소이다. 그런데 하늘이 우리를 도와주려는지 군부시대는 종식되고 우리의 주체사상을 전하려는 거룩한 전교조들이 김영삼 정부에서 활동하기 시작했소. 김대중 정부와 노무현 정부는 전교조들에게 날개를 달아주고 합법화해서 전국적으로 이념교육을 가르치고 정치적인 활동을 해 왔소. 이때에 군대를 밀고 가서 적화를 해야 하는데 미군이라는 개새끼들이 있어서 출동을 못 했던 겁니다. 그들은 국가 보안법과 미군 철수를 외치고 연립 정부를 구성하자고 할아버지 사상을 아이들에게 전하는 거룩한 혁명 열사입네다. 전교조 위원장 변성호는 우리의 거룩한 혁명 세력이 인민들에게 다가가도록 하려고 하는데 큰 문제가 발생했습네다. 검정 교과서에 김일성 교시를 가르치고 혁명사상을 고취하는 데 아무 문제없이 좌파 교수들과 사회시민 단체들이 외곽에서 지원하여 공무원 사회까지, 그리고 중·고등학생들과 대학생 진보 연합세력이 활동해서 우리들의 거점을 만들었습네다. 그런데 박근혜 늙은 할망구가 국회에 박혀 있는 통진당을 해산시키고 우리들의 혁명전사 이석기라는 의원을 구속했시오. 그리고 국정 교과서를 발행한다고 합네다."

위원장 동지는 거침없이 일장 연설을 하고는 목이 갈급한지 물한 모금을 마시려고 했다. 그는 문득 말을 중지했다. 네 사람은 거침없이 말하는 위원장 동지를 보면서 감탄했다. 감동이 찡하게 울려왔다. 네 사람은 수첩을 들고 연필로 메모하고 있었다. 그 모습을 바라보던 위원장은 네 사람의 눈을 마주치면서 다시 말을 이어 갔다.

"검정교과서를 철폐하고 국정교과서를 발행하면 할아버지의 주체사상과 아버지의 선군 사상을 이어받지 못합네다. 그러면 어떻게 될지 어디… 누가 한번 말해 보시라요. 군 서열 일인자인 총정치국장이 말해 보시라요."

네 사람이 떨고 있는 사이에 그는 황병서를 지명했다. 그러자 나머지 사람들이 모두 마음을 놓으면서 정신을 차렸고 황병서를 쳐다보았다. 그들은 한숨을 내쉬며 다음 차례를 준비했다.

"에… 국정교과서를 만들면 우리의 주체사상과 선군사상이 아이들에게 전달되지 못하는 수가 있습네다. 그러기 위해서는 전교조들이 생명을 걸고 학교에서 아이들에게 계속 주체사상이념을 주지시켜야 하고, 민주노총은 작업장에서 사상이념과 반 정부 활동으로 투쟁에 돌입해야 합네다. 그 길 말고는 다른 방법은 없습네다."

황병서는 짧게 대답했다. 지도자의 얼굴은 변함이 없었다.

"그러면 어떻게 해야 투쟁에 성공할 수 있습네까? 어디 누가 한 말씀 하시라요."

세 사람은 일시에 김영철을 쳐다보면서 말했다.

"대남비서인 당신이 하시라요."

그는 이렇게 무언의 압력을 넣었다. 김영철은 어쩔 수 없이 입을 열기 시작했다.

"대남 담당비서인 제가 한 말씀 드리겠습네다. 남조선 사회에는 여러 가지 단체가 있는데 그들은 지금도 쉬지 않고 국정화 반대 서명운동을 하고 있습네다. 민노총 단체와 전교조 단체에서 행동을 하고 있는데 개신교 단체와 불교 단체와 천주교에서는 박창신 신부가 전라도에서 활동을 하고 있습네다. 서울시장인 박원순은 표현의 자유란 모름지기 서울 광화문에서 김일성 장군 만세를 불러야 하는 일이라고 주장해서 남조선 사회가 사상문제로 심각한 병이 들었습니다. 보수단체란 자들은 광화문에다 태극기를 달아야 한다고 하니 까니 서울 시장은 절대 남조선 태극기를 달지 못하게 하고 있습네다. 태극기가 무엇입네까? 남조선의 상징일 수 있는 것이 태극기인데 그것을 못 다니 까니 남조선은 심각한 병을 앓고 있습니다. 거… 뭐시드라, 성공회라는 대학교가 있는데 무엇을 가르치는 곳인지는 모르지만 한홍구란 교수는 우리 김일성 동지가 보천보 전투에서 승리했다고 위대하게 평가했습네다. 남조선을 건국한 이승만을 모욕하고 정체성이 없다고 했으며, 근대화를 이끌어 가난에서 해방시켜 준 자신들의 대통령을 개똥으로 폄훼하고 그것을 친일파니 뭐니 하면서 학생들에게 가르치고 있시오. 그들의 말 한마디가 남조선 인민들의 가슴에 위대하신 김일성 주석의 주체사상과, 김정일 동지의 선군 사상이 들어가도록 하여 우리의 과업을 달성할 날이 임박했다고 평가합네다. 민족문제 연구소란 단체는 임헌영이란 자가 대표로 있는데 우리 북조선을 위

162

해서 사상운동을 하고 있습네다. 그래서 위대하신 지도자 동지께서 인터넷으로 격려 한 말씀만 하시면 그들은 절대적으로 우리 공화국을 위해서 목숨을 바칠 겁네다. 남조선은 지금도 우리 인민군 열사들이 진격을 하면 전멸이야요. 젊은이들은 6·25가 무엇인지 모릅니다. 거… 왜… 남조선에서 축구시합이 있을 때 우리들의 전사인 꽃다운 아가씨들을 보냈는데 남조선 아이들이 반해서 우리 공화국을 적대시하지 않고 있습네다. 그리고 위대하신 김일성 주체사상과 김정일 선군사상에 의해 완전히 녹초가 되어서 남조선 사회가 단단히 병이 들었시오. 남조선은 인민들이 사회나 단체가 분열되었고 오합지졸입네다. 그리고 좌파언론이 여러 개가 있는데 그들 신문은 우리 사상과 사회주의를 위해서 남조선을 큰 혼란에 빠뜨리고 있습네다. 이상입네다."

대남담당 김영철 비서는 어깨를 으쓱하면서 포문을 닫았다.

"이제 보니 김영철 동지는 연구를 정말 많이 했시오. 그럼 어디 누가 또 한 말씀 하시라요?"

지도자 동지는 노동당 비서를 쳐다보면서 말했다. 최룡해는 가슴이 섬뜩했다. 내가 하려고 했던 말을 다른 동지들이 다 해서 할 말이 막혔다. 그래도 한마디 아니 할 수가 없어서 최룡해는 입을 열었다.

"지도자 동지께서는 어떻게 하면 투쟁에 성공할까를 주제로 말씀을 하셨는데 동지들은 남조선에서 현재 발생하고 있는 것을 말씀했습네다. 그것으로는 부족합네다.

1950년 6월 25일에 우리의 인민군들은 탱크를 몰고 남조선으로 쳐 내려갔습네다. 그러면 남조선에서 활동했던 우리들의 좌익 전사들이 폭동을 일으켜서 우리의 인민군들하고 합동작전을 해야 하는데 그렇게 하지 못했습네다. 합동작전을 했으면 남조선은 지금 우리들의 땅이 되었을 겁네다. 우리가 패한 원인을 분석해 보면 여러 가지가 있지만 그중의 하나가 바로 이승만이가 전쟁이 일어나기 전에 좌익 동무들을 한꺼번에 소탕해서 생명의 위협을 느낀 박헌영 동지가 평양으로 도망쳐 온 것이 있습네다. 그때는 남조선이 공산당이라면 이를 갈고 있었시오. 그래서 우리의 전술이 초기에 실패했습네다."

　"그러면 어떻게 하면 전쟁에 성공할 수 있습네까?"

　박영식 인민무력부장이 물었다. 그는 인민군을 독하게 훈련시키고 사격술과 총검술과 체력 연마에 심혈을 쏟고 있었다. 남조선 아이들은 체력이 크고 힘이 있어서 열세에 부딪치고 있다고 판단했기 때문이었다.

　"내 말이 아직 안 끝났습네다. 더 들어보시라요. 전쟁을 할 때는 탱크만 밀고 내려간다고 전쟁에 성공할 수 없시오. 손무는 싸우지 않고 적을 이기면 상수라고 했습네다. 유언비어를 적들에게 퍼트려서 사기를 죽이는 전술인데 우리의 위대하신 김일성 동지께서 반은 이루어 놓으셨습네다. 그리고 외교로써 중국과 러시아의 동맹관계를 이용해야 합네다. 문제는 미국과 일본인데 양놈들과 왜놈들도 우리들이 뜸을 들이고 외교에 충실해야만 합네다.

　첫째, 국회에 있는 동지들이 북조선을 위해서 남한정부를 곤경에 빠트리고 법안을 지연작전을 하며 박근혜 할망구를 공격하고 있습네다. 이석기 같은 동지를 발굴하고 지방 단체장과 의원으로 보내야 합네다. 그런데 이석기가 내란죄를 뒤집어써서 감옥에 있는데 빨리 구출해야 합네다. 변호사들이 잘하고 있지만 아직도 열세입네다.

둘째, 지금 우리의 지식인 남조선 대학 교수 전사들이 언론으로 선동하고 정부를 공격하고 인민들을 편 가르고 있습네다. 꽤 성공적입니다.

셋째, 노동자들이 공산당을 대신하여 파업하고 사회질서를 교란시키고 있습네다. 한상철이가 잘했는데 앞으로 투쟁에 성공할 수 있습니다. 제2의 한상철이가 나옵니다.

넷째, 교육계를 대변할 노동자들이 아이들에게 사상교육을 시켜야 합네다. 전국 노동자 교사들이 잘하고 있습네다. 그런데 박근혜 정부가 국정화를 발표하여 교육계와 인민전사들이 서명운동을 하고 있으나 역부족입네다. 교사들이 잘하고 있으나 변수가 있습니다. 교사들이 탈퇴하고 있는데 이것을 막아야 합네다.

다섯째, 남조선의 각종 이권단체들이 우후죽순으로 나와서 사회를 교란시킵니다. 여기에는 종교 단체들이 있는데 불교와 기독교 목사들이 남조선 인구의 절반을 우리 북조선 공화국을 적대시하지 않도록 동조하는 세력으로 키워갈 수 있습니다. 주체사상과 선군 사상을 가르쳐주신 위대하신 김일성 수령님이 심어놓은 씨앗이 성공의 열매를 거두고 있습네다. 사과가 무르익으면 딸 때가 되었듯이 그 시기가 임박해 오고 있습네다. 이들에게 위대하신 지

김영철 대장

도자 동지의 따뜻한 격려 한 말씀하시면 됩니다. 이상과 같이 부족한 말씀을 드렸습네다."

최룡해가 빨치산 후손답게 지적을 하며 말을 마쳤다.

"최룡해 서기는 그들의 조직과 운동 성격을 파악해서 내게 따로 보고하시라요. 우리가 전쟁에 임하면 그들에게 연락을 취할 수 있도록 잘 관리를 해야 합네다."

"옳으신 말씀입네다. 그러면 내래 한 말씀드리겠습니다."

인민무력부장이 말했다. 인민무력부는 한국의 국방부 장관이다. 전군을 손아귀에 쥐고 통솔을 해야 하는 막중한 책임을 가지고 있다. 정부와 국토를 방위하고 백성들을 보호하며 외적을 물리치는 중요하고 막중한 자리다. 고구려가 이북 일대와 요동을 장악하며 전성기를 누렸으며, 당나라의 침략을 막아내고 국력을 이어왔으나 연개소문이 죽고 그의 아들들의 권력 누수로 인해 당나라의 침략을 막지 못하고 멸망했다. 이로써 우리의 요동성은 당나라에게 빼앗기고 한반도만 근근히 그 명맥을 이어왔다.

"우리 북조선은 북으로는 대국인 중국과 러시아가 버티고 있으며 남으로는 미국을 앞세운 남조선 패당 것들이 있습네다. 동으로는 간악한 왜놈들이 있어서 호시탐탐 북조선을 침탈하려고 하니 지정학적으로 위험에 노출되어 있습네다. 우리 인민 공화국은 남조선과 통일하려고 했으나 미국의 역적패당들의 공격으로⋯ 실패를 했시오."

"아, 그 문제는 빼고 말씀 하시라요. 어떻게 하면 남조선을 해치울 것인지 방법을 말씀하시라요."

위원장 동지가 답답하여 말을 끊었다. 민망한 인민무력부장은 머리를 긁적이며 다시 말을 이어갔다.

"에… 우리에게는 어느 병기보다도 강력한 무기가 있는데 그것은 불벼락이 떨어지는 핵무기를 가지고 남조선을 압박하는 일입네다. 그러면 남조선 아이들이 우리 공화국을 지지하면서 무력 선동을 할 겁니다. 보수패당들도 많지만 우리를 지지하는 진보연합 세력이 있어서 결코 우리를 무시하지 못할 겁니다. 남조선 아이들은 단순해서 우리의 무력에 넘어갑니다. 우리가 핵무기를 앞세우고 탱크로 남조선을 쑥대밭을 만들면 남조선은 일거에 멸망을 초래하게 됩니다. 그러나 미국이라는 양코배기들을 몰아내지 않으면 이 전쟁은 우리에게 치명적인 독소가 될 겁네다. 이상으로 내래 말씀 드렸습네다."

인민무력부장은 미안한 듯 고개를 숙이고 한발 뒤로 뺐다.

"우리가 핵무기를 가지고 초토화시킬 수 있으나 역적 패당이 있는 미국을 먼저 손봐야 하는데 그것은 중국과 러시아가 미국을 상대하도록 해야 합네다."

"위원장 동지, 대량으로 만든 스커드미사일을 어디다 배치하면 되겠습네까?"

인민무력부장이 위원장을 보고 말했다. 그는 일부러 칭찬을 들으려고 스커드미사일에 대해 말한 것이다.

"동지들! 스커드미사일을 남조선에 있는 중요한 거점을 향해 실전 배치하시라요."

"중요한 거점이라면 어디입네까?"

"서울과 양놈들이 있는 평택, 원자력 발전소, 부산과 대전을 향하여 배치하도록 하시오."

위원장이 네 사람을 바라보며 말했다.

"서울은 남조선의 정치, 경제, 군사, 과학, 문화의 총 집결지입네다. 이곳을 먼저 타격해야만 합네다. 할망구가 있는 북악산도 빼놓지 마시라요. 두 번째로 평택은 우리의 원수 미제국주의주들의 본거지인 요새입네다. 이놈들을 일망타격해야 합니다. 한 놈도 살려두어서는 안 됩네다. 사드미사일을 이곳에 배치한다고 하는데 우리에게는 치명적인 살상 무기입네다. 핵무기도 방어한다는데 웃기는 얘기입네다. 한밤중에 우리들의 공군기가 슬그머니 투하하면 무슨 수로 우리들의 핵무기를 막을 수 있다고 할 것이며, 또 우리들이 핵무기를 소형화해서 미사일에 탑재하여 쏘면 무슨 수로 막을지 박근혜 할망구는 꿈도 꾸지 못할 겁네다. 세 번째로 원자력 발전소가 타격받고 폭발하면 남조선은 그야말로 지옥이 됩니다. 원자로는 남조선의 하늘을 저주하고 검은 비를 내리도록 하는 무서운 무기입네다. 그러면 남조선은 방사능에 노출될 것입네다. 낙진이 바람을 타고 전국에 내리면 남조선 사회는 저절로 멸망으로 치닫고 있을 겁네다.

네 번째로 대전은 과학의 산실입네다. 모조리 타격하면 남조선은 일어날 수 없습네다. 다섯째로는 부산인데 부산은 미제국주의자들이 들어오는 교두보가 되기도 합니다. 부산은 항만 도시인데 이곳을 흔적도 없이 타격해서 미국 놈들이 상주하지 못하도록 해야 합네다. 1950년도에 우리 인민군들이 부산을 무력으로 점령하지 못해서 전쟁에 실패했습네다. 동지들 내 말에 명심하고 우리의 인민 전사들을 38선으로 대기하도록 하시라요. 알겠습네까?"

군사제일위원장의 명령에 네 사람은 부동자세를 취하면서 거수 경례를 하고 일제히 큰 소리로 대답했다.

"넷! 알겠습네다."

그들은 이빨 빠진 쉰 소리로 열창했다.

"동지들, 기뻐하시라요. 박근혜 할망구가 우리들의 혁명 열사들로 인하여 국회에서 탄핵된 걸 아시지요?"

김정은 동지가 큰 소리로 말했다.

"뭐라 하셨습네까? 우리 집에는 텔레비전이 고장 난 지가 하도 오래되어서 듣지도 못했시오."

김영철 대남비서동지가 말했다.

"김영철 비서 동지는 대남사업을 하고 있어도 모르시오? 우리는 어케 알갔시오."

인민무력부장이 한술 더 뜨면서 말했다.

"남조선의 방송은 우리들도 보지도 듣지도 못했시오."

그랬다. 대남 방송을 듣는 자라면 그 자가 누구든 간에 총살형의 대상이었다. 위원장은 회심의 미소를 지으며 말했다.

"남조선 할망구가 탄핵되고 우리들의 동지인 아무개가 대통령이 됩네다. 조만간 남조선에서 천문학적인 돈다발이 떨어질 겁네다."

"정말입네까? 위원장 동지! 그렇게만 하면 이번에는 미국 놈들을 내몰고 평화조약을 해서 단번에 해치워 버립세다."

위원장은 기분이 좋아서 그들을 데리고 기쁨조에게로 갔다. 기쁨조들은 위원장을 맞이했다.

"어서 오시라요. 수령님!"

기쁨조들은 김정은 곁에서 아양 떨기에 바빴다.

남조선의 언론은 북한의 권력자가 남조선의 중요한 기지를 폭파하려고 스커드미사일을 배치했다는 뉴스를 발표했다. 그러나 남조선의 백성들은 스커드미사일이 무엇인지 모르고 있었다. 백성들은 스커드미사일에 관해 무심했다. 스커드미사일은 공항이나 부두를 노리고 있으며 타격할 시에는 엄청난 굉음을 내면서 타격 지점을 송두리째 날려 보낸다. 군중들이 밀집한 곳에 날리면 흔적도 없이 쑥대밭이 된다. 사정거리는 500km, 1,000km, 최대 1만 2,000km까지다. 북한에서 발사하면 서울과 평택은 쑥대밭이 되고 대전, 부산도 황폐화되는 무시무시한 미사일이다.

한국의 제조업이 위기를 맞이하고 있던 시기가 있었다. 인건비가 비싸다고 동남아로 달아난 기업들로 인해 제조업이 위기에 빠졌던 것이다. 서민들의 아들 딸들은 당연히 취업조차 할 수가 없다. 그러다 보니 결혼도 못 했다. 설령 결혼을 했다고 해도 집 한 칸 구할 수 없는 형편으로 인해 자녀 생산은 엄두도 내지 못했다. 그러다 보니 초등학교는 농촌에서 사라지고 있었다. 인구도 줄어서 한국의 미래는 점차 어두워졌다.

서울에선 보통 아파트 가격이 10억을 넘는다. 세월은 어느새 수십 년을 지나고 있었다. 흙수저로 태어나 갖은 고생 끝에 최고 학벌을 마쳤지만 생활은 어렵고 힘들었다. 가난을 대물림할 수밖에 없었다. 서민 대통령이 나와서 서민들의 형편을 돌보려 했으나 그의 뜻대로 되지 않고 땅값만 오를 뿐이었다. 시골로 내려가 이농을 하자니 땅값이 비싸서 어려움이 많았다. 상인들은 장사가 안 되어서 문을 닫는 업체가 날로 늘어났다. 그럴 수밖에 없는 것이 주부들이 시장에 가지 않고 인터넷으로 물건을 구매하기 때문이었다. 어느 대통령이 나와서 정치를 해도 상인들의 고충을 해결할 수가 없었다. 문명의 발전은 갈수록 제조업을 둔하게 할 것이었다. 시장에서 물건을 구매하는 행위는 점차 사라질 것이다. 서민들의 생활상이 이렇다 보니 스커드미사일이나 핵무기를 만든 북한의 존재조차도 모를 수밖에 없었다. 핵무기를 머리에 이고 살아도 폭발하지 않도록 빌 수밖에 없었다. 민주주의의 꽃이라고 하는 국회의원들은 나라의 안보는 나 몰라라 할 뿐이었다. 포퓰리즘은 고통스럽게 춤을 추었다. 백성을 위한 정치는 너무나 뻔한 것이었다. 더민당은 호남에서 모두 당선되고 누리당은 영남에서 모조리 당선되었다. 그들의 이권과 개인주의는 피바람을 몰고 올 것이다. 죽고 나자빠지는 사람은 가난을 물려받은 서민들이다. 국민을 위한 국민의 정치는 사실상 폐기된 지 오래다. 그들은 만나기만 하면 죽기 살기로 싸우기만 한다. 국민을 위한 정치를 고민하지 않고 말이다.

"오빠! 이제는 민주주의 꽃에 지쳤어요. 한국식 민주주의가 필요합니다. 국회의원을 없애든지, 필요하면 시험을 봐서 뽑아야 할 것입니다. 아니면 시·군에서 유능한 공무원을 차출하면 됩니다."

미현이가 말했다.

"그러면 민주주의가 후퇴한다고 말할 텐데."

태수가 대답했다.

"그렇다면 민주주의를 충족시키기 위해서 국회의원, 시의원, 교육감도 백성들에게 투표로 가부를 물으면 되고 통치자가 결단하면 될 것 아니야."

"모든 일이 쉬운 게 아니야. 풀뿌리 민주주의를 태동시킨 게 김영삼 대통령인데 그는 우유부단해서 국가를 어려움으로 인도했던 분이야."

1990년 10월 8일, 평민당 김대중 총재가 단식에 들어갔다. 그는 정치사찰 금지, 지방자치 전면 시행 등을 요구하며 여의도에서 단식에 돌입했다. 그의 가신인 권노갑, 신순범, 한화갑 측근들이 그를 호위하며 지켜주었다. 김대중은 13일간 단식하다가 탈진되어 병원에 이송됐다. 김영삼은 김대중에게 확답을 주고 김영삼이 대통을 이어받아 1995년 6월 27일에 전면 시행했다. 보수라고 자처한 김영삼도, 그에게는 적수가 되지 못했다. 4·19의거로 장면이 내각을 구성할 때에 민주자치정부로 시행이 되었다. 그러나 한국사회는 시끄럽고 정치가 산으로 올라간 듯했다. 5·16군사 혁명으로 정권을 인수한 군사정부는 그 폐단을 너무나 잘 알고 있었다.

박정희 대통령은 국가를 부흥발전시키는 것이 정치 목표였다. 박정희는 배고픈 국민들을 위하여 큰 결단을 내리고 조국근대화에 박차를 가했다. 그 결과 보기좋게 성공하였다. 노태우 정부에서도 지방자치를 하자는 공론이 있었으나 노태우 대통령은 거절했다. 지방자치는 망국의 길로 가는 지름길이라는 것을 그들은 알고 있었다. 북한을 놔두고 지방자치는 어린아이에게 칼을 쥐어주는 꼴이 되는 것을 그들은 잘 알고 있었다. 그러나 무지한 한국백성들은 선동에 쉽게 잘 속고 어리석은 행동을 한다. 한국은 강력한 지도자가 없이는 국가를 운영할 능력도 힘도 상실하고 말 것이다. 지난 역사가 그것을 증명해 주고 있다.

한차례의 태풍이 강한 바람을 타고 한반도를 강타할 것만 같다. 위기가 온 것이다. 그것은 다름 아닌 핵무기가 우리 민족을 위협하고 있다는 점이다. 사생결단을 내려야 할 순간이 다가오고 있다는 점이다. 국민들은 핵무기에 관심도 없다. 힘들게 살다 보니 죽으면 죽으리라는 자포자기 어린 심정이 도처에 깔려있다. 이 나라는 백성들의 생명에 위기가 와도 모른단 말인가. 발등에 도끼가 내려찍혀 피를 흘려도 모른다고 할 것인가. 아니면 불벼락이 떨어져 생명이 타버려도 모른다고 할 것인가. 위정자들이 정치를 잘못 해서 생기는 위기의 시대가 도래한 것이다. 보수나 진보나 매한가지다. 나라를 위기에서 구할 생각은 없고 머리를 맞대고 협의할 생각도 없고 깡패 기질만 있다. 그들이 국민을 괴롭게 하고 있다. 이조 왕국에서 내려온 습성이 반대를 위한 반대를 하고 있다.

미국의 16대 대통령은 수많은 역경을 통해서 단련되었다. 의원에 여러 번 떨어졌고 대통령 경선에서도 여러 번 떨어졌다. '분열된 집은 살아남을 수 없다'는 연설로 노예제도를 놓고 대립하고 있던 미국인들의 가슴에 불을 지피기도 했다. 링컨은 노예를 해방하기 위해 방해 요소를 분명히 하여 사생결단을 내려야 했다. 그것은 남북 전쟁이었다. 그는 수많은 밤을 지나고 기도하고 생각하면서 결단을 내렸다.

　얼마나 괴로운 고뇌가 그를 고통스럽게 했는가. 누가 감히 노예를 해방시킬 수 있단 말인가. 그것은 누구도 상상을 할 수 없었다. 아니 생각을 했다고 해도 그것은 엄청난 재앙을 미국인들에게 가져다주는 행위였다. 미국의 역대 대통령들도 노예를 해방하기 위해 남부와 감히 전쟁을 생각이나 했겠는가. 그러나 링컨은 달랐다. 흑인들의 참상을 보면 눈물이 마를 새 없었다. 빵조각을 얻기 위해 모진 채찍을 맞아야 했고, 죽음을 당하기도 했다. 종살이를 하기 위해 누군가에게 팔려가기도 했다. 이들에게 과연 누가 자유를 쥐어줄 것인가. 누가 교육을 시키고 안정을 줄 것인가. 그것을 하기 위해서 그는 결단을 했다. 그는 위험에 빠지기도 했지만 반대파를 설득하기 위해 자존심을 버렸다. 반대한 사람을 기용해서 용병술을 쓰기도 했다. 게티스버그에서 한 연설은 민주주의의 이념을 가장 잘 드러냈다는 평을 얻었다. 지금 한국은 링컨 같은 지도자가 필요하다. 그러면 위기를 화복으로 바꿀 수 있다. 벼랑 끝에 몰린 위기는 성공을 바로 볼 수 있는 지름길이라는 것을 범인들은 모르고 있다. 오직 책을 읽고 멀리 내다볼 수 있는 자만이 미래의 가치를 얻을 수가 있다. 역대의 제왕들도 민주화라는 말만 요란했다. 책사의 말을 듣고 전술을 계획한 자는 아무도 없고 운동권을 기용했지만 그들은 한낱 허수아비에 불과했다. 아니 허수아비는 곡식을 쪼아 먹으러 오는 새들을 몰아주기라도 하지 않는가. 허수아비는 들 한가운데에서 주인을 위해서 두 팔을 흔들고 새들을 훠이 훠이 하면서 몰아내기도 한다. 허수아비는 주인을 위해 자신을 희생하고 온몸으로 새들을 몰아낸다. 새들로부터 곡식을 구해내는 역할을 한다. 그러나 그들은 어떠한가. 분열하고 선동하면서 국가를 위기에 몰아넣고 있지 않은가. 결국은 생명의 위험을 조장하고 있었던 것이다. 한국은 해방된 지 어느새 70년이 지나 있었다. 일본이 항복을 선언하고 조선에서 물러나고, 이북에는 소련군이 내려와서 김일성을 세우고 조선인민민주주의 공화국을 세웠다. 토지를 개혁하고 화폐를 만들어 북조선은 국가의 형태를 갖추어나갔다. 남한에서도 미군들이 주둔했고 미군정을 삼 년이나 했다. 이승만은 한국의 단일 정부를 세우고 투표를 하여 대통령을 세우고, 민주주의의 꽃인 국회의원을 선출하여 국가의 기틀을 다져나갔다. 그런 와중에 김일성은 한국을 적화하려고 남침하여 삼 년 동안 한국을 초토화했다.

다행히도 우방국인 미국을 위시하여 16개국에서 파병을 했다. 한국은 기사회생하게 되었다. 국민들이 다수 희생됐다고 목 놓아 울 수는 없었다. 정신을 수습하여 가난을 떨쳐 없애려고 갖은 애를 썼다. 하지만 가난을 물리칠 수는 없었다. 국회의원들의 신구파의 사색당쟁으로 나라는 시끄러웠고 경제는 시궁창에 빠져 허우적거리고 있었다. 사회는 낙후되어 국민들의 생활은 말로 표현할 수가 없었다. 정치깡패, 사회적인 깡패가 백성들을 위기에 빠트리고 있었다. 박정희 장군은 군사정변을 시도하여 성공했다. 5개년 경제개발을 선도했고 결국 성공했다. 한국은 일약 경제가 나아져 백성들이 쌀밥을 먹고 요나라 황제시절이 부럽지 않았다. 고속도로를 놓으려고 했을 때 야당대표와 지식인들은 훼방을 놓았다. 차도 없는데 무슨 고속도로를 만들 것이냐며 방해만을 일삼았다. 철강공장을 세우려고 할 때에 그들은 다시 방해했으며 어려운 시련은 계속되었다. 학생들의 데모는 하늘을 찔렀다. 군사정권은 물러나라는 외침이었다. 야당과 좌파지식인들은 연일 정부를 공격했다. 보통 지도자는 모든 것을 내려놓고 평안하게 정치를 하고 끝냈을 것이다. 필리핀을 보라. 그때의 마르크스 대통령은 아무것도 건설하지 않아서 지금도 가난에서 헤어나지 못하고 있지 않은가. 오늘을 심지 않으면 내일의 희망은 없다. 세상에 공짜는 없다.

독일의 공업 제품은 세계를 손아귀에 넣고 주무르고 있다. 독일이 어디 하루아침에 부유한 나라가 된 줄 아는가. 한때 독일은 여러 부족으로 나뉘어있었다. 나라는 어려움에 빠졌다. 러시아가 침공하고 프랑스가 연일 군사를 몰고 왔다. 독일은 여러 나라로 분리되었다. 그때에 비스마르크가 나타나서 부족을 통일하고 프랑스를 몰아내고 영토를 확장했으며, 덴마크와 러시아도 몰아냈다. 외교로써 프로이센에서 독일이라는 나라를 일으켜 세웠던 것이다. 가난하고 못살 때였다. 그들은 쉬지 않고 일했다. 여러 제품을 만들고 팔아서 생활에 보탬이 되고자 했다. 영국의 기술을 따라잡으려고 지도자와 백성들은 그렇게 힘을 쓰고 지도자를 위시하여 대동단결하였다. 공산주의가 태동할 때 지도자는 그들을 죽이고 사회를 분열시키는 불순분자들을 과감하게 격리하여 사회에서 몰아냈다. 선동과 분열로 지새우는 날이 있었으나 독일의 지도자는 자유민주주의를 위해서 분열분자들을 과감하게 주살했다. 라인강의 기적은 말로만 되는 게 아니었다. 자유민주주의는 피를 흘리고 피를 먹고 자랐다. 피를 뿌려야만 진정한 국가로 태동할 수 있었다. 독일은 제국들 사이에 끼어있어서 러시아의 공격을 받았다. 게다가 프랑스의 침략도 당했다. 그로 인해 수많은 백성들이 피를 흘리며 사라져갔다. 나폴레옹이 공격하여 수많은 젊은이들이 피를 토하고 죽어갔다. 한때 정신병자인 히틀러가 수백만 명을 학살하던 때도 있었다. 그 대가로 독일은 인적, 물적 피해를 고스란히 부담하며 사과해야만 했다. 그렇게 역사는 수레바퀴처럼 돌아가고 있었다. 한국에도 구국의 비스마르크가 있어야 했다.

이제 한국은 청년기와 장년기를 지나서 어려움을 극복할 수 있다. 지도자의 과감한 결단만이 새로운 국가를 세울 수 있다. 우유부단하면 국가는 소멸되고 백성들은 노예로 살아야만 한다. 청장년층은 죽음을 피할 수 없게 된다. 그러한 일이 발생하기 전에 지도자는 열정을 가져야 한다. 자유민주주의를 지켜야겠다는 결의를 다져야 한다. 그런 심정으로 나아가야 한다. 북한의 김정은 정권은 세계가 놀랄만한 무기를 제조했다. 한국과 미국은 그런 무기를 만들고 있을 때에 과감하게 응징했어야만 했다. 그러나 무능한 지도자가 사대(김영삼, 김대중, 노무현, 이명박 정권)에 걸쳐서 정권을 잡았기에 이제 한국은 정치, 경제적인 위협이 다가올 일만 남았다.

역사를 잊으면 비참한 결과를 맞이한다. 월남전을 잊었는가? 박정희 대통령이 우리에게 월남전의 교훈을 주었건만, 금세 잊었단 말인가. 그들의 존재는 어디에도 남아있지 않다. 중동에 있는 이스라엘을 보라! 그들의 인구는 불과 6백만 명이다. 하기 싫은 얘기를 또 밥 먹듯이 하고 또 듣는다. 그렇게 해도 이 백성은 깨닫지 못한다. 깨닫지도 못하고 행동에 옮길 줄도 모르는 백성들. 지도자를 씹고 또 까발려야만 속이 시원하고 통쾌한 족속들에게 더 이상 말할 필요가 있단 말인가. 왜놈들에게 당한 나머지 전국이 초토화되어도 깨닫지 못하고, 또 왜놈들에게 36년간 종살이를 해도 깨닫지 못하고, 또 공산군이 쳐들어와서 삼 년간 초토화당해도 깨닫지 못했다. 이제는 핵으로 민족의 멸절을 앞에 두고 있으니 이러한 일이 세상에 또 어디 있단 말인가. 그래도 깨닫지 못하고 있다. 김정은이가 핵과 미사일로 협박을 해도 아직도 깨닫지 못한단 말인가. 서울이 제3의 히로시마가 되지 않는다고 과연 누가 보장할 수 있단 말인가. 원자포탄 한방이면 서울 지역은 뜨거운 고열로 흔적도 없이 사라지고 방사능과 낙진으로 죽어가야 할 것이다. 그럴 수밖에 없는 것이 온도는 섭씨 6천만 도로 올라가고 모든 생물은 비참하게 숯이 되어가야 했기 때문이다. 서울은 전기와 수도가 끊기고 통신과 장비도 폐허가 되고야 만다. 건물이 휘청거리고 도로에 있는 타르는 녹아서 부글부글 끓어오르고 물체는 시커멓게 타고 뒹굴고 거리에는 시체가 쌓여간다. 이러한 전쟁이 오기 전에 군비를 비축해야 한다. 포격을 해서 북한 핵의 뿌리를 뽑아내야만 한다. 그러나 무능한 지도자는 국민을 죽음으로 내몰았다. 우리들의 생존과 후손을 위해서는 결단을 내려야 할 것이다.

시리아는 사막에 원자핵기지를 만들고 있었다. 극비리에 취한 행동이었다. 이 사실이 이스라엘의 정보기관에 귀신같이 포착되었다. 지하를 파서 넓히고 모든 물자를 저장하도록 위장을 했건만 얼마 지나지 않아서 발각되었던 것이다. 새벽에 모든 이가 잠든 틈을 타 이스라엘 공군이 들이닥쳤다. 폭격기들이 포격을 하여 나라는 형체도 없이 사라졌다. 이스라엘은 민족의 생존을 위하여 장엄한 결단을 해야만 했다. 이스라엘은 600만 명의 인구로 1억 5천만이라는 아랍인들의 틈바구니 사이에서 시소게임 하듯이 생존을 이어가야만 했다. 날만 새면 동족이 죽었다. 하지만 그들은 결국 중동전쟁에서 승리하고 민족의 힘을 세상에 드러냈다. 어떻게 그럴 수 있었을까. 거기에는 비법이 있었다. 랍비라는 지도자들이 있었다. 그들은 유대교인 야웨 신앙을 믿고 하나의 공동체로서 단결했다. 배신자와 조직을 와해하는 자들은 단호하게 살해했다. 주위의 암몬과, 아멜렉과, 블레셋, 앗수르, 바벨론 등 수많은 적들과 대치하면서 싸웠던 것이다. 수많은 왕조가 멸망하고 바벨론에 의해서 이스라엘은 역사에서 사라졌었다. 그로부터 2천 년 동안 후손들은 타국으로 망명하여 생존을 이어갔다. 그리고 그 후인 1948년에 선조들이 생존했던 자리에서 독립을 선포했다.

북한의 통치자는 측근들을 불렀다. 그는 제6차 핵실험을 성공리에 끝내고 있었다. 노동당 비서와 총정치국장은 급하게 달려갔다. 김영철 대남담당비서도 부름을 듣고 자리에서 일어났다. 어제 술 한잔을 해서인지 뒷목이 뻐근했다. 나이가 들어서인지 그는 발걸음도 둔하고 기분도 영 좋지 않았다. 늦으면 지도자 동지한테 무슨 말을 들을 것인지 두려웠다. 인민무력부장 박영식 대장이 앞서서 걷고 있었다. 그는 인민무력부장에게 빠르게 다가갔다.

"이보시요! 인민무력부장! 무슨 일로 우리를 부른지 아십네까?"

"내래 모르겠소. 하여튼 가봐야만 알 것 아니겠소."

박영식의 퉁명스런 대답을 듣고 김영식은 속으로 생각했다.

'말하는 꼬라지 하고는, 하여튼 성질 하나는 알아줘야만 하갔서. 내 더러워서 말하지 못하갔구만.'

"저기 최룡해하고 황병서가 가고 있시요. 빨리 가서 물어보시라요."

박영식이 김영철에게 말했다. 경쟁심이 강한 자들이었다. 서로 만나면 닭처럼 으르렁거렸다. 지도자 동지에게 서로 잘 보이려고 야단이었다. 최룡해, 황병서는 그들보다 한 수 위면 위였지, 그들보다 뒤떨어지지 않았다. 최룡해 당서기는 황병서와 같이 가고 있었다. 어느덧 지도자 사무실에 도착했다.

"위원장 동지! 저희들을 부르셨습네까?"

최룡해가 말했다.

"날래 오시라요. 우리 북조선은 이제 6차 핵실험을 성공리에 마쳤습네다. 머지않아 우리들은 미국 놈들과 평화조약을 체결하고 미군은 떠나도록 해야 합네다."

"잘하셨습네다. 그러면 우리 북한군은 남조선에 시범적으로 핵

병기를 폭발시켜서 녀석들이 우왕좌왕한 틈을 타 일시에 남조선을 점령하자는 계획이 아니십네까?"

최룡해가 먼저 말했다.

"맞습네다. 최 동지는 나보다 머리가 뛰어났습네다."

어색해서인지 최룡해는 머리를 긁적였다.

"그러면 어디에 공격할 겁네까?"

인민무력부장 박영식이 말했다.

"서울은 어떻습네까? "

김영철이 말했다.

"지금은 문재인이 대통령이 됐습네다. 할망구는 감옥에 있습네다. 베트콩이 어떻게 사이공을 점령했는지 연구해서 내게 보고하시라요. 최 동지! 알갔소?"

"알갔습네다. 위원장 동지."

평양

이승만 박사와 김구 선생은 민족의 독립을 위해 한평생을 국가에 헌신했다. 그들의 꿈은 대한민국 독립이었다. 이러한 선각자들의 꿈이 있었기에 오늘날 한국이 이만큼 태동하고 성장할 수 있었던 것이리라. 이러한 꿈과 도전과 열정을 백성들에게 심어주는 인물이 과연 어느 나라에 또 있었단 말인가. 한국은 희망찬 미래를 향해 준비 중이었다. 그런데 이게 웬일이란 말인가. 검은 먹구름이 한반도로 몰려오고 있었다. 불길한 징조였다. 사회는 갈등과 분열로, 정치권은 사색당쟁으로 난리였다. 왜놈들은 병장기를 만들고 군사를 조련하고 함선을 건조하여 한반도를 치기 위한 행동에 돌입하였다. 조선은 두 명의 대표, 황윤길과 김성일을 왜국에 보냈다. 하지만 대표들이 다시 조선으로 돌아와서 말하기를 다음과 같았다.

"왜적의 우두머리는 지혜가 있고 병선을 만들어 조선을 칠 준비를 했습니다. 우리도 이에 대비하여 군사를 조련하고 병장기를 만들어 전쟁에 대비해야 합니다."

황윤길의 대답이었다. 그 소리에 군신들은 저희들끼리 격론을
벌였다. 전쟁을 하자는 말인가? 하고 격론을 벌인 것이다. 이번엔
임금이 김성일에게 무엇을 보고 왔느냐고 물었다. 이에 김성일은
대답했다.

"왜장은 원숭이 같은 인상으로 쥐같이 생겼으며 크게 볼 인물이
아닙니다. 왜적들은 전쟁 준비를 할 여유가 없습니다. 왜적은 전
쟁을 일으킬 위인이 안 됩니다."

김성일의 대답을 듣고 선조는 그러면 그렇지, 하고 통쾌하게 웃
었다. 군신들의 반응도 이와 같았다.

"그러면 그렇지. 전쟁을 하면 대국인 중국과 할 일이지. 우리와
는 아무런 상관이 없다."

선조는 왜란이 일어나기 전에 수많은 중신들과 양반들을 살해
해서 지탄을 받은 인물이었다. 그는 붕당을 이용하여 중신들을 손
바닥에 올려놓고 그들로 하여금 상대를 탄핵하도록 유도했다. 탄
핵받은 자들을 유배 보내고, 사약을 내려서 죽는 꼴을 보고 쾌락
을 삼고 있었다. 국가의 백년대계를 위하여 힘쓰지 않고 군사를
손 놓고 국토의 방비를 게을리하여 왜란을 자초했다. 이러한 사실
이 2018년도 정초에 한반도에서 벌어지고 있는 현실이다.

"형님! 위원장이 파업을 앞두고 투표를 하겠다고 공고가 붙어있
습니다."

"3개월 전에도 파업을 하고 거리에서 시위를 했는데 또 파업을

한다는 거야."

그들은 민노총 산하에 있는 조직원으로서 하루가 멀다 하고 정권퇴진을 외쳤다. 이석기를 석방하라고 외치며 연일 시위를 하고 있었다. 시위에 동참하지 않으면 혹독한 대가를 치러야만 했다. 얼마 전에는 쌍용 해고자 복직을 위해 연일 파업을 주도했다. 하지만 나아지는 것은 없고 조직원들이 죽어나가는 일만이 비일비재했을 뿐이었다. 유가족들은 침통한 표정이었다. 앞날을 떠올리면 눈물이 마를 새가 없었다. 근심과 고통이 인간을 왜 이렇게 괴롭게 만드는 것일까. 사람들은 자녀를 두고 자살을 하면서까지 극악으로 치닫고 있다. 고통을 당하는 쪽은 노동자뿐이었다. 위원장 동지들은 사례금을 받으며 살고 있는지 몰라도 하급자들은 아니었다. 그들에겐 괴로운 날들의 연속이었다. 기자들과 사진기자들이 북새통을 이루었다. 사람들의 고함 소리에 귀가 따갑고 주위에 있는 주민들과 상인들은 죽을 지경이었다. 정규직과 비정규직으로 나뉘면서 그들의 고통은 갈수록 더했다. 현대판 기업주들은 사람들을 양반과 상놈으로 구분 지어놓았다. 그들의 고통을 보면서 희열을 느끼고 있는 것이다. 조선 시대 양반은 도폭자락에 곰방대를 쥐고 챙이 넓은 갓을 쓰고 있었다. 그들은 첩들을 여러 명을 두고 양기를 자랑해 왔다. 수십 명의 종들이 일을 했다. 그들은 자신의 주인인 양반을 위해 목숨 바쳐야만 했다. 그것이 바로 양반의 사회였다. 상놈은 지혜가 있어도 벼슬길에 나갈 수 없고 그저 양반의 밑에서 죽도록 헌신해야 했다. 일을 하고 자식을 낳아도, 양반의 노비로 호적을 올려도 인간 대접을 받지 못하고 살았다. 상놈은 양반의 재산이었다. 이러한 양반과 노비 제도를 두고 재벌들은 재산을 쌓고 상놈들을 비보호했다. 노동력을 착취하고 자신들의 후손을 위해 성을 쌓아 올렸던 것이다. 정부의 특혜를 받으며 주식을 부정 거래하여 수십억을 챙겨도 벌금으로 빠져나오는 특혜를 받곤 했다. 저녁이면 동지들은 막걸리로 배를 채우고 고성방가를 부르며 임을 위한 행진곡을 부르곤 했다. 저녁이면 달무리가 생겼다. 반짝이는 별빛이 지상으로 쏟아지고 있었다. 산들바람이 불어오면 동지들은 기를 쓰고 크게 노래 부르곤 했다. 노동자들의 마음에 위로가 될 수 있는 노래였다. 얼굴에는 턱수염이 자랐다. 한 푼이라도 벌어서 자식을 성장시켜야 했다. 그저 공부를 시키는 수밖에 없었다. 돌이킬 수 없는 초라한 인생이었다. 사람들은 '임을 위한 행진곡'을 부르며 시간을 보냈다.

사랑도 명예도 이름도 남김없이
한평생 나가자던 뜨거운 맹세
동지는 간데없고 깃발만 나부껴
새날이 올 때까지 흔들리지 말자

세월은 흘러가도 산천은 안다
깨어나서 외치는 뜨거운 함성
앞서서 나가니 산 자여 따르라
앞서서 나가니 산 자여 따르라

세월이 흘러도 변하지 않는 것이 있다. 그것이 뭐냐고 언젠가 후배가 내게 물었다.

"선배님, 비정규직은 변할 수 없는 건가요?"

막걸리를 마시고 있던 후배가 손등으로 입술을 문지르며 말했다. 지치지도 않는 시간은 저만치 흘러가는데 우리네 모습은 어째서 변하지 않는 걸까?

"한번 태동한 인생은 변화를 시킬 수가 없단다. 애초에 다른 곳에서 태어났다면 변할 수 있지. 그러나 목구멍이 포도청이라 비정규직으로 태어나면 변할 수가 없지."

선배는 체념하면서 막걸리를 단숨에 들이마셨다. 공장에서 일하는 보수는 너무나 적었다. 최저임금이었다. 거기에다가 잔업을 매일같이 해도 변화가 없었다. 원하는 보수를 가져갈 수조차 없었다. 그저 노동자만이 피로할 뿐이었다. 몸도 마음도 고되었다. 결국은 노동에 지쳐 퇴직하는 경우도 빈번했다. 그것이 바로 말단 인생이 하는 짓거리였다. 아내는 아내대로 그 얼마나 눈물을 먹고 살았는지 말로 다 표현할 수가 없었다. 회사가 부도나면 무더기 해고와 감원 사태로 노동자들은 몸살을 앓아야만 했다. 경영진들이 잘못한 일이었다. 애꿎은 노동자들만이 눈물을 흘려야만 했다. 부산에서 한진 중공업 노사가 무더기로 해고 처리될 때, 그들도 역시 파업을 했다. 노동자들을 위해서 동원된 것은 과연 무엇이었나. 그것이 희망이었나. 희망 버스가 노동자들의 행복을 실어다 준 적이 있었던가. 기중기에 올라가서 목숨을 담보로 수십 일 동안 투쟁했으나 결국 얻은 것은 아무것도 없었다. 노동자와 김진

숙만 고생하지 않았던가. 상놈들이 그토록 투쟁해서 얻은 것은 해고와 죽음뿐이었다. 양반들은 챙이 넓은 갓을 쓰고 긴 도폭 자락에 곰방대만 연신 빨아대며 축첩을 거느리고 주색에 빠져있었다. 그들은 인생을 향락으로 지새울 뿐이었다.

마르크스가 한 말이 생각났다. 자본주의는 노동자들에 의해서 부가 넘치고 생산성은 최고치에 오른다. 부르주아들은 부가 넘치고 노동자들은 쥐꼬리만한 보수를 가지고 생활을 한다. 부르주아 자본주의가 발전하면 노동자들에 의해서 파멸의 길로 갈 수밖에 없다고, 그는 말했다. 노동자들에 의해서 혁명의 횃불이 일어난다고 말했다. 정반대의 길로 가고 있었다. 마르크스는 실패한 것이다. 마르크스의 이념을 정책으로 반영한 공산주의는 지구상에서 사라지고 자유민주주의가 도처에서 승승장구하고 있었다. 남미에서, 아프리카에서, 동구권에서, 동남아에서 그 불길은 요원하게 타오르고 있다. 그러한 후진국 사회주의 국가들도 자본주의를 배우려 하고 있었다. 사회주의 쿠바가 문을 개방하고 미국의 대통령을 영접하고 있지 않는가. 배가 고프면 공산주의도 도태될 수밖에 없다. 북한도 개방의 문을 열지 않으면 언젠가는 도태되고 망국으로 달려갈 것이다.

사위는 어두워지고 있었다. 행인들의 발걸음은 뜸해지고 노동자들은 삼삼오오 모여 국수로 허기를 채우고 있었다. 노조위원장을 위시한 간부들은 강경한 투쟁만이 노동자들의 살길이라고 외쳤다. 그들은 강경노선을 채택하고 있었다. 온건한 노동자들은 반대했다. 우리가 살기 위해서는 공장의 생산성을 높이고 이득을 최대화해야 한다고 목청을 높였다. 국수 한 그릇을 먹고 난 노동자들은 일터로 향했다. 각 부서에 책임 할당량이 있어서 그들은 일해야만 했다. 그러나 일부 노조원들은 일터로 가는 노동자들을 몰아세우고 방해하고 있었다. 그들 사이에서 몸싸움이 일어났다. 이웃에 살고 있는 동혁이라는 친구의 부탁으로 동성기업에 나타난 것이다.

"너는 누구냐? 우리의 조합원이 아닌 것 같은데, 비켜라. 비키지 않으면 다칠 것이다."

한 조합원이 으름장을 놓았다.

"나는 일할 수 있는 사람을 지원하기 위해 여기에 왔다. 이들이 일하도록 내버려 두어라! 이들도 일해야 먹고 살 것이 아닌가."

"너는 회사에서 보낸 해결사인가?"

"아니다. 내가 자진해서 여기로 왔다."

"비켜라! 동지들! 이놈을 끌어내라!"

녀석들이 발악을 하며 그에게 접근해 왔다. 서너 명이 그를 에워싸고 달려들었다. 태수는 이들을 상대로 싸울 수 없었다. 그렇다고 해서 물러설 수도 없었다. 그는 녀석들의 팔을 한 놈씩 꺾어 주기로 했다. 서너 명의 장정이 태수의 팔을 붙들고 힘으로 밀어붙였다. 밖으로 끌려 나올 수밖에 없었다. 그는 녀석들의 팔을 비틀어 꺾었다. 놈들이 '악!' 소리를 내며 옆으로 쓰러졌다. 녀석들은 오늘 작업을 폐쇄시키고 내일 출정을 위해서 회사를 마비시키려고 했다. 그는 다른 동지들의 인도로 노조사무실로 갔다. 그곳에서는 일곱 명이나 되는 위원장과 조직원들이 모여서 숙의를 하고 있었다. 그들은 태수와 친구가 나타나자 무슨 일로 왔는지 대략 짐작하고 있었다. 나타난 노조원들은 온건파였다. 그들은 인상을 쓰면서 왜 이곳에 왔느냐고 물었다. 사무실에는 포스터가 많이 쌓여 있었다. 포스터엔 한결같이 다음과 같이 씌어있었다. '몰아내자 박근혜! 이석기를 석방하라! 주한 미군은 철수하라! 국가보안법을 파기하라!' 이런 구호가 적혀있었다. 노조를 위한 생존 투쟁이 아니라 정치 선전물이었다. 이들은 민주노총의 지시대로 거리에서 시위를 할 작정이었다. 그러면 생산성이 떨어지고 수출길이 막혀서 기업은 파멸할 수밖에 없다. 이들은 왜 그렇게 자기 살을 파먹는 행동을 해야만 하는가? 노조원들은 잔업을 하지 못하고 한두 명이 모여 앉아서 줄 담배를 피우고 있었다. 동성기업은 자동차 부품을 만들고 있었다. 동성기업은 직원 500명을 수용한 큰 기업이었다. 작년에도 수입이 마이너스가 되어서 금년에는 노조원들이 힘을 모으면 막대한 이익을 창출할 수 있다고 했다. 하지만 강경파 노조원들의 정치 파업으로 수익은 저 멀리 사라지고 있었다.

태수는 이러한 소문을 듣고 가만히 있을 수가 없었다. 위원장을 제압하여 노조원들의 사기를 세우려고 작심을 했다. 위원장은 덩치는 크지 않았고 안경을 쓰고 있었다. 깡마른 얼굴에 살기가 등등했다. 그는 눈빛 하나로 노조원들을 이끌고 있었다. 죽기 아니면 살기로 달려들다 보니 노조원들은 다치지 않으려고 옆으로 비켜섰다. 이순신 장군의 사즉필생(死則必生), 생즉필사(生則必死)라는 말이 실감났다. 죽고자 하면 살 것이요, 살고자 하면 죽는다는 말이 아닌가. 노조원들은 순하고 순한 어린 양들과 같은 존재들이었다. 자신의 털을 깎고 가죽을 벗겨서 마지막에는 살을 도려내어 가족을 위해 헌신하는 그들이었다. 힘센 존재도 아니요, 배운 존재도 아니다. 양아치 같은 악질 반동의 눈에는 살의를 품고 여차하면 조직원을 죽이려고 하는 것처럼 보였다. 그는 칼을 갈면서 순진무구한 양들을 회유했다.

"당신들은 무엇인데 집에 가지 않고 여기는 무엇을 하러 왔어?"

그는 인상을 쓰면서 반말을 하고 있었다. 하도 어처구니가 없어서 태수가 앞으로 나갔다.

"내가 너를 보려고 왔다. 네가 위원장이란 자야?"

태수가 말했다.

"이게 어디서 배워먹은 대로 노는 거야! 넌 누구야?"

위원장은 위엄을 부리며 말했다.

"네놈한테 배웠다. 그렇게 막말을 해도 되는가?"

태수도 지지 않고 맞섰다. 분위기가 험악해졌다. 노조원들은 앞으로 나온 그를 제지하면서 팔을 붙들었다. 태수가 힘을 주자 녀석들은 팔을 놓았다. 무쇠 같은 팔에는 무서운 암기가 흐르고 있었다. 그는 위원장의 멱살을 쥐고 흔들었다. 녀석은 가벼웠고 힘이 없는 자였다. 녀석들은 숨을 쉬지 못하고 발버둥을 쳤다. 소파로 밀어붙이자 녀석은 쓰러졌다. 나머지 놈들도 한 손으로 상대방을 타격했다. 몇 놈이 얻어맞고 의자에서 뒹굴었다. 세 사람은 말

로 하자면서 그를 타이르기 시작했다. 위원장을 앉혀놓고 태수가
말했다.

"네놈이 위원장이라고 했지. 아무 힘도 없는 놈이 위원장이라고
거들먹거리면서 노조원들을 강압적으로 위협해서 파업을 선동하
고, 거리에서 시위를 하고, 심하면 경찰을 타격하고, 버스를 파괴
한 너희들! 내가 심판해 주겠다. 한국의 법이 물러 터져서 내가 대
신 네놈에게 형벌을 주겠다 이 말이다."

"강압이 아니라 투표로 가결된 것입니다."

녀석이 기어드는 목소리로 말했다.

"그러면 파업을 해서 회사에 막대한 손실을 줘도 된다는 말인
가. 이 빌어먹을 놈아! 대답해 봐라."

노기에 찬 태수가 막말로 지껄였다. 녀석들은 내일이면 서울
로 상경하여 도로를 점거하고 정권타도를 할 예정이었다. 그는 녀
석들에게 종이를 가지고 오게 했다. 각서를 쓰라고 조질 참이었
다. 그런데 갑자기 노조원인 동혁이와 친구가 종이와 볼펜을 주면
서 파업을 하지 않기로 서명하라며 윽박질렀다. 녀석은 할 수 없
다고 하면서 마음대로 하라고 곤조를 부리기 시작했다. 말로 해서
는 안 되겠다고 생각했다. 그는 준비한 대로 위원장을 코너로 몰
고 갔다. 표가 나지 않도록 흠씬 패 주리라고 생각했다. 오른쪽 팔
을 비틀면서 뒤로 돌렸다. 이번엔 오른쪽 무릎으로 녀석의 허리를
가격했다. 녀석은 비명을 질렀고 얼굴이 백지장처럼 하얗게 변했
다. 다음에는 왼쪽 팔을 꺾고 뒤로 비틀었다. 녀석이 비명을 지르
기 시작했다.

"아아아… 아앗…!"

"나는 죽지 않을 정도로 고통을 주겠다. 더 해볼까….”

"아… 아니오. 하겠습니다. 하겠어요.”

녀석은 고통을 참지 못하고 말했다.

"볼펜을 주라. 내가 부른 대로 써라! 내 말을 듣지 않으면 병신을 만들어주겠다.”

녀석은 모든 것을 내려놓은 게 분명했다. 얼굴이 고통으로 이지러졌다. 녀석은 말했다.

"나는 노조원들을 시위에 동원하지 않을 것이며 파업을 하지 않겠습니다. 만일 파업을 하고 시위에 동원하면 그 대가를 달게 받겠습니다.”

이렇게 해서 그는 녀석들에게 각서를 받았고 내일 조직원들 앞에서 선서하라고 말했다. 녀석은 얼굴을 찌푸리면서 그렇게 하겠다고 약속했다.

"천주님! 너무하십니다. 어쩌다가 한국이 강성 노조가 돼 가지고 기업주를 배신하고 조직을 위해서 시위를 한단 말입니까? 그것도 열악한 기업 환경을 개선하고 비정규직을 대우하라고 해야 하는데 정치선전을 하고 대통령은 사죄하고 하야하라고 하며 국보법을 폐지하고 미군은 자기나라로 가라고 하고 국정교과서를 반대한다고 시위를 한답니다. 이게 말이나 됩니까? 이놈들은 뼈가 부러지도록 몽둥이로 후려 패야 합니다. 그래야 정신이 듭니다. 배가 고플 때는 순한 양이 돼 있었는데 배불리 먹였더니 주인을 죽이려고 달려든 강도와 무엇이 다릅니까? 이놈들에게 벼락을 한번 쳐주십쇼!"

　태수는 한국으로 넘어오기 전에 북한에서 한 통의 서신을 받았
다. 그것은 김정은의 부친이 사망한 후에 온 서신이었다. 너무나
반가웠다. 내용을 읽어보니 자기가 북조선의 권력을 이어받아 북
조선을 통치한다는 내용이었다. 친구들 여러 명이 받은 것으로 알
고 있는데 누가 받았는지는 그조차 모르고 있었다. 병원에서 약을
조제하고 있던 시절이었다. 그해에 그는 휴가를 받고 평양으로 가
는 비행기에 몸을 실었다. 녀석은 어떤 모습일까, 생각하다가 어
느 순간 그는 깜박 잠이 들었다. 중국을 경유해서 가는 길이었다.
중국은 정말 크고 넓은 땅이었다. 중국은 아직도 사회주의 국가이
고 경제건설을 하여 막대한 부를 창출하고 있는 나라였다. 굽이굽
이 흐르는 황하는 역시 대국다운 큰 강이었다. 장강도 보였는데
역사를 굽이쳐 흐르는 듯 도도하게 흐르고 있었다. 장강을 사이에
두고 중국 시황제 시대 때부터 그들은 대륙을 빼앗기 위해 검 한
자루를 손에 쥐고 말을 타고 포효했었다. 그 시절은 이제 보이지
않았다. 큰 강만이 유유히 흐르고 있을 뿐이었다.
　'아아… 영웅호걸들이 넘나들었던 시절은 어디로 갔단 말인가.'
　물결만이 알고 있는 듯 흐르고 있었다. 조선 땅이 한눈에 들어
왔다. 온통 산악으로 이루어져 있고 독일처럼 넓은 평야는 보이지
않았다. 기체는 어느새 공항 활주로에 내리고 있었다. 북한 공항
에서 내리는 사람들은 외교관들과 주요자리에 있던 인사들인 것
같았다. 젊은 사람은 태수 혼자뿐이었다. 순안국제공항은 제주국

제공항 규모의 공항이었다. 비교적 깨끗하고 국제적인 규모의 공항으로 손색이 없어보였다. 활주로에는 10여 대의 비행기가 태양 빛에 반짝이고 있었다. 그리고 공항 정문에는 평양이라는 붉은 글씨와 김일성 주석의 대형 초상화, 그의 아들 김정일의 대형 초상화가 걸려있었다. 외국인을 반갑게 맞이하고 있었다. 트렁크를 찾아서 티켓을 건네주고 나와 보니 딴 세상에 와 있는 느낌이었다. 다른 나라 공항에는 인구가 많고 번화하고 사람들이 북새통을 이루고 있었다. 그런 반면에 북조선은 조용한 모습 그대로였다. 색안경을 끼고 키가 작은 사람이 그에게 오더니 조선말로 물었다.

"혹시 신태수 선생입네까?"

그의 얼굴을 보니 둥근 얼굴에 미소도 없이 메마른 모습이었다. 태수가 그렇다고 대답하자 그는 기다렸다는 듯이 손을 들어 뒤쪽에 있는 동료들에게 수신호를 보냈다. 그들이 안내한 승용차는 독일의 최고급 차량인 롤스로이스였다. 공항 입구에는 외교관인 차량들이 번쩍거리면서 들락거리고 있었다. 사람이 없으니 차량의 숫자도 많지 않았다. 소수의 차량만 보였을 뿐이다. 북한은 조금만 손을 보면 경제가 발전할 것 같았다. 인민들의 모습도 남조선 백성들같이 얼굴에 살이 오를 것처럼 보였다. 차량은 평양 시내로 들어섰다. 평양은 현대적이고 매력적인 도시로 보였다. 구미선진국의 수준처럼 질서정연하고 아름다움이 넘치고 있었다. 어느 구미도시에 와 있는 것 같이 착각할 정도였다. 도로 폭도 100m의 넓은 거리로 시원하게 탁 트여 있었다. 공원에는 남녀노소 할 것 없이 들어차 있었고 거대한 체육시설도 한눈에 들어왔다. 마천루

같은 건물들도 자랑하듯이 서있었다. 서울의 강남 대형 아파트 같은 아파트들도 거리에 줄줄이 서있었다. 사람들이 거리에 들락거리는 모습이 서울의 압구정이나 명동거리로 착각할 정도였다. 30층이나 40층 같은 특대형 건물이 인상적이었다. 도로와 가로수, 광장과 공원 도로변의 높은 건물들. 거기에다 유유히 흐르는 대동강 물결은 어느 선진국 못지않았다. 개성문은 그 나라의 품격을 높여주기도 했다. 평양은 고급인민들만 사는 곳인지 모두 고급스러운 옷에 선남선녀들만 보였다. 교통정리하는 여자가 호루라기를 불면서 허수아비처럼 움직이고 있었다. 그렇게 평양 시내 여기저기를 구경하고 있다보니 승용차는 어느새 주석궁이라는 곳에 도착해 있었다.

그곳에서 김정은이가 태수를 기다리고 있었다. 그 모습은 마치 황태자를 알현하는 자리 같았다. 태수는 어리벙벙했다. 주위를 둘러보며 그는 공포심을 느끼고 있었다. 김정은은 못본 사이 조금 변해 있었다. 귀 옆머리를 바짝 깎은 모습이었고, 나머지 머리를 위로 올려붙여 넘기고 있었다. 살은 더 쪄서 옛날의 그 모습이 아니었다. 태수는 김정은이에게 다가갔다. 태수는 흰 와이셔츠에 붉은 넥타이를 매고 검정색 신사복을 입은 채였다. 구두는 빨강색이었다.

"여, 이거 태수 동지, 오랜만이다."

김일성 제복을 입은 그가 첫마디를 했다. 주위를 보니 인민군 제복들이 경계를 철저하게 지키고 있었다. 그는 북조선의 왕에게 어떤 말투를 써야 할지 고민하고 있었다. 그는 입에서 나오는 대로 말하려고 했다.

"김 동지, 오랜만에 뵙겠습니다. 정말 몰라보겠시오."

자신도 모르게 북한말이 튀어나왔다. 그들은 서로를 껴안고 포옹했다. 너무나 그리운 친구였다. 6년 동안 함께 공부를 하고 생사고락을 함께한 친구였다. 스위스 국제학교는 동양인이라곤 그의 형과 태수, 셋뿐이었다. 얼굴도 동양인이고 머리색도 검정이었다. 행동거지도 비슷하니 서로 어울렸다. 학교를 졸업하고 각자 헤어졌으니 얼마나 그립고 보고 싶었는지. 12년 만에 보는 모습이었다. 그는 북조선 지도자답게 품위가 있어 보였다. 그의 웃음은 천진하게 보였다. 그는 그의 얼굴을 한 번 보고 다시 껴안고 한번 또 보고 다시 껴안았다. 그들은 떨어질 줄을 몰랐다. 그는 그를 데리고 그의 집무실로 갔다. 여자 군관은 모자를 쓴 채였고 주름 잡힌 바지를 입고 있었다. 구두는 반짝거렸다. 군관은 태수에게 거수경례를 했다. 그의 집무실에 들어가자 김일성 주석이 보였다. 벽의 한편에는 김정일 위원장의 사진이 보였다. 그는 그들의 모습을 보고 경의를 표했다. 그는 그와 여러 대화를 나누었는데 무슨 말인지 생각나지 않았다. 얼마 후에 한 여성 동지가 그를 영빈관으로 인도했다. 그 여성 동무는 마치 백합 같았다. 그저 아름답게만 보였다. 북한의 아름다운 여인들은 모두 이곳에 모여 있는 것만 같았다. 여기저기에서 꽃다운 여성동지들이 바쁘게 움직이고 있었다. 남자 군관은 보이지도 않았다. 영빈관은 여느 호텔처럼 보였다. 북조선이라고 특수하게 보이지 않았다. 오성급 호텔 같았다.

"우리 위대하신 위원장은 저녁식사에 보시겠다고 하셨습네다. 모든 사항은 제가 도우라는 분부가 계셨습네다. 필요하시면 저를 부르시기 바랍네다. 제 이름은 김영숙 대위입네다. 그럼 편히 쉬시라요."

여성 동지가 태수에게 한 말이다. 호텔에 올라가 창문을 열어보니 대동강 물결이 푸른색을 띠면서 유유히 흐르고 있었다. 바다 위로는 배들이 흘러가고 있었다.

지도자 동지는 간부들을 대동하고 저녁식사 자리에 참석했다. 그들은 대략 나이 60을 넘긴 사람들이었다. 북조선의 위대한 혁명 노선을 지지하는 분들이었다. 그들 1세대는 김일성과 빨치산이었다. 2세들이 나와서 북조선의 군과 정치경제 과학을 그리고 대남 무력을 지도하는 자들이었다. 38선이 외세의 분란으로 분단되고 북에는 소련이 진주해서 북조선이 창설되었다. 남쪽에는 미군이 점령하여 이승만 박사의 주도로 총선거가 실시되었다. 사실상 남조선은 대한민국이라는 칭호로 불리게 되었다. 70여 년 동안 남한은 엄청난 발전을 이룩하였다. 선진국 대열에 합류하려고 몸부림치고 있었다. 그러나 북조선의 옛날 모습은 많이 변했으며 주민들의 생활은 나아진 게 없었다. 오히려 미사일을 만들고 핵무기를 개발하여 남조선을 공격하려고 준비 중이었다. 그들과 저녁 만찬을 하는데 미희들이 동원되어서 간부들과 태수를 기쁘게 하고 있었다. 김정은은 여러 종류의 술을 두고 어떤 술이 더 맛이 좋은지 감별하고 있었다.

"시바스는 맛이 최고입니다. 그 맛으로 영웅들이 태어납니다."

198

태수가 외쳤다.

"그렇습네다. 시바스는 최고의 양주입네다. 박정희가 그 맛으로 죽었습네다."

상장 계급을 단 장군이 말했다.

"보드카는 맛은 별로야요. 보드카는 추울 때 마시는 술입네다. 러시아에서 군사 훈련받을 때 너무나 추워서 보드카 마시고 훈련했시오."

황병서 총정치국장이 말했다.

"나도 러시아에서 공부를 하는데 겨울에 너무나 추워서 보드카를 마시고 살았시오."

노동당 비서인 최룡해가 말을 했다. 최룡해는 한쪽 다리가 불편해서 일찍 술 한 잔 마시고 귀가했다.

"저는 소련에서 군사교육을 받았는데 시베리아는 너무나 춥고 동토입네다. 그때 소련군 대좌가 보드카 한 병을 줘서 얻어 마셨는데 그것으로 추위를 이겨냈습네다."

김영철 인민무력부장이 말했다.

"나는 독일에서 스키를 타고 운동을 했는데, 어찌나 추운지 견딜 수 없을 때에 보드카를 마시고 살았습네다."

김정은 동지가 말하자 좌중은 웃음을 터트렸다. 김정은은 술을 좋아해서 시바스와 코냑을 수입하여 자주 마시고 있었다. 주로 당 간부들과 마시고는 했다. 간부들은 저녁 늦은 시각에야 돌아갔다. 그는 김정은과 함께 둘이 양주를 마셨다. 너무 취한 나머지 여성 동무가 그를 데리고 숙소로 돌아왔다.

어느덧 일주일이 지났다. 김정은은 태수에게 열변을 토했다. 핵실험에 성공해서 이제는 남조선을 적화해야 한다고 말이다. 그러면서 그는 태수에게 이것과 관련하여 어떻게 생각하느냐고 물었다. 태수는 할 말이 별로 없었다. 김정은은 나라의 최고 지도자인데 화내고 싶은 용기는 없었다. 그저 자리에 앉아서 미녀를 앞에 두고 술만 마실 뿐이었다. 남조선을 공격하기 위한 좋은 아이디어가 있으면 말하라고 재차 질문했다. 어떻게 대답해야 할지를 두고 그는 고민했다. 그러다가 문득 생각이 났다. 그것은 바로 주한 미군들이었다.

"이보게, 남조선 적화를 시도하면 과연 미국이 가만 두고 보겠나? 지상 최대의 미국을 당할 자가 없고 또 미국을 능가하는 국가가 없는데 미국을 건드리면 후세인이나 카다피 같은 신세를 면하지 못할 게 분명하네. 그러니 도발을 하지 않는 게 유리하네. 내 말이 틀렸는가?"

태수가 안주를 씹으며 말했다. 미국을 건드렸던 후세인과 카다피는 결국 미국에게 멸문지화를 당했다. 누구든지 기억하고 있었다. 그러니 독재자들은 미국을 욕하고 건들 필요가 없었다.

"바로 그거야! 그래서 한 말인데, 미군을 어떻게 할 수 있는 방법이 없겠는가?"

미군이 있는 한 남조선을 적화하기는 힘든 일이었다. 김정은은 미군이 철수하는 방법에 대해 묻고 있었다. 미군만 없으면 사흘 만에 부산까지 단숨에 내려갈 것 같은 기분이었다.

"방법이 있네…."

"무엇인가? 녀석들을 내보낼 수 있는 방법이 무엇이란 말인가?"

"정말 모르겠나? 지도자 동지…."

"하하하하… 농담은 그만두고 말해보라우."

"철수하면 됩니다. 아주 쉽지요."

"철수는 쉽지 않네. 우리가 평화협정을 하려고 해도 미국이 말을 듣지 않을 것 같네."

"아닙니다. 트럼프를 움직이면 미국은 철수합니다. 내 말 맞지요."

"과연 그럴 듯한 말씀입네다. 지도자 동지."

"오늘밤은 술이나 마시고 다음에 얘기들 하세. 자, 술 따르라우."

"친구! 내 한 가지 말하고 싶은 게 있네."

오랜만에 만났는데 그는 그에게 금기시되는 말을 했다. 그를 설득시키는 게 친구의 도리라고 생각했다. 어려울 때 돕는 게 친구가 아니고 무엇인가.

"그게 무엇인가?"

그는 침묵을 지키고 다시금 곰곰이 생각하고 있었다.

"날래 말 하라우, 답답해 죽갔구만."

김정은은 겉보기엔 둔해보여도 생각이 민첩하고 성격이 급한데가 있었다. 그의 약점은 그것이었다. 그는 고모부인 장성택을 척살하고 얼마 후에 후회를 하는 사람이다. 그런 그를 지켜줄 자가 과연 누가 있겠는가? 그는 고립무원 같은 존재였다. 섬에 홀로 남겨둔 아이나 다름없었다. 그래서 그런지 그는 태수를 무척 아끼고 사랑했다.

"남조선과 문호를 개방하여 북한의 경제를 발전시키면 언젠가는 북한도 무역 강국이 될 수가 있네. 중국을 보게. 그들은 공산 국가라고 하지만 결국 대범하게 개혁 개방의 문을 열었네. 자네는 선진국의 물을 먹고 경제를 배웠는데 무엇이 무서워 주저하는가? 중국이 받쳐주고 있지 않는가. 개방만이 살길일세. 대원군이 쇄국 정치를 하는 바람에 결국 일본에 의해 나라가 망하지 않았는가? 일본은 일찍이 나라를 개방하여 조총을 만들고 군대를 조련하여 조선을 능멸한 거야. 이제 북조선은 남조선과 문을 열고 정상회담을 하게. 그러면 남조선은 북조선을 도와줄 것일세."

그는 곰곰이 생각을 하는 성미가 아니다. 태수가 침을 튀기며 말을 해도 그는 깨닫지 못했다.

"그것은 위험해서 할 수가 없다. 인민들이 자유를 알고 시장경제를 알면 북조선은 망할 게야. 그런데 문호를 개방하라니. 어림없지. 암, 어림없어."

더 이상 말을 한다고 해도 소용없었다. 그는 강경책을 고수할 것이었다. 태수는 그와 대화를 끝내고 호텔로 돌아왔다. 호텔에는 김영숙 대위가 그를 기다리고 있었다.

"술을 많이 마셨습네까? 어휴, 술 냄새야."

"여기는 무슨 일로 왔습니까? 김 대위."

태수는 몸을 가누지 못하고 비틀거렸다. 그녀는 그를 부축하여 소파에 앉혔다. 그녀의 몸에서 여인의 냄새가 났다. 향수 냄새 같기도 했다. 북조선 여성들도 남자를 위해 화장을 한단 말인가. 그는 북조선 여인들은 목석으로만 알고 있었다. 그런데 지금 이렇게 보니 사람이 유들유들하고 다정다감한 면도 없지는 않았다.

"정말 몰라서 묻습네까? 내래 신 선생님을 모시려고 왔시오."

그날 밤 그녀는 성숙한 여인이 되어 태수에게 다가갔다. 그의 몸은 이미 여인의 향기로 인해 달구어지는 중이었다. 그의 물건이 불쑥 솟아오르고 있었다. 그녀가 그의 옷을 벗긴다고 해도 그는 거절하지 않을 생각이었다. 그는 이미 그녀의 노예가 되어가고 있었다.

그녀는 그의 신을 벗기고 양말을 벗기고 있었다. 그다음 상의를 벗기고 허리벨트를 차례로 내렸다. 마지막 속옷까지 벗기자 불쑥 솟아오른 물건이 등장했다.

"어머나…."

그녀는 한손으로 그의 페니스를 가볍게 쥐었다. 그녀의 얼굴이 홍당무처럼 붉어지기 시작했다. 그녀는 어느새 한손으로 그의 페니스를 잡아당기면서 자유자재로 운동을 하고 있었다. 그는 꼼짝도 않고 그녀에게 몸을 맡기고 있었다. 그녀는 입으로 페니스를 물더니 질겅질겅 깨물면서 흥분했다. 그녀의 몸은 불같이 활활 타오르고 있었다. 태수의 몸도 연탄불처럼 뜨거워지고 있었다. 잠시 후 그녀가 옷을 벗더니 그의 몸에 올라타기 시작했다. 그녀는 몸은 상하로 움직이고 있었다. 그녀는 신음을 내면서 몸부림쳤다. 그는 그녀와 같이 뗏목에 실려 흘러가고 있었다. 신음 소리와 함께 흘러가고 있었다. 그녀는 흐르는 시냇물처럼 그의 몸 위에서 상하로 움직였다. 얼마 후에는 물결이 격랑을 치듯이 빠르게 유속을 조절해 갔다. 그녀의 호흡이 거칠어졌고, 태수의 입에서도 뜨거운 신음 소리가 흘러나왔다. 그녀는 남자를 껴안으며 입술을 더듬었다. 키스를 나누었다. 그녀는 흘러나오는 침을 그의 입속에 흘러 보내면서 그의 물건을 입속에 넣었다. 그러더니 사정없이 빨기 시작했다. 얼마나 빠는지 시간을 측정할 수는 없어도 상당히 오래 지속했다. 그녀의 짧은 머리가 바람에 흔들리듯이 남자의 하체를 간질이고 있었다. 그는 몽유도원에 있는 신선 같은 체험을 할 수가 있었다. 그의 간헐적인 신음소리에 그녀는 더욱 거센 격랑의 소용돌이로 들어가고 있었다. 그녀의 신음소리에 그들은 천국과 지옥을 넘나드는 쾌락 속을 헤매었다. 그녀는 그의 가슴에 얼굴을 파묻은 채 오랫동안 꼼짝하지 않았다. 북조선의 여인들은 억압된 인권의 사슬 아래 연애조차 마음 놓고 할 수 없었던 것이다. 한껏 부풀어 올랐던 그녀의 음부는 점차 잠잠해지더니 이내 그를 끌고 깊은 나락으로 떨어졌다. 그녀는 깊은 잠에 빠져 들었다.

동토의 북조선에서 무슨 일이 일어날 것만 같았다. 조바심이 났다. 그 옛날 동베를린 사건과 한국 유학생들이 김일성을 만나고 왔던 사건이 떠오르고 있었다. 그 유명한 신상옥 씨와 그의 아내 최은희 씨를 납치하던 일을 생생하게 기억하고 있었다. 창문을 열어보니 대동강의 물결이 굽이치고 있었다. 북조선 인민들의 핏방울이 대동강 물결에 혼합된 것만 같았다. 강물의 용트림을 보는 것만 같았다.

같은 민족이지만 달라도 너무나 달랐다. 공항에 내리는 순간 태수는 생각했다. 이곳은 내가 올 곳이 아니라고. 인적이 없는 공항에선 비행기도 몇 대 보이지 않고 썰렁했다. 공항은 세계에서도 찾을 수 없는 비행장이었다. 허허벌판에 활주로만 덩그러니 남겨진 모습은 마치 황량한 고비사막 같았다. 지도자의 능력이 있으면 비스마르크와 같이 독일을 광대하게 발전시킬 수가 있고 무능한 지도자를 만나면 베트남도 지도상에서 지워버릴 수가 있었다. 백성들은 허기지고 배가 고파서 가난하게 사는 나라가 될 것이다. 비서 동지는 그를 데리고 모란봉이며 평양의 문화재 구경을 시켜주었다. 물론 비서동지가 그를 인도했다. 그녀는 다정하고 정이 많은 여인이었다. 그녀의 꿈은 기쁨조가 되는 것이었다. 하지만 미녀들이 워낙 많다보니 자신은 경쟁 상대가 되지 않는다며 웃었다. 그녀 역시 대단한 미모인데 기쁨조로 선발되기 위해선 가문과 당성이 좌우한다고 했다.

"남성 동지는 독일에서 무엇을 하고 있습네까?"

해변에서 산책을 하는데 그 여성동지가 태수에게 물었다. 어떻게 대답을 할까 고민하다가 아무래도 있는 그대로 말하는 게 좋을 것 같아 대답했다.

"당신이 보기엔 내가 무엇을 하고 있는 것 같습니까?"

"내래 그것을 어떻게 알갔시오. 나는 모릅네다. 선진국은 직업이 하도 많아서 대충 잡아도 모르갔습네다. 말씀해 보시라요."

그녀는 장난기가 발동하는지 웃으며 말했다.

"비서동지! 나는 약을 제조하는 사람입니다."

"약이라면 우리 북조선에도 있어요. 무슨 약입네까?"

그녀가 궁금해서 다시 물었다.

"의사가 소견서를 주면 나는 약을 조제해서 환자에게 전달합니다."

"우리나라에도 그런 직업이 있습네다. 한 달 월급은 얼마나 받습네까?"

그녀는 태수가 얼마나 받는지 무척 궁금해했다. 북조선 월급보다는 열 배 이상 받는다고 하자 그녀는 무척 놀랐다. 그렇게 말하며 그는 독일에서 태어난 것을 감사하게 여기라며 나더러 부모님에게 효도하라고 했다. 비서동지와 관광을 마치고 태수는 숙소로 돌아갔다. 그날 저녁은 김 동지와 함께했다. 김 동지와 태수는 저녁식사를 마치고 기쁨조에게 갔다. 기쁨조는 온갖 가무를 선보였다. 예쁜 여인들은 왕을 위해 아양을 떨었다. 지도자 동지를 받들기 위해 서로 경쟁 중이었다. 여인들과 함께 지내니 시간이 금세 흘러갔다. 중국의 황제는 전국의 미녀를 데려다가 궁중에 기거시키면서 무예와 가무를 가르치고 황제를 위하여 수청을 들게 하여 부귀영화를 누렸다. 다행히 황자를 점지받으면 평생 숙의로 지내면서 일생동안 영화를 누리면서 산다.

이제는 떠날 때가 다가오고 있었다. 그는 5박 6일 동안 평양을 관광했고 김정은 동지를 만나 여러 가지 대화를 시도했다. 핵무기를 만들 정도의 기술이면 중화학 공업도 건설할 수 있다고 했다. 김정은은 태수에게 말했다. 단지 적화를 위해 핵무기를 만들었을 뿐이라고. 태수는 그 말을 듣고 기절할 뻔했다. 태수는 자문했다. 그러면 내가 해야 할 일은 무엇인가, 하고 말이다. 자문에 대한 답은 그것이었다. 그건 바로 안타깝지만 핵무기를 폭파해야만 한다고. 인류를 구제해야만 하는 게 답이라고 말이다.

그는 김 동지를 만나면 중국과 같이 개혁과 개방을 외치려고 작심했다. 그러나 그들의 말을 듣고 보면 자유로운 북한의 모습은 허구에 불과한 것이었다. 그러나 그는 다짐했다. 북한의 동포들을 위해 내가 과연 할 수 있는 일이 무엇인지 찾고야 말겠다고 말이다. 남쪽은 선진국 못지않게 잘살고 있었다. 자유분방한 생활을 하고 있는 데 반해서 북조선은 기아에 허덕이고 있었다. 구차한 몰골을 하고 허기진 배를 움켜쥔 백성들. 그들은 배가 고파서 쓰러질 것처럼 보였다. 식량난을 해결하지 못한 그들 중엔 굶주려 죽는 자가 속출했다. 평양의 빌딩은 허구였다. 백화점도 없고 시민들도 없는 것 같았다. 마치 유령 도시를 방불케 했다.

내가 만일 소설가라면 '유령의 도시'라는 제목으로 글을 써보고 싶다. 내가 만일 화가라면 '유령의 도시'라는 제목의 그림을 그릴 것이다. 태수는 그렇게 생각했다. 북조선의 인민들은 너무나 불쌍한 존재였다. 김 동지는 지금 북조선의 광경을 보고 무슨 생각을 하고 있을까? 아마도 그는 인민군들을 향해 이렇게 부르짖을 것이다.

"보이느냐? 저 서울에는 식량도 많고 돈도 많고 미녀들도 많다. 누구든지 서울을 함락시키면 모두 다 너희들에게 줄 것이다. 자

공격하라 – 미사일을 쏴라! 불바다를 만들어라!"

그는 필시 이렇게 소리칠 것이다. 그들은 남조선을 선동하고 지금도 대남 비방을 하고 있다. 이러한 모순된 부조리를 보고 있노라니 눈앞이 깜깜했다. 다음을 기약하고 그는 친구와 헤어졌다. 남한행 비행기에 몸을 실었다. 갑자기 떠나자니 태수는 서운한 마음이 들었다. 하지만 그는 더 이상 북에 있어야 할 명분이 없었다. 북조선 사람들은 변한 게 없었고 대동강은 오늘도 유유히 흐르고 있었다. 창밖 너머로 수행원들이 그에게 손을 흔들고 있었다. 그래도 친구라고 초청해 준 김정은이다. 태수는 그에게 레닌과 마르크스, 자유민주주의에 대해 말했다. 그럼에도 그는 마이동풍이었다.

선대를 잘 만나서 호의호식을 하면서 전제주의를 표방해 온 북조선은 변하지 않을 것이다. 인민들은 자신의 노예이며 자신만을 위해서 노동력을 바쳐야 했다. 인민들이 굶어 죽는 사태는 외면해야 했다. 스탈린은 자신의 권력체제를 위해 3천만 명을 학살하고 시베리아로 유형을 보냈다. 그중에 살아 돌아온 자는 없었다.
모택동도 3천만 명에서 5천만 명을 학살하고 처형했다. 김일성도 자신의 왕국을 세우기 위해 3백만 명을 학살했다. 자유민주주의의 헤게모니를 장악한 미국은 왜 이런 사태를 방관하고 소극적인 태도를 보여야만 했는가? 중국이 공산국가로 돌변할 때 장개석은 쫓겨나고 한반도에서 일본인들이 철수할 때 미국은 모택동에게 원자탄을 발사했어야 했다. 스탈린의 군대가 한반도로 내려오는 걸 봉쇄했어야만 했다. 미국이 일본의 히로시마와 나가사키에 원자탄을 폭격하자 중국과 소련이 아시아 전역을 공산화했던 것이다. 그 얼마나 많은 민족들이 공산당에 의해 희생되었는가? 우리나라도 예외는 아니다.

1945년 8월 15일, 일본이 물러나자 좌익들이 살기등등하게 남한에 피바람을 몰고 왔다. 그들은 위협적인 태세로 찾아왔다. 1948년, 남한 단독정부를 세우려고 이승만 박사가 동분서주할 때 김구 선생이 도와서 정부를 세워야 하는데 김구 선생은 김일성과 연합정부를 세우려고 북조선을 넘나들었고 김일성을 만났으나 끝내 합의를 시도하지 못했다. 김일성의 술수에 속아 넘어갔던 것이다. 김구 선생은 흉탄에 죽고 정국이 어수선한 때였다. 그런 상황 속에서도 이승만 박사는 남한만의 단독정부를 세우는 데 성공했다. 그분의 노력으로 지금 우리들은 자유민주주의 자유를 맛볼 수 있었다. 삼선개헌을 하고 여러 가지 부작용이 있었지만 그 일로 인해서 4·19의거가 태동했고 마산 김주열의 희생으로 이승만의 정부는 문을 닫고 이 대통령은 하와이로 망명해서 서거했다. 장면 내각이 정권을 인수했으나 지리멸렬했다. 그 시기에 박정희 장군의 정변으로 한국은 또 한차례 시련을 맞이하게 되었다. 그러나 그 시련은 경제개발 5개년 개혁으로 이어질 수 있었다. 위기를 극복한 것이다. 고속도로를 놓고 경제가 급성장했다. 철강공장을 세워 중공업 국가로 거듭났으니 우리의 자동차는 세계적으로 널리 알려지고 있었다. 전자제품인 텔레비전, 세탁기 등의 제품은 세계를 잠식했다. 세계가 우리 한국을 모델로 삼고 있다니 이 얼마나 영광스러운가. 삼성전자는 스마트폰 시장을 개척하여 세계 각국에 수출했다. 현대중공업은 조선을 일약 세계적 기업으로 발돋움시켰다. 한국은 무역대국이 되었고 세계 10대 경제 강국이 되었던 것이다. 그러나 그런 와중에도 암울하고 어려운 백성들이 있는 것은 사실이다. 이들에 대한 복지정책을 추진해서 우리나라도 일류국가로 발돋움해야 한다. 태수는 비행기를 타고 오면서 김영숙 대위가 자신에게 한 말을 떠올렸다.

"신 선생님! 나를 독일로 보내주시라요. 그것도 아니면 남조선으로 보내주시라요. 그러면 평생 선생님의 노예가 되라고 해도 되겠습네다."

그러더니 그녀는 그의 손을 붙들고 눈물을 흘렸다. 태수는 그런 김영숙 대위가 측은해서 견딜 수 없었다. 그러나 함께 갈 수는 없는 노릇이었다. 이제 그만 헤어져야 했다. 태수는 그녀가 북조선에서 잘 살아가기를 소망했다. 훌륭한 남자와 결혼하여 행복하게 살기를 말이다. 그는 그녀에게 도움을 줄 여건이 되지 못했다. 그저 그녀의 손에 5백 불을 쥐어주고 나온 것이 전부였다. 그날 밤 그녀는 그가 내일 떠난다고 말하자 그를 끌어안고 눈물을 흘렸다. 내가 지금까지 나의 몸을 바쳐서 당신을 정말 사랑했노라고 말하며 뺨을 연신 비벼댔다. 둘은 눈물을 지으며 이별해야만 했다. 둘은 그날 밤 몸을 섞었다. 두 사람의 육체는 용광로가 되었고 그녀는 여러 번 비명을 질러야만 했다. 그렇게 하룻밤에 그들은 다섯 번이나 뜨거운 사랑을 불태웠다. 불에 태운 사랑은 바람에 날아갔다. 그것은 추억이었다. 그 시절은 아마 영원히 돌아오지 않을 것이다.

인연

서울로 돌아오니 어머니가 편지 한 통을 건네주었다. 그건 안나로부터 온 서신이었다. 안나는 독일 사람이었다. 두 사람은 한때 결혼까지 꿈꾸었던 연인 사이였다. 그러나 어떤 이유로 인해 둘의 결혼은 성사되지 못했다. 두 사람 간의 이견이 있었던 것이다. 그 이견이라 함은 서로 다른 나라 간의 문화차이를 극복하지 못한 데에서 오는 갈등이었다. 유교국가인 한국의 문화를 안나가 수용하지 못했던 것이다. 이런저런 갈등 끝에 두 사람은 결국 헤어졌다. 독일 사람들은 부모를 모시고 살지 않는다. 서로 따로 살면서 종종 자식들을 만나 식사나 하는 정도였다. 하지만 한국은 달랐다. 한국이 어떤 나라인가. 유교국가 아닌가. 한국에선 부모를 모시고 사는 경우가 흔했다. 혼인한 여성이 자신의 배우자인 시댁으로 입거하는 경우가 부지기수였던 것이다. 그러나 안나는 그러한 나라의 문화를 받아들이지 못했다. 태수가 그녀에게 서울로 와줄 수 없겠느냐며 넌지시 물어보기도 하고, 권유도 해보았지만, 안나의 반응은 한결같았다. 그녀는 그럴 수 없다고 했다. 그는 그런 안나를 이해했다. 둘은 결국 헤어질 수밖에 없는 운명이었다. 태수 역시 마음을 정리해야 했다. 그렇게 정들었던 안나를 잊고 한국의 여인을 맞이하기로 그는 다짐했다. 부모님을 위한 결단이었다. 마침 독일어를 배우고자 하는 청년들의 숫자가 증가하고 있던 시기였다. 그 시기에 태수는 모 여자대학교에서 독일어 강의를 잠깐 맡게 되었다. 수업 첫 시간, 그는 다음과 같이 자신을 소개했다.

"나의 부모님은 광부와 간호사로 만나 가정을 이루었습니다. 내가 장남입니다. 나는 스위스 국제학교를 졸업하고, 독일 뮌헨 대학에서 약학을 전공하고 현재 약사로 일하고 있습니다."

그는 물리화학이 부전공이었다. 때문에 화학실험을 매우 좋아한다고 덧붙였다. 그리고 5개 국어를 할 줄 안다고 전했다. 그 말을 들은 학생들은 신기해하면서도 놀라는 모습을 보였다. 이렇게 해서 그는 학생들에게 독일에 대해 소개할 기회를 얻게 되었다. 여학생들은 독일로 유학을 가고자 했다. 그는 낮에는 약국에서 일하고 밤에는 독어를 가르쳤다. 여자 약사를 한 명 고용해서 같이 일했다. 그녀는 아직 신입이었고 성실한 편이었다. 그녀는 오후 한 시부터 근무하고 저녁 아홉 시에 퇴근했다. 오전에는 태수가 근무하고 어머니가 가게에서 청소도 해주었다. 손님들은 오전 열 시부터 오후 다섯 시 사이에 가장 붐비곤 했다. 밤에는 대체로 한산한 편이었다.

그렇다면 태수는 미현이를 어떻게 해서 만나게 되었는가. 지금부터 그 얘기를 하고자 한다.

하루는 저녁 공부를 마치고 대로를 걷고 있었다. 길을 걷는데 저만치서 사내 두 명이 여자를 붙들고 유혹하는 모습이 보였다. 신세계 백화점 앞길이었다. 지나가는 사람들은 그 모습을 보고도 그냥 못 본 체 지나갔다. 그는 그냥 갈까 하다가 한 여인의 외침을 들었다. '살려 주세요!' 하는 외침이었다. 그 목소리를 듣고 그는 그들에게 가까이 다가갔다. 여자는 고급 옷을 입은 부잣집 여인처럼 보였다. 녀석들은 여자를 납치하여 승용차에 태우려고 했다. 그는 당장에 달려가 사내들을 밀쳐냈다. 녀석들이 무슨 참견이냐며 그에게 달려들었다. 그는 인도로 녀석들을 유인하고 정권으로 녀석의 턱을 날렸다. 한 놈이 넘어지자 다른 한 놈이 칼을 들고 휘두르면서 위협을 했다. 칼을 휘두를 때마다 검기가 불빛에 번쩍하고 빛났다.

"어마! 저 칼 좀 봐! 빨리 경찰에 전화해!"

여인들의 다급한 목소리가 들렸다. 어느 행인 하나 그를 도와주지 않았다. 그는 칼 든 사내와 씨름을 해야만 했다. 녀석이 칼춤을 추면 그는 녀석의 팔을 붙잡고 꺾어버렸다. 녀석은 비명을 질렀고 손에 쥔 칼은 땅에 떨어졌다. 그는 녀석 두 놈을 골병들도록 사정없이 패주었다. 녀석들은 병원에서 4주 정도의 진단을 받아야 했다. 그는 여인에게 빨리 집으로 가시라고 말했다. 여인은 고맙다며 사례하고 싶다고 했다. 하지만 그는 괜찮다며 제 갈 길을 가려했다. 그녀가 따라왔다. 실랑이 끝에 그는 할 수 없이 어느 찻집에 들어갔다. 그곳에서 그는 차 한 잔을 마셨다. 불빛에 어른대는 여인은 26세 정도는 되어 보였다. 얼굴은 갸름하면서도 화사했다.

미인이었다. 그녀는 어디론가 전화를 걸었다. 이내 곧 그녀의 부모와 가족들이 찻집으로 들어왔다. 그녀의 부모님은 그를 유심히 보더니 악수를 청하며 의자에 앉았다. 딸은 자초지종을 설명하더니 '저 오빠가 나를 구해주셔서 고맙다'며 사례를 하고 싶다고 했다. 그녀의 아버지가 말했다.

"젊은이! 정말 고맙구려! 우리 딸이 범인들에게 납치당할 뻔했는데 어떻게 사례를 해야 할지 모르겠소. 어떻게 도우면 되겠소?"

아버지가 태수에게 말했다.

"우연히 길을 가다가 소리를 듣고 범인들을 때려 패주었는데 아가씨가 놀라지는 않았는지 모르겠습니다. 저는 이만 일어서겠습니다."

그는 자리에서 일어났다. 그러자 그녀의 아버지가 그의 손을 붙들고 다시 자리에 앉히면서 그에게 이런저런 말을 붙여왔다. 어느 학교를 나왔으며 하는 일은 무엇인가, 부모님은 살아계시는가, 하고 물었다. 그녀의 아버지는 태수의 답변을 듣고 싶어 하는 눈치였다. 꼭 맞선이라도 보는 듯한 기분이었다. 무안해진 태수는 얼른 대답했다.

"저는 독일에서 약학대학을 나와서 지금은 약장사를 합니다. 부모님들은 저하고 같이 계십니다."

그러자 부모들의 얼굴색이 환해졌다. 둘은 서로의 명함을 교환했다. 그들은 다시 만나기를 약조하고 헤어졌다. 태수가 받아 든 명함은 대산물산 주식회사 회장의 명함이었다.

서울 메트로가 노조투표로 파업을 결정했다는 소식이 기사화되었다. 노조원 75%가 파업을 하기로 했고 25일부터 시민들의 발이 묶이게 된다는 보도가 연일 신문과 방송에 보도되고 있었다. 어느 매체에서는 대통령은 부정으로 당선됐으니 박 대통령은 하야하고 새 정부를 구성하라고 하는 선전전문이 보도되었다. 좌익언론의 보도가 정부를 비난하고 선동하고 있었다. 평양방송에서도 박근혜 정부를 비난하고 있었다. 인민들은 고통 속에서 무력하게 있었다. 평양방송은 인민들이 보리밥만 먹고 기아에서 허덕이고 있다는 소식을 보도했다. 정부는 만일의 사태에 대비해서 기관사를 증원하고 파업만은 막아야 한다고 연일 보도했다. 25일이 되자 시민들은 발이 묶였으며 지각사태가 속출했다.

승용차가 거리를 질주하자 교통대란이 일어났다. 거리는 지옥을 연상케 했다. 덕분에 정형외과는 초만원 사태를 맞이했고 평양방송은 이러한 광경을 인민들에게 보도했다. 그는 이러한 일을 보고도 묵인할 수가 없었다. 나라가 있고 국민들이 있으며 정부는 백성들의 행복을 위하여 정치를 하고 있었다. 그런데 불량자들로 인해서 국가의 마비사태가 온다니. 이것은 있을 수 없는 일이었다. 그는 메트로 사무실로 들어갔다. 수많은 노조원들이 공산당 같은 완장을 팔에 두르고 통제를 하고 있었다. 두 놈이 사무실 앞에서 그가 가는 길을 막고 있었다. 그는 명함을 위원장에게 전하러 왔다고 했다. 그들을 밀치고 문을 열고 들어갔다. 머리에 띠를 두르고 노조원들은 주변을 통제했다. 기관차가 운행을 못 하게 막고 있었다. 그는 중앙에 서 있는 자가 위원장이라는 사실을 알고 그에게 다가갔다. 옆에는 서너 명의 조직원들이 있었다.

"여보세요! 나는 시민인데 위원장을 만나려고 왔소. 당신이 위원장이요?"

그는 당당하고 위엄 있게 말했다. 그들은 태수가 장신인 데다가 체격이 튼튼해 보여서 그런지 그에게 함부로 대하지 않았다.

"그렇소! 무슨 일로 왔소?"

위원장이 입술을 비틀며 큰소리로 말했다.

"단 둘이 얘기하러 왔소이다. 둘만 있는 곳으로 가죠."

태수가 눈을 부라린 채 살기를 내뿜으며 말했다.

"그럴 순 없소. 지금 말하시오."

그는 그에게 가까이 가기 전에 거기에 있던 두 사람은 잠시 나가달라고 말했다. 위원장과 아주 중대한 대화를 나누어야 한다고 말했다. 그들은 위원장을 보더니 자리를 떠나있겠다고 말한 후 문을 열고 나갔다. 그는 위원장과 마주 앉아 말했다.

"위원장, 나는 시민이고 그들을 대표해서 왔소이다. 지금 국가는 백성을 위해서 정치를 하고 국민행복을 위해 동분서주하고 있소. 그리고 우리는 북한 공산당과 대치하고 있는데 파업을 한다니, 이게 말이나 됩니까. 당신들 목적이 무엇이오? 임금 인상하려고 하는 것 아니오? 파업을 거두시오."

그가 단도직입적으로 말했다.

"당신은 누구요? 누구의 사주를 받고 왔소? 그렇게는 못 하겠소. 물러가시오."

"그러면 약이 있지. 미친놈에게는 몽둥이가 약이야…."

이 말과 동시에 태수는 그의 명치에 정권을 날렸다. 그리고 양

팔을 꺾어 비틀어 주었다. 놈이 비명을 지르면서 죽겠다고 소리질렀다. 병원신세를 한 2주 정도는 해야 할 것이었다. 그는 놈의 목을 꺾어 주려고 뒤에서 목을 잡았다. 놈은 비명을 지르면서 소리를 질렀다.

"어때, 그래도 파업을 할 것인가? 철회하면 살려주겠다. 너는 한 달 후면 소리 없이 병원에서 죽는다. 죽기를 원하냐? 그러면 죽여주마."

"자, 잠…깐만요."

놈은 눈물을 흘리며 간신히 말하려 했다. 그때 문을 열고 노조원들이 들어왔다. 얼핏 보니 대여섯 명 정도 되었다.

"부위원장과 총무부장은 위원장의 말을 들으시오."

놈들이 서로 바라보면서 태수를 쳐다보았다.

"위원장이 파업을 철회한다고 했소. 빨리 기자회견을 하시오."

태수가 엄하게 말하자 그들은 위원장에게 물어봤다. 위원장은 얼굴을 찡그리면서 그리하라고 했다. 그러자 놈들은 말했다.

"잘했소! 노조원들이 파업을 원했으나 이제는 원치 않고 있소. 잘됐소!"

이렇게 말하며 그들은 신문 기자들을 모아놓고 성명서를 발표했다. 부위원장이 파업을 철회하겠다는 메시지가 성명서의 내용이었다.

다음 날 신문의 일면 헤드라인엔 '지하철 파업 철회'라고 씌어 있었다. 이틀 만에 지하철 파업을 끝냈다. 민노총 지도부는 사실 확인을 하느라고 분주하게 뛰어다니고 있었다. 헌데 이상한 점이 있었다. 지하철 노조 위원장이 몸이 아파 병원에 입원했다고 전해 온 것이다. 어저께만 해도 멀쩡하던 위원장이었다. 그런데 갑자기 병이 들어 입원을 했다니. 지도부는 그 사실을 믿지 못했다. 병원 장의 진단서는 3주로 나와있었다. 진단결과 뼈에 금이 가고 타박 상 아닌 타박상 증후가 보인다고 했다. 소견서를 읽은 그는 이제 부터 지루한 싸움이 시작됐다고 생각했다.

"이상하지 않소? 위원장이 2주 정도까지 파업을 한다고 큰소리 쳤는데 도대체 무슨 일이요?"

지도부 조합원들이 원인을 알기 위해 물었다.

"사실 우리들도 그렇게 생각을 하고 있었으나 시민들의 항의와 협박에 우리들은 시달려왔어요. 나는 잘된 일이라고 생각을 합니 다. 일단은 위원장의 결단을 환영하는 바입니다."

지도부는 강온으로 갈라져서 결론을 내놓지 못하고 있었다. 정 부와 시민들은 일단 파업을 철회했다고 했으니 다행이라고 했다. 더 이상의 불상사는 없으니 안도하는 눈치였다. 그때 갑자기 폰에 서 우는 소리가 났다. 그는 무슨 일인가 하여 폰을 받았다. 어느 여인의 음성이 흘러나왔다. 처음 듣는 음성이었다. 목소리에서 떨 림이 느껴졌다.

"여보세요! 신태수 씨인가요?"

그는 자신도 무엇에 홀린 것처럼 놀랐다. 갑자기 내 이름을 부 르다니. 자신의 이름을 알고 있는 사람은 아무도 없는데 이상하다 는 생각이 들었다. 북조선에서 온 여인인가 하는 생각이 들었다. 그러나 그 소리는 북쪽의 말이 아닌 것 같기도 했다. 그녀들의 말은 악센트가 강한 발음이었다. 일단은 안심이 되었다.

"네… 제가 신태수입니다만, 누구신지요?"

"안녕하세요! 저는 정미현입니다. 저를 기억 못 하세요?"

그는 아는 여인의 이름이 없었다. 한국으로 와서 여자와 데이트를 한 적이 없었기 때문이었다. 여자나 남자나 가까이하는 친구가 없기에 더욱 그렇다.

"정미현…. 나는 잘 모르는 이름입니다. 어떻게 저를 아셨는지요? 혹시 우리 약국 손님이신가요?"

약을 조제해 간 주민들이 간혹 그를 찾는 일이 있었다. 하지만 도무지 생각이 나지 않았다. 여인과의 잠자리는 더욱 없었다. 그랬기에 그는 미로에 빠진 기분이었다. 여자가 말을 이었다.

"저, 그러면 2주 전 밤에 신세계 백화점 앞에서….'"

"아… 아…. 그렇지요."

태수는 놀라고 말았다. 그 사건을 잊고 지내고 있던 터였다. 그러다가 갑자기 신세계백화점 사건이 불쑥 떠오른 것이다. 잠들어 있던 사건이 지상으로 불쑥 튀어나온 것이다.

"신태수 씨, 이제야 기억나세요? 저는 그때 이후로 당신 생각만 하고 있었어요."

그녀는 그를 생각하고 있었다고 했다. 태수는 의아했다. 나를 왜 떠올리고 있었단 말인가. 태수는 일단 그녀의 말을 더 들을 필요가 있었다.

"네! 어떻게 지내고 계셨어요. 저는 하도 바빠 전화도 못 드렸습니다."

"지금은 바쁘지 않나요? 제가 오늘 저녁에 만나고 싶어요. 그때는 시간이 있지요?"

그녀는 태수에게 데이트 신청을 했다. 태수 역시 딱히 마다할 이유가 없었다. 그녀가 그동안 어떻게 살아왔는지 몹시 궁금하기도 했다.

"그러면 몇 시에 가면 되겠습니꺼?"

자신도 모르게 경상도 말이 튀어나왔다. 부모님이 경상도 출신이라 태수도 급하게 경상도 말이 튀어나온 것이다. 한시라도 그녀를 빨리 만나고 싶었다. 그만큼 그는 평소 여인과의 접촉이 없었다. 그랬기에 더욱 그리했다.

"우리 5시에 압구정에 있는 파란 커피숍에서 만나요."

압구정은 어디인가. 파란 커피숍은 또 어디에 있단 말인가. 그로선 알 턱이 없었다. 그래도 그녀를 만난다는 일념 아래 대답하고 말았다. 일단은 택시를 타고 가면 찾을 수 있을 거라고 했다. 그는 그녀와의 통화를 마친 후 밖으로 나가 도롯가에서 택시를 잡으려 애썼다.

"택시! 택시!"

그는 손을 들고 택시를 불렀다. 하지만 택시 잡기가 수월하지 않았다. 택시를 쫓아 이리 뛰어가면 택시는 저리 가서 정지하곤 했다. 다른 사람들이 택시를 타고 유유히 빠져나가는 것을 보고 태수는 기가 찼다. 그러다가 겨우 택시 한 대를 잡아탔다. 택시에 타자마자 자신도 모르게 말 한마디가 불쑥 튀어나왔다.

"서울에서 살라면 택시 잡는 법을 먼저 배워야 할 것 같습니다

그려!"

"손님! 서울에 사신 지 얼마나 됐소?"

"한 일 년도 안 됐소."

"택시 몇 번 타 봤소?

"한두 번 탔는데 택시 잡을 때마다 기운이 빠지고 열나서 못 참겠습디다."

"하하하하… 택시 잡는 것도 요령을 배워두면 쉽게 잡을 수 있어요."

"돈 내고 배워야 합니까?"

그는 웃으면서 자랑스럽게 말했다.

"손님이 손가락을 몇 개 치켜세우면 우리는 돈 많이 내는 사람에게 택시를 갖다 댑니다."

이렇게 그는 자랑스럽게 말했다. 운전기사는 압구정으로 가고 있었다. 파란 커피집을 바로 찾아주었다. 그에게 고맙다는 말을 하고 팁을 더 챙겨주었다. 시간을 보니 10분을 초과하고 있었다. 찾아가는 사람은 대수롭지 않게 생각할지 모르나 기다리는 사람은 일각이 여삼추라서 초조하고 안절부절하는 것이 당연했다. 그는 뛰어가 문을 열고 안으로 들어섰다. 홀이 크고 아름다웠다. 테이블도 고급스럽고 얼굴이 비칠 정도였다.

창문가의 테이블에는 여러 명의 여자들이 앉아 있었다. 그들은 각자의 손님을 기다리고 있었다. 태수가 문을 열고 들어서자 여자들이 일제히 그를 바라보았다. 도대체 자신을 기다리는 여성이 누군지 알 수가 없었다. 그는 여성들 한 사람 한 사람에게 가까이 다가가 여인의 이름을 댔다. 그러나 모두들 자신이 아니라며 고개를 흔들 뿐이었다. 그렇게 두리번거리고 있는데 문득 맨 뒤에 있는 여인이 손을 흔드는 것이 보였다. 가까이에 가서 그 여인을 보고 싶다는 생각을 하고 있는데 아무리 봐도 그때 본 여자가 아닌 것 같았다. 태수는 조금 더 가까이 다가가 보았다. 여자는 아름다움 그 자체였다. 마치 한 떨기의 장미꽃 같았다. 그녀는 화사한 물방울무늬 원피스를 입고 있었다. 고운 얼굴에 빛나는 보석으로 목걸이를 해서 더욱 우아하게 보였다. 여자는 언제나 남자를 유혹하려 든다. 또는 여자 자신의 남자에게 매력적으로 보이고자 한다. 그것은 이미 동서고금을 통해서 입증된 사실이다. 미녀들은 언제나 황제를 위해 얼굴을 가꾸고 분칠을 많이 해서 여인의 정염을 토해내곤 한다. 그것이 그녀들의 하루 일이었다. 그러나 현대는 하루가 다르게 발전하고 또 변하고 있었다. 여인들이라고 해서 다르지 않았다. 우선 그녀들은 일에 파묻혀서 데이트 할 시간이 점차 부족해졌다. 그들은 학교에서 동거하며 서로를 탐닉했다. 인생의 대부분을 쾌락으로 만끽하고 있었다. 집안에서 살림을 하고 연애를 하면서 내일을 준비하고 있는 여인들이 많았다.

"혹시 정미현 씨인가요?"

태수가 묻자 그녀는 일어서서 고개를 끄덕였다. 그녀는 그를 보며 흡족한 미소를 지었다.

"늦어서 죄송합니다. 택시 잡는 게 익숙하지 않아서 늦었습니다."

그는 자리에 앉아 차를 주문했다. 어떤 메뉴가 좋을지 몰라 그녀와 똑같은 것을 시켰다. 그녀의 눈가가 촉촉하게 젖어 있었다. 태수는 그녀가 눈물이 많은 여인이라고 생각했다. 그들은 말없이 창밖을 내다보았다. 이따금 서로 얼굴을 마주보며 웃기도 했다. 그동안 어떻게 지냈는지 궁금했다.

"미현 씨! 그날 이후로 당신이 어떻게 지내는지 궁금했으나 전화번호도 모르고 또 바쁘다 보니 인사도 없었어요. 어떻게 지내셨어요?"

그녀는 말없이 웃고 있다가 그의 말을 듣고는 한 번 더 웃었다.

"저도 태수 씨를 만나야 한다고 생각했어요. 나를 구해주신 은혜도 갚을 길이 없고 해서 저는 우울하게 지냈어요. 그러다가 아빠의 호주머니에서 명함을 보고 전화를 했어요. 얼마나 바쁘시면 저를 생각도 안 하시는지, 참. 그게 무척 궁금했거든요. 약사가 하는 일이 정말 바쁜가요?"

"하하하하… 우리 직업은 바쁘기도 하지만 쉴 때도 많지요. 언제나 학술잡지를 보면서 연구를 하고, 또는 저는 개인적으로 일도 많이 해요. 저 같은 경우는 아주 바쁘게 살고 있어요. 혹시 도울 일이라도 있나요? 미현 씨 눈을 보니 슬픔이 많이 교차하고 얼굴도 구름이 끼어있는 것 같아요."

태수가 그 말을 하자 미현 씨는 눈물을 토해내면서 흐느끼기 시작했다. 아마도 미현 씨에게 그간 무슨 일이 있었던 모양이다. 그들은 거리를 나와 한식집으로 발길을 돌렸다. 태수는 그녀를 부축하고 방 안으로 들어갔다. 음식을 시키고 그는 미현 씨에게 안부를 물었다. 어떤 어려움이 있는지 그녀에게 천천히 물어봤다. 그녀는 대답하기를 망설이는 눈치였다.

　누구에게나 자존심이란 게 있는 법이었다. 물론 자존심이 밥 먹여주는 건 아니다. 하지만 그걸 알면서도 자존심을 내려놓기가 어려운 경우가 종종 발생하기도 한다. 부끄럽고 말 못 할 사항이 언제나 인간 사회에서는 존재했다. 한마디로 말해서 프라이버시에 관한 문제 말이다.

　밥을 먹고 나서 그녀는 차를 들며 말하기 시작했다. 그러다가 다시 말하기를 머뭇거렸다. 태수는 그녀에게 말했다. 자신에게 털어놓으면 도움을 받을 수 있다고. 그러니 얘기해보라고. 그럼에도 그녀는 뜸을 들이기 시작했다. 이렇게 만난 것도 인연인데 아름다운 그녀를 오늘 밤 떠나보내면 두 번 다시 그녀를 볼 수 없을 것 같았다. 그런 예감이 그를 당혹스럽게 했다. 한참을 망설이던 그녀가 드디어 입을 열기 시작했다. 아버지에 관한 얘기였다. 자신의 아버지 회사를 나쁜 놈들에게 빼앗겼다고 했다. 그것은 거의 성토에 가까웠다. 그러면서 그녀는 흐느끼더니 자기는 아빠를 도울 수 없는 존재라며 한탄했다.

　태수는 그녀의 말을 듣고 있을 수만은 없었다. 그는 택시를 타고 그녀의 집으로 가야 한다고 결론을 내렸다. 하지만 이번에도 택시 잡기가 수월하지 않았다. 그는 손가락 두 개를 펴고 손을 들었다. 한 택시가 달려오더니 그의 앞에 멈춰섰다. 두 사람은 그녀의 집이 있는 장충동으로 향했다. 그곳엔 고색창연한 집들이 많았다. 그녀의 집에 도착하여 벨을 눌렀다. 문이 열렸고 그는 그녀를 따라 집 안으로 들어갔다. 그녀의 어머니가 그를 반가이 맞이했다. 그녀의 어머니도 그를 기억하고 있는 게 분명했다. 이내 곧 미현의 아버지가 등장했다. 무척 오랜만이었다. 아버지의 얼굴은 매우 수척해 있었다. 태수는 그분에게 인사를 하고 소파에 같이 앉았다. 그는 그녀의 아버지와 대화를 나누었다.

"회장님! 미현 씨 말을 듣고 보니 염려가 되어 왔습니다. 회사를 빼앗겼다고 했는데 자초지종을 듣고 싶습니다."

그는 염치불고하고 말을 꺼냈다.

"부끄러워서 어떻게 말을 해야 할지… 이번에 두 번째 보는 청년에게 정말 미안하이."

그는 수치심에 말을 꺼내지 못하고 있었다.

"그러면 경찰에게 고발하면 도움을 받을 수 있지 않을까요?"

"경찰을 두려워할 놈들이 아니라네…."

"그러면 몽둥이라는 약이 있습니다. 저에게 자세히 말씀을 해주시죠. 말씀을 듣고 나면 해결할 수 있을지 누가 압니까? 이러한 일은 부끄럽다고 가만히 있으면 아니 됩니다. 재산을 찾으셔야지요."

그는 지그시 눈을 감고 있다가 태수에게 그간의 경위를 말했다.

"친한 친구가 한 명 있었네. 그는 사업을 했던 사람이었지. 나에게 여러 가지 조언을 해주기도 하고 사업도 같이 했던 친구였어. 그런데 어느 날 건장한 사내 한 서너 명이 사무실로 와서는 내가 사업 자금을 차용해 갔다고 하면서 회사를 접수한다고 하는 거야. 나는 그런 일을 한 적 없으니까, 안심을 하고 있었지. 그런데도 이도 이놈들이 막무가내로 차용증명서를 내놓으면서 갚으라는 거야. 나는 그런 일이 없으니 갚을 수 없다고 했지. 그런데 가만히 생각해보니 친구라는 놈이 나의 인감을 가지고 위조한 것이라고 하더군. 나는 판단했지…. 그래서 경찰에 고발을 하고 검찰로 가서도 위조라고 했는데, 그들은 차용증명서가 위조가 아니라며 돈을 갚아야 한다는 거야…. 내 아들도 있지만 어떻게 해볼 도리가 없다네. 이제 나는 죽는 일만 남았다네. 이제 가족들은 어떻게 살아가야 할지 참… 막막하네."

그는 말을 끝내고 한숨을 내쉬었다.

한마디로 말해 친구를 믿었는데 친구가 인감을 위조해서 차용증서를 만들고 돈을 갚지 않으면 회사를 접수한다는 논리였다. 믿었던 도끼에 발등 찍힌 격이었다. 돈을 갚으려고 하는데 너무나 큰 돈이라서 회사를 매매하지 않고는 도저히 갚을 수가 없다는 것이다. 그 회사는 여자들의 옷을 만들어 전국에 도매로 판매하는 의류공장이었다. 의류공장은 번성하고 있었다. 회사 인원은 종업원들이 한 300명 정도나 되는 큰 기업이었다. 그는 미현이 아버지에게 내가 그 공장을 해결할 테니 그들의 신원사항을 알려 달라고 했다. 그는 고민 끝에 결국 그에게 4명의 신원을 알려주었다.

김옥철(54세), 이유경(51세), 장파수(45세), 심재철(55세)이 바로 그들이었다. 태수는 이들의 전화번호와 주소를 노트에 적어놓았다. 그는 먼저 심재철에게 전화를 했다. 두 사람은 찻집에서 만났다. 찻집에서 얘기를 나눈 후 그는 심 씨를 데리고 북한산장으로 갔다. 그는 심 씨와 단둘이 있기 위해 정 회장을 택시로 먼저 집으로 보냈다. 정 회장을 따돌려야만 일이 순조롭게 진행될 것이라고 판단한 것이다. 태수는 심 씨를 데리고 산장 깊은 곳 호젓한 곳으로 걸어갔다. 산속은 조용했다. 하늘은 맑고 산새는 너무나 아름다웠다. 평화가 공존하는 곳이었다.

산장에 도착한 심재철이 다짜고짜 소리를 질렀다.

"정 회장은 어디로 간 거야! 나를 어디로 데리고 갑니까?"

"정 회장은 곧 올 겁니다. 당신에게 빌려간 돈을 인출하러 은행에 갔습니다."

태수는 말을 마치자마자 심재철의 정강이를 걷어찼다. 걷어차인 그는 자리에서 쓰러지더니 얼굴색이 검푸르게 변했다. 심재철은 비틀거리며 일어서려고 했다. 그런 와중에도 그는 화를 내며 말했다.

"네놈은 웬 놈인데 나를 차느냐!"

심재철은 안색이 변하여 소리쳤다. 태수는 말도 없이 인상을 쓰면서 계속 그를 걷어찼다.

"이놈! 네놈은 여기서 죽어야 한다. 너 같은 놈은 여기서 죽어도 살려줄 사람은 없다!"

태수는 큰소리치며 심재철의 오른팔을 비틀어 꺾었다.

"아이쿠! 사람 살려!"

심재철은 소리를 지르며 반항했다. 오른쪽 다리를 걷어차며 쓰러트렸다. 그는 단도를 꺼내들고 나무를 향해 던졌다. 단도 세 자루가 쉬- 쉬쉬- 하는 소리를 내며 나무에 꽂혔다. 심재철은 칼을 보더니 얼굴색이 흙색으로 변했다. 이제는 꼼짝없이 죽는구나 싶었다. 하지만 죽을 때 죽더라도 이유나 알고 죽어야겠다는 생각이 들었다. 겁에 질린 심재철을 두고 태수가 말했다.

"내가 묻는 말에 대답해라. 여기서 너 같은 놈은 죽어도 찾아내지 못한다."

태수가 녀석의 양쪽 팔을 비틀며 말했다. 녀석은 죽는소리를 하며 두려움에 떨고 있었다.

"네놈들! 네 명이 도장을 위조하여 정 회장의 공장을 접수했다. 맞는가?"

심재철은 깜짝 놀랐다. 공장을 접수해서 큰돈을 만지고 있던 차였는데 어떻게 비밀이 새어 나간 것일까. 두려움이 머리에서 발끝까지 전율했다. 무조건 모르는 일이라고 잡아떼야만 했다.

"아이고! 저는 정말 모르는 일입니다."

심재철은 모르쇠로 일관했다.

"이놈! 네놈은 이곳에서 쥐도 새도 모르게 죽는다. 일말의 양심도 없이 친구의 재산을 먹고 살 수 있다고 생각하는가?"

태수는 험악한 인상을 쓰며 칼로 그의 목을 그었다. 피를 칼에 묻히고 그 칼을 놈에게 보여주었다. 심재철은 칼을 보더니 벌벌 떨기 시작했다. 다리와 허리에 통증이 밀려왔다. 얼굴이 일그러진 채로 심재철은 고통을 토해냈다.

"김옥철, 장파수, 이유경. 이놈들하고 공모하여 서류를 위조하고 재산을 먹는다고 했지? 이제 내가 너희들에게 사망선고를 내린다. 이 개새끼야!"

"나는 모르는 일입니다요. 한번만 살려 주세요."

심재철은 벌벌 떨고 있었다.

"맞고 불 테냐? 맞지 않고 불 테냐? 대답해라, 개새끼야! 이 칼은 회 뜨는 데 최고지. 너희들 네 명이 공모했지?"

"예."

"세 놈은 어데 있지?"

"……."

태수는 녀석의 정강이를 걷어찼다. 놈은 아프다고 소리쳤다.

"한 번 더 맞고 싶나? 대답해라."

"공장에 있습니다. 아이고, 아파서 죽겠습니다."

놈은 신음소리를 토해냈다.

"도장은 누가 위조했나?"

"제가 했습니다."

녀석은 모기 소리로 대답했다.

"서류는 누가 만들었나?"

"서류는 모릅니다."

"이 새끼, 다리가 꺾어져야 정신 차리나! 누구야?"

태수는 녀석의 다리를 걷어찼다. 녀석은 우는소리를 했다.

"아이구! 살려주세요. 잘못했습니다. 용서해 주셔요!"

그는 녀석의 왼쪽 팔을 꺾으려고 했다. 녀석은 공포심에 주눅이 들어 벌벌 떨고 있었다.

"바른말을 하면 살려둔다. 누구냐! 왜 대답을 못 해. 팔을 꺾어주겠다. 평생 병신같이 살아봐라!"

녀석의 팔을 비틀어 주리라고 생각했다.

"김, 김옥철이가 했습니다. 김옥철은 대서방을 했습니다. 그리고 이유경과 장파수는 행동대원입니다. 저는 도장만 위조했습니다."

녀석은 낑낑대며 말했다.

태수는 녹음을 하고 다시 녀석을 조졌다. 행동대원은 무슨 일을 하느냐고 묻자 상대를 패주고 위협과 공포를 주면서 폭행한다고 말했다. 사건의 전모는 밝혀졌고 이제는 세 놈을 유인해서 공장을 되찾으면 된다. 그는 행동대원을 하는 두 놈을 만나야 할 것 같았다. 그 두 놈만 개 패듯이 작살내면 모든 일이 일사천리로 갈 것 같았다.

그는 녀석을 데리고 그들이 자주 만난다는 곳으로 갔다. 놈은 팔다리가 쑤시고 아프다고 하소연했다. 녀석은 공장에 가면 곧장 세 놈을 만날 수 있다고 했다. 공장으로 갔다. 제법 공장들이 많이 들어차 있었다. 공장의 규모도 크고 운동장도 넓고 회사가 제법 괜찮아 보였다. 경비원들도 두 사람이 근무를 하고 있었고 경비원은 그들에게 거수로 경례를 붙였다. 녀석은 전화를 하고서는 이층에 있는 사무실로 다리를 절면서 올라갔다. 사무실 문을 열고 들어섰다. 직원들이 의자에 앉아서 일을 하고 있었고 그들은 곧장 사장실로 직행했다.

문을 열고 들어가자 두 사람이 있었고 한 명은 보이지 않았다. 김옥철은 보이지 않고 외출을 하고 있었다. 놈들은 심 씨를 보자 대뜸 말했다.

"형님, 다리를 왜 그리 절고 계습니까? 누구에게 맞았습니까?"

"누가 장파수입니까?"

태수가 말했다. 두 놈 중에 젊은 녀석이 장파수 행동대원인 것을 알고는 그에게 다가가서 녀석의 복부를 발로 걷어찼다. 갑작스러운 발길질에 녀석은 맥없이 넘어졌다. 그는 일어나 거칠게 항의했다. 그러자 태수가 다시 한번 녀석의 가슴을 발로 걷어찼다. 녀석은 의자에서 뒹굴며 넘어졌다. 그리고 놈을 세차게 걷어찼다. 놈은 신음을 내더니 이내 조용해졌다. 이 광경을 본 이유경은 재크 나이프를 쥐고 태수에게 달려들었다. 보통 놈이 아니라고 생각했다. 발로 몇 번 차니 녀석은 꼼짝 못 하고 나동그라졌다. 태수는 칼로 몇 번을 내리치면서 그에게 다가갔다. 칼을 휘두를 때마다 검기가 휙휙 하면서 그의 귀를 자극했다. 그는 의자를 들어 놈의 면상을 향해 내던졌다. 놈은 도망가려고 문 쪽으로 달려갔다. 태수는 재빠르게 검을 던졌다. 놈의 다리에서 피가 흘러나왔다. 녀석의 목덜미를 잡고 소파에 앉힌 후 지혈해 주었다. 녀석의 얼굴이 창백해졌다. 두려움에 젖은 듯 보였다.

"심재철! 김옥철을 불러와라. 너희들의 휴대폰은 내가 압수한다. 너희들의 방식대로 내가 이 회사를 접수한다. 만일 내 말을 듣지 않으면 쥐도 새도 모르게 죽는다."

태수가 녀석들로부터 휴대폰을 빼앗았다. 빼앗은 휴대폰은 책상 서랍에 넣어두었다.

"빨리 전화하지 않고 뭣하는 거야! 이 잡새끼들아! 그리고 정 회장을 불러와라! 빨리 해, 개새끼들아!"

태수가 그렇게 해도 놈들은 조폭의 세계를 알고 있었다. 그들은 아무 말도 못 하고 있었다. 그때서야 장파수가 정신을 차려 태수에게 엎드려 잘못을 시인하고 회사를 정 사장에게 넘겨주겠다고 중언부언했다. 녀석은 태수에게 얻어맞고 자신이 태수의 상대가 될 수 없다는 사실을 깨달았다. 그렇다면 빠르게 일을 추진해서 정 회장에게 회사를 인수할 수 있도록 서둘러야 했다. 30분 후에 김옥철이 문을 열고 나타났다. 김옥철은 어지러운 광경을 맞닥뜨리고는 사태가 심상찮게 전개되는 것을 느꼈다. 녀석은 얼굴이 붉게 상기된 채로 태수에게 항의를 했다.

"당신은 누구야! 네놈은 누군데 함부로 남의 사무실에 와서 행패야!"

이렇게 말하면서 태수에게 삿대질을 했다.

"이리 가까이 와서 말해보시지. 개새끼야! 네놈들은 남의 회사를 송두리째 먹어치우면서 편할 줄 알았더냐?"

이렇게 말하고 그에게 가까이 다가가 다짜고짜 녀석의 무릎을 걷어찼다. 녀석은 신음을 내며 나뒹굴었다.

"아무 힘도 없는 새끼들이 우리 정 회장의 공장을 먹어치우려고 해 이놈들!"

그는 김옥철의 멱살을 쥐고 일으켜 세웠다.

"똑바로 서, 새끼야!"

태수가 다시 녀석의 복부를 향하여 주먹을 날렸다. 녀석은 바닥에 쓰러진 채 일어서질 못했다. 양쪽 견갑골을 수도로 두어 번 내려쳤다. 녀석은 힘을 쓰지 못하고 바닥에 주저앉았다.

　그는 김옥철을 일으켜서 의자에 앉혔다. 그동안 서류문제 건을 말하고 다시 정 회장에게 회사를 반납하라고 소리 질렀다. 녀석들은 한 번 얻어맞더니 모든 걸 내려놓은 듯했다. 그러나 또 다른 복병이 있는지 신경을 쓰면서 주위를 둘러보았다. 행동대장이라는 장파수에게 어떤 연줄이 있느냐고 심 씨에게 슬그머니 물었다. 그러나 그는 곧바로 대답하지 않고 머뭇거렸다. 그러자 태수는 심 씨를 설득하기 시작했다. 당신이 나에게 협조해 준다면 회사의 이익을 주겠다고 말이다. 세상에는 공짜란 없었다. 이 사실은 조폭 세계에서도 적용되는 진실이다. 심 씨는 아픈 몸을 하소연하면서 태수에게 도움을 요청했다. 그러나 지금 그를 돕는다면 태수에게 또 다른 시련이 찾아올 것이었다. 이놈은 그것을 이용해서 조폭을 모집하여 태수에게 반기를 들 것이다. 그러나 조폭을 이용하는 것은 아무나 하는 놀음이 아니다. 우선 그 세계에 입문해서 다른 일원들로부터 인정을 받아야 했다.

　소개를 통해서 이익을 얻으려고 달려들 수도 있었다. 하지만 그것은 이미 그 주위에 정보망을 가지고 있어야 가능한 일이었다. 그는 심 씨가 조폭과의 관계에 대하여 무뢰한이라는 걸 알 수가 있었다. 기껏해야 깡패를 동원할 수 있는 것이다. 그것도 정보를 가지고 그 세계에서 인정을 받아야 가능한 일이었다.

　심 씨는 말했다. 장파수라는 인물은 사기 치는 건달이며 감옥을 다섯 번이나 다녀왔다고, 깡패 수준도 아니고 자신의 힘을 과시해서 이유도 없이 상대를 폭행하고, 돈 받을 집에서는 그 집에서 누워 지내면서 돈을 받아내는 파렴치한이라고 귀띔했다. 그렇다면 이제는 김옥철을 조져야 한다는 결론에 도달했다. 그는 그에게 빨리 서류를 내놓으라며 채근했다. 그리고 그는 전화를 해서 정 회장에게 빨리 회사로 나오시라고 권했다. 서류상으로 회사가 김옥철에게 양도되었는지가 우선 궁금했다. 한 시간이 지나자 정 회장이 회사로 나왔다.

김옥철은 회사가 아직 양도되지 않았다고 그에게 말했다. 그러면 이놈들을 경찰에 사기죄로 구속하도록 하자고, 더 이상 회사를 도륙내는 일은 없을 거라고 그가 말했다. 정 회장은 경찰에 전화하여 사기죄로 이놈들을 고발하고 형사와 상의했다. 녀석들은 이미 파김치가 되어서 그에게는 찍소리도 못했다. 그저 하라는 대로 할 뿐이었다. 일은 일사천리로 진행되었다.

전교조

전교조는 4·19 혁명 직후인 1960년 5월 22일에 결성된 한국
교원 노동조합이다. 그들은 평교사의 노동권 보장과 어용인 대한
교련의 해체를 주장하며 대대적인 탈퇴운동을 거행했다. 그러한
결과 대한교련은 8만 2천 명에서 5만여 명으로 줄었다. 교원노조
는 4만 명에 달했다. 그러나 5·16군사 정변으로 집권한 박정희
대통령은 교원노조를 강제 해산했다. 군사정권은 교원과 공무원
의 노동조합을 금지하고 1990년까지 이어져 왔다. 박정희 정권은
세월과 함께 쇠퇴하고 전두환 정권을 거쳐 노태우정권까지 계속
되었다.

　1980년대에 교직원들은 혁신적인 개혁으로 전국적인 지지를
받았다. 그들은 사학비리 척결운동, 촌지 없애기 운동 등을 전개
했다. 그 결과 전국교직원과 국민들의 지지를 받아서 전국교직원
노동조합이 발족했다.

　군사정부인 노태우 정권은 이데올로기 교육이념을 주장하며 전

교조 교사를 구속하고 해직교사를 남발하여 역사에 유래 없는 전
대미문의 교사노동운동 탄압을 자행했다. 서구 선진민주국가들은
교사노동운동을 보장하고 교육의 질을 높이는 정책을 고수해 왔
다. 그러나 군사정권은 교사들의 노동운동을 핍박하고 탄압을 해
서 교사노동운동을 거부해 왔다. 이런 와중에 전국에서 해고자 교
사가 늘어나고 교도소에 수감되는 교사들의 수가 늘었다. 사회전
반에 걸쳐 분열과 갈등이 이슈가 되었다. 국민들은 사학의 비리
를 너무나 잘 알고 있었다. 반드시 고질병을 도려내야 한다는 의
식을 가지고 있었다. 학부모들은 촌지 역시 개혁해야 하는 병폐라
고 알고 있었다. 하지만 어느 누가 선뜻 말을 꺼내지는 못했다. 전
국교사노동자들의 수는 1만 5천 명에 이르렀고 3만 명의 교사들
이 후원했다. 김영삼 정부는 감옥에 갇혀있던 전교조 해직 교사들
1,135명을 복직시켰다. 노사정 위원회를 통하여 교원노조로 인
정을 받았고, 교원 노동조합설립 및 운영 등에 관한 법률이 통과
되어 노조의 합법화를 이루게 되었다. 김대중 정부 때 출범하여
1999년 7월 1일 노동조합으로 등록하여 합법적으로 노동조합을
결성하게 되었던 것이다.

전교조는 합법화 이후 교육관계법을 개정하기 위한 대국회 투
쟁을 계속하였다. 유아교육법을 제정하고, 부패사학 문제해결을
위한 사립학교법을 개정촉구했다. 이후 전교조는 교육의 자주성,
전문성 확립과 교육민주화 실현 등 교직원의 경제적 직위향상과
민주적 권리의 획득 및 교육여건 개선, 학생들이 민주시민으로서

자주적 삶을 누릴 수 있도록 하는 등 획기적인 대안을 내놓고 실현될 수 있도록 노력했다. 그러나 세월이 갈수록 그 내용은 변질되어 갔다. 대정부 투쟁과 미군부대 철수, 국가보안법 철폐 등 정치적인 이슈를 들고 나와 국민들의 지탄을 받기에 이르렀다. 박근혜 정권 출범 후 전교조는 한 차례의 거센 홍역을 치러야만 했다. 노조원은 본래 교사들만으로 구성되어야 했다. 그런 노조원에 교사 신분이 해직된 사람을 데려다가 노조원으로 등록했으니 그런 애를 먹을 만도 했다. 전교조는 결국 '법외노조'가 되었다. 정부가 전교조 내부 규약에 최초로 시정 명령을 내린 지 3년 만의 일이었다.

박근혜 정부는 검인정 한국사가 사회주의 국가인 북한을 성공한 국가라고 한 반면 대한민국은 태어나서는 안될 국가라고 혹평했다고 주장했다. 김일성 보천보 전투를 극구 찬양했으며 중·고등학생들에게 공산 사회주의 의식을 가르쳤다고 했다. 그리하여 이러한 편향된 교육을 바로잡기 위해서 한국사 국정화를 실행하게 되었다고 말했다. 그러자 진보라고 하는 역사학자들은 역사를 퇴행시키는 독단적 발상이라고 반발하는 반면, 보수진영에서는 정부가 국정교과서를 추진하는 이유가 바로 편향된 역사관을 바로잡겠다는 일이라며 환영을 표했다. 학교현장에서는 전교조 교사들의 수업으로 인해 아이들이 공산주의 이념을 세뇌당하고 있다고 보수들은 전했다.

인천의 모 고등학교 교사는 국사를 가르치면서 말했다. "북한의 공산주의는 우리나라 민주주의보다 경쟁이 없고 공평한 사회다. 우리나라의 학생들은 암기식 공부로 인하여 마음껏 놀 수도 없고 무한경쟁에서 힘들어한다." 경남의 모 중학교 교사는 사회수업 시간에 말했다. "북한은 핵 가지면 안 되나? 북한이 핵을 가지지 말라고 하는 나라는 핵이 없나? 다 있어요." 부천의 모 고교 교사는 말했다. "북한은 3년 만에 완벽하게 경제개발을 이룩했다는 거지. 그런데 남한은 이승만이가 뭐 했냐? 분단을 가져온 장본인이 누구냐? 이승만이라는 거지." 서울의 모 고교 교사는 말했다. "김일성은 민족의 영웅이야." 경기도 모 고교 교사는 "내가 아는 탈북자 학생 몇 명 있는데 남한보다 북조선 인민 민주주의 공화국이 훨씬 살기 좋다고 한다. 남쪽 정부는 북쪽의 민주주의를 본받아야 해." 대구의 모 중학교 교사는 "북한의 미사일 발사는 그저 위성을 발사"하는 것뿐이라며 "국가안보에 전혀 위협이 없고 어딜 가나 보수가 문제"라고 말했다. 전교조 교사들의 이러한 말이 곧 아이들의 사상적 이념을 물들인다는 것이 보수의 주장이었다.

그들은 강의와 책 등을 통해 자라나는 아이들에게 종북 사상을 주입하였다. 아이들을 김일성의 장래 전투요원으로 성장시키려는 취지처럼 보였다. 전교조의 역사 인식은 대한민국의 정통성을 부정하고, 김일성 주체사상을 이어받아 대한민국을 공산 사회주의 국가로 볼세비키 혁명화하는 것을 그 목표로 하고 있었다.

전국이 소용돌이치고 있었다. 그 가운데 경산에 있는 모 고등학교에도 탁한 기운이 감돌고 있었다. 교장 선생님은 오늘도 학생들에게 민족의 자주성과 자유민주주의 전통성을 이해시키고 미래의 꿈을 심어주려고 교사들과 혼연 일체가 되어있었다. 시각은 오전

10시였다. 왠지 모르게 기분이 이상하고 무슨 일이 일어날 것만 같은 기분이 들었다.

"교장 선생님, 사무실이 어디입니까?"

체격 좋은 남자 십여 명이 걸어오는 소리가 저 멀리서부터 들려왔다.

"무슨 일로 오셨습니껴?"

교무실의 한 교사가 사내들에게 물었다.

"당신은 알 필요가 없어. 교장은 어디에 있는 거야? 모두 이층으로 올라가자."

남자들의 거친 발소리가 들려왔다. 교장 선생님은 무슨 일인가 하여 문을 열고 고개를 내밀었다. 복도 중간에서 올라오는 사내들이 교장실을 보고 빠른 걸음으로 다가왔다. 그들의 행색을 살펴보았다. 모두 포동포동하게 살이 쪄있었고 체격이 좋아 보였다. 옷차림은 신사복이 아닌 일상복을 입고 있었다. 보아하니 학부형은 아니라는 것을 쉽게 알 수 있었다. 학부형들은 깨끗한 옷을 입고 조심성 있게 행동했다. 그런 반면에 사내들은 성질이 급하고 혈기 왕성하게 보였다.

"무슨 일로 오셨습니까?"

교장 선생님이 사내들에게 친절하게 물었다.

"교장 선생한테 일 보러 왔소."

그중에 나이 많은 사내가 눈을 부라리며 말을 했다. 그들은 나이가 40대 중반을 넘을 것 같았다. 젊은 사내도 있었다.

"난데 무슨 일로 오셨소?"

"당신 고등학교에서는 국정교과서를 채택한다고 했지요?"

사내들의 정체는 둘 중의 하나였다. 전교조 교사들이거나 아니면 그들의 사주를 받고 오는 자들이라는 것. 사내들 몇 명은 교장실로 들어와 자리에 앉아있었다. 학교 밖에는 네다섯 명이 서성거리고 있었다. 그들은 안하무인이었다. 복도에서나 교장실에서 담배를 피워 발로 비벼 끄며 침을 뱉기도 했다.

"당신들은 어디에서 오신 분들이요?"

교장은 사내들의 소속을 알고 싶었다.

"그건 알 필요가 없고 묻는 말에 대답하시오."

사내들이 위협조로 말을 했다.

"여기는 죄인을 취조하는 자리가 아닙니다. 여기는 학교입니다. 나가시오."

"하, 이제 보니 당신 보통 단수가 아닌데. 내 말을 들으시오. 국정교과서는 친일파들이 만든 교과서이며 역사를 후퇴시키는 교과서입니다. 왜 그런 책으로 아이들을 가르치려고 합니까? 당장 취소하시오."

사내가 소리치면서 말했다.

"교장 선생님! 교문 밖을 보세요. 학생들과 학부모들이 시위를 하고 있습니다."

교감선생님과 교무선생님이 달려와서 말했다. 서무선생님들도 교장실까지 와서 교장 선생님에게 힘을 실어주고 있었다. 그러나 체격이 좋은 건달 같은 사내들을 몰아내기에는 역부족이었다. 교장선생님은 교문 밖을 응시했다. 거기에는 학부모들이 떼를 지어

몰려와 현수막을 들고 있었고 오른팔을 들면서 고함을 치고 있었다. 전교조의 지령을 받들듯이 말이다.

"우리 아이들은 국정교과서를 반대한다. 친일파는 물러나라!"

아이들과 학부모는 그렇게 외치고 있었다.

교장선생님은 현기증을 느꼈다. 문득 어지러움증을 느꼈다. 이럴 수가 있는가. 그 무리 속에는 어제만 해도 자기의 아들을 잘 가르쳐주셔서 감사하다고 고개 숙이던 학부모도 끼어있었다.

"이것 보시오. 당신들은 전교조의 사주를 받고 온 모양인데 시끄럽게 떠들지 말고 돌아가시오. 아니면 경찰을 부르겠소."

교장선생님은 단호하게 사내들을 압박했다. 여기서 밀리면 죽는다고 생각하니 힘이 솟구쳤다.

"하이고! 교장 선생, 당신 뭘 믿고 그렇게 하는 모양인데 국정교과서 취소하지 않으면 여기서 한 발자국도 나갈 수 없소. 경찰을 부르든가, 검찰을 부르든가 마음대로 한번 해보소."

사내들은 소리치면서 교장선생님을 코너로 몰고 있었다. 복도는 학생들로 인해 떠들썩했다. 학생들은 창문 너머로 광경을 바라보고 있었다. 사내들이 일으킨 소란에 학생들 역시 공부할 수 없었던 것이다.

"너희들은 공부나 해! 보긴 뭘 봐!"

사내들이 인상을 쓰며 아이들에게 소리쳤다.

"이것 보시오. 교장 선생! 국정교과서는 전국에서 채택된 곳이 단 한 군데도 없소. 그러니 당신 학교에서도 취소하시오. 그렇지 않으면 우리의 조직으로 강제하겠소."

"그렇게는 못 하겠소. 우리 학교의 교육이념은 대한민국의 정통성을 가지고 학생들에게 올바른 교육을 지도하고 있소. 그런데도 당신들은 우리의 교육을 당신들 마음대로 훼방놓고 있소. 이 사실을 알아야 하오. 우리나라는 자유민주국가입니다. 검인정 교과서는 우리의 국가정통성을 부정하고 북한 공산주의 이념을 아이들에게 사주하고 있소. 김일성을 미화하고 북한의 정치가 성공적이라고 하지 않나. 김일성 보천보 전투를 미화하는 등 좌편향 한국사 교과서는 김일성 주체사상을 설명하면서 북한 주민의 참혹한 인권침해사례를 다루지 않고 있소. 그러니 우리는 국정교과서를 철회할 수 없소."

교장선생님의 단호한 결기가 엿보였다. 사내들은 교장의 말을 듣고 보니 코너에 몰린 생각을 아니 할 수가 없었다. 사내들은 담배를 입에 물고 무엇인가 굳게 생각하는 모양이었다. 불을 붙이고 담배를 피우기 시작했다. 사내들은 험악한 모습으로 교장을 위협했다. 교장은 그들의 모습을 보고 얼굴이 이지러졌다. 교장은 경찰에 신고했다. 경찰이 도착했으나 경찰은 그들을 알고 있는 듯이 보였다. 경찰은 아무 힘이 없는 이빨 빠진 도사견에 불과했다.

경찰은 그들을 입건도 하지 않고 조용히 해결하라면서 자기 자리로 돌아갔다. 학생들은 집으로 돌아가고 태양은 어느새 그 빛이 바래가고 있었다. 민노총과 전교조의 조직방해로 국정교과서는 석양에 저물어가고 있었다.

학교 교사들은 국가의 교육 공무원이다. 이들은 아이들에게 우리의 역사를 교육시키고 더 나은 미래와 희망을 가르쳐야만 한다. 그런데 이들은 세월호 사건을 아이들에게 가르치면서 박근혜 대통령의 얼굴을 괴물로 둔갑시키면서 국가원수를 모독하고 있었다. 이런 뉴스를 보고 듣고 자란 아이들이 먼 훗날 장성했을 때 과연 어떤 인물이 될지는 쉽게 상상할 수 있을 것이다. 참으로 개탄스러운 일이었다.

교육당국자들은 지금 같은 시대에 어디서 무얼 하고 있었는지 묻지 않을 수 없었다. 신문 사설은 그렇게 말하고 있었다. 이러한 현실은 한국이 남과 북으로 대치되어 있어서 더욱 두드러질 수밖에 없었다. 교육은 정치권에 물들면 안 된다. 서구에서는 교육장을 선거로 선출해서 아이들에게 더 나은 교육의 질을 제공하려고 시행하고 있다. 그런데 유독 한국만이 말썽이 되고 있는 이유가 무엇인가. 정말 궁금했다. 그 이유가 어디에 있는지 찾아보면 바로 선거제도에 있었다. 4년마다 치러지는 교육감의 선거가 아이들의 미래를 어둡게 망치고 있었던 것이다. 보수교육감이 있던 시절엔 잘 흘러가던 교육이었다. 그런데 어느 날 갑자기 진보교육감이 등장하면서 교육의 목표가 사라지고 친북 교육적인 내용으로 변해갔다. 자칭 종북 세력의 권력으로 북한의 정치를 대변하고 있는 것이 문제였다. 교육청에서도, 경찰들도 손도 못 대고 검찰과, 국정원도 종북 세력에겐 말도 못 꺼내고 있었다. 국가의 공권력은 무력했고 그러한 현실이 사회를 지배하고 있었다. 일전에 빨치산 추모제에 아이들을 데리고 가서 추모식을 하는 장면이라든지, 학기말 시험제를 없애고 아이들을 맘대로 놀게 하는 일이 바로 그랬다. 창의성 없는 교육만이 계속되었다. 이러다가 우리 아이들의 꿈과 미래마저 어두워질까 봐 정말 두려웠다. 아이들은 배움을 통해 내일의 주역이 되어야 한다. 학교는 그런 아이들에게 올바른 꿈과 방향을 제시해 주는 산실이 되어야 한다. 그렇게 해야만 우리나라가 선진국이 될 수 있다.

전교조 교사들은 촌지 받지 않기 운동으로 세인의 관심을 받았다. 그리고 미래의 주역들에게 참교육을 주장하면서 신선한 이미지를 시민들에게 각인시키면서 생겨났다. 그런데 날이 갈수록 그들의 운동은 정치적으로 변질되었다. 운동은 정부를 공격하고 극한 투쟁으로 이어졌다. 투쟁은 국가를 전복시키려고 했다. 경기도의 한 여고생은 프롤레타리아 레볼루션을 주창하면서 시민들을 놀라게 했다. 그것은 충격적인 일이었다. 노동자들이 혁명을 통해 국가를 전복시켜야 한다고 말했다. 교육장이 이렇게 혁명노선을 가르치기 시작한 일은 김영삼 정부에서 민주화를 외치며 친북정신을 백성들에게 각인시켰다. 김영삼 대통령은 군사정부에서 한번 호되게 당한 처지였다. 그는 군사정부만 없애는 데에 평생을 바치고 있었다. 김대중 정부 시절 전국교직원 교사들이 노조를 만들면서 강력한 친북노조로 이루어졌다. 교사들이 의식화 교육으로 이루어졌기 때문이다. 노무현 정부와 이명박 정부에서도 그들은 검인정 교과서를 통해 근현대사 역사교육에서 의식화 교육으로 학생들의 의식을 사회주의 변화로 유도하고 있었다. 그러나 이명박은 민노총과 전교조에게 광우병 시위로 한 번 당한 일이 있었다. 그래서 그들을 적대세력으로 보지 않고 태평하게 세월을 보냈다. 이명박 정권은 국가의 공권력을 국가의 세력권 안에 사장시키고 그들에게 날개를 달아주었다.

2008년도 노무현 정부가 끝나고 이명박 정부가 들어섰다. 2월달에 취임선서를 멋지게 했다. 5월에 장미가 아름다운 향기로 즐거운 감상을 불러일으킬 때였다. 꽃향기로 백성들은 코가 마비될 지경에 이르렀다. 아름다운 가시의 장미꽃 계절에 때 아닌 폭풍이 몰아쳤으니 대통령은 놀라 자빠질 지경이 되었다.

광화문의 사위가 어두워지고 있었다. 땅거미가 질 무렵 광장은 유모차를 끌고 온 엄마와 학생들, 젊은 청춘들과 장년들로 북새통을 이루었다. 사람들의 함성이 메아리쳤다. 금수강산은 때 아닌 함성의 물결로 침몰되고 있었다. 바로 광우병 사태가 격노의 세찬 풍파로 찾아와 서울을 마비시키고 있었던 것이다. 이명박 대통령은 세찬 촛불을 응시하며 며칠 동안 제대로 잠들지 못했다. 고뇌를 하고 있었다. 그렇게 5월은 사라져가고 이명박 정부는 점차 마비되어 가고 있었다. 다리가 흔들거렸다. 도무지 정신을 차릴 수가 없었다. 무정부 상태로 몰고 가는 좌익들을 어떻게 다스려야 할지 그는 입술을 깨물고 생각했다. 그로 인해 이명박 정부는 그해 링거를 맞고 병상에 누워있을 수밖에 없었다.

어린 학생들은 피켓을 들고 절규했다. 피켓에 다음과 같이 씌어 있었다. "우리들은 죽기 싫어요. 뇌가 숭숭 구멍이 나서 쇠고기는 먹지 않을래요…." 티비 화면에선 연이어 시위 장면이 흘러나왔다. 광우병 사태는 거짓 선동으로 우리 경제를 파탄시켰으며 새빨간 거짓으로 국민을 기만한 희대의 사기극이었다.

백성들의 소고기 불매운동이 이어졌다. 축산 시장은 썰렁했으며 축산 가족들의 고통은 말로 표현할 수조차 없었다. 개신교 교회협의회(NCCK)소속 목사들과 불교계와 천주교회도 편승하여 거짓선동의 대열에 동참했다. 이명박은 지도자로서의 각오는 내팽개치고 지냈다. 그들을 탄압하지조차 않았다.

이들의 주요 인사들은 전교조와 시민단체와 민주노총의 지도자들이었다. 그들은 북괴의 지령을 받지 않아도 잘 조직되어서 일사분란하게 행동했다. 그러나 보수 단체들은 연약한 존재들이라고 힘주어 말했다. 보수단체들은 다시 말하길 지금의 좌익 세력들이 6·25전쟁에 이렇게 움직여 주었더라면 남한이 적화되어 더 살기 좋은 세상이 되었을 것인데, 그렇지 못하여 대단히 유감이라고 비아냥거리기도 했다. 좌익인사들은 제주도 해군기지를 방해하였고 평택에 이전하려고 건설 중인 미군 기지를 죽창을 들고 방해했던 일도 있었다. 인천 상륙작전의 영웅 맥아더 장군의 동상을 파괴하려고 했던 전력도 있었다. 우리의 화물선과 유조선은 동남아 쪽을 경유해 가는 귀중한 항해선이었다. 정부는 남쪽의 해상로를 지키고자 했다. 정부는 우리의 선적들을 보호하려고 제주도 해군 기지를 조성하려 했다. 그러나 일부 인사들은 중국의 눈치를 보면서 결사반대했다. 무엇이 국익을 위한 행동인지 그들은 분명하게 알지를 못했다. 좌익인사들과 그들의 추종자들은 해군기지를 무력화하려고 방해공작을 했다.

용산 미군 기지를 평택으로 이전하려는 움직임이 일었다. 토지를 조성하고 건축을 하여 그곳으로 이전하려고 하였다. 나라의 안보를 위해 미군들이 한국 땅에 주둔한 것이다.

청와대의 안보 보좌관의 전화벨이 요란하게 울려 퍼졌다. 전날 밤에 술자리를 가진 김 보좌관은 자리에서 일어났다. 숙취 탓에 잠을 못 이루고 있던 차였다. 그는 갑자기 울리는 전화벨 소리에 짜증부터 냈다.

"이런 젠장할 것! 새벽부터 무슨 전화야!"

그는 신경질을 내며 전화를 받았다.

"국정원장입니다. 급히 전해야 할 사항이 있습니다."

안보실장은 국정원장이라는 말에 짜증이 났다. 그러한 전화는 한 번도 없었고 주요 회의에서도 대화를 한 적이 없기에 더욱 그러했다.

"무엇이요?"

안보실장이 조급한 목소리로 물었다.

"북한의 동태가 심상치 않다는 보고입니다."

"그런 보고는 안보회의서 주제로 했던 것 아닙니까?"

"이번에는 전혀 다른 양상을 띠고 있습니다."

"무슨 양상입니까?"

"북한에 무슨 극변 상황이 오는 것이 아닌가 합니다."

"용의주도하게 파악하시오."

그렇게 말한 다음 전화가 끊겼다. 일 분도 안 돼서 전화가 또 다시 울리고 있었다.

"국방장관입니다."

"무슨 일이요?"

"북한의 일부 군사가 삼팔선에 포진해 있고 일부는 북으로 이동 중이라고 합니다."

"북한이 삼팔선에 군사를 주둔하고 있는 것은 어제 오늘의 일이 아닌데 일부 군사가 북으로 이동한다면 중공군을 견제한다는 것 이요? 아니면 쿠데타가 발생한다는 것이요?"

"양쪽 다 배제할 수 없다고 생각합니다."

"전방에 감시를 철저히 당부하고 전방의 병사들의 휴가를 당분 간 중지해 보시오."

안보실장은 간단히 명령을 내리고 전화를 끊었다. 바로 뒤이어 전화가 또다시 울렸다. 이번에는 도대체 누구야? 하면서 화가 머 리끝까지 나 있었다.

"외무장관입니다."

"갑자기 무슨 일이요?"

"김정은이가 일을 저지를 것 같소이다."

"그게 무슨 말씀이요? 자세히 말해 보시오."

"핵무기를 탑재하여 발진 중이라고 합니다."

"하하하하, 그렇게 된다면 김정은은 끝장입니다."

"끝장은 누가 될지 알 수 없습니다. 대륙간 탄도 미사일 때문에 미 본토와 백악관도 방심할 수 없다고 합니다."

안보실장은 아연실색하지 않을 수 없었다.

"경찰청장입니다."

"무슨 일이오!"

"전국적인 데모가 발생한다고 합니다."

"경찰 병력을 동원하여 막도록 하시오."

"그런데 철도파업이 있으며 민노총에서 광화문 데모가 있을 것입니다."

"그런 시위대는 집회 허가하지 말도록 했는데 과연 누가 허락을 했단 말이요?"

"서울시장이 허락했습니다."

"이런 빨갱이 새끼 같으니라고…."

"그리고 전교조도 학생들도 데모에 동원한답니다. 전국농민대회가 치러질 예정이라고 합니다."

"알겠소. 내가 각하에게 보고하겠소이다."

안보실장은 잠도 자지 못하고 새벽 일찍 청와대에 나타났다.

안보실장이 왔다는 보고를 받은 대통령은 미소를 지으면서 실장님이 이 새벽에 무슨 일로 나오셨는지 매우 궁금해하셨다.

"각하! 긴급하게 보고드릴 말씀이 있습니다."

"들어가서 말씀을 들어봅시다."

북한의 동태와 좌파세력들이 긴급하게 돌아가는 문제는 세계의 여러 나라가 듣고 있었다. 북한문제에 관해서라면 미국과 일본도 정보를 듣고 있었다. 급변 사태는 오지 않으리라는 희망을 피력했다. 중국은 자국의 군사를 압록강에 급파했다고 했다. 당장 북한의 급변 사태는 오지 않으며 온다고 해도 북한의 정변은 이루어질 수 없다고 했다. 오전 열 시, 국무회의를 소집하여 국무위원들이 소집되었다.

한편 대통령은 이렇게 말했다. 북한은 절대 쿠데타를 일으키지 않을 것이라고, 김정은이가 핵무기를 남한에 쏘는 일은 없을 것이라고 말이다. 그렇게 힘주어 말했다. 우리는 국방력을 강화하여 사드미사일과 전술핵무기를 도입하여 북한을 일거에 멸절시킬 것이라고, 대통령은 힘주어 말했다. 군사동향에 관한 정보를 알아내고, 순찰을 강화해서 그들의 동태를 미연에 방지하라고 국방부 장관에게 지시했다. 강경대책을 해서 시위대들을 봉쇄하라고 그는 지시했다. 노동자들의 시위와 관련해서 정부는 강경하게 진압했다. 손해를 입은 경찰차량은 경찰청에서 조사하여 그들이 변상할 수 있도록 지시했다. 그동안 우리의 경찰은 너무나 소극적으로 대처해 왔다. 이제부터는 근본 대책을 내놓고 실시하라고 했다. 지도부들을 사전에 검거하여 엄정하게 사법 처리하여 이러한 일을 또 꾸미는 자는 사회에서 이탈시키라고, 국무위원들은 강하게 주문했다.

철도노조는 우리의 동맥을 건드리면 무사하지 못할 것이라고 말했다. 경찰은 사태를 미연에 방지하도록 하고, 노조의 근본 목표가 무엇인지 알도록 하며, 정부를 타격할 시에는 누구를 막론하고 구속수사하라고 했다. 일망타진하라는 국무위원들의 강한 메시지가 있었다. 법무부 장관은 사법체계를 강화하여 사이비조직들의 조직적인 방해 공작을 엄정하게 차단하라고 했다. 용두사미가 되지 않도록 하라고 지시했다.

외무부 장관은 중국과 긴밀히 협의하여 만일의 사태가 발생할 시 우리의 목표가 무엇인지 그들에게 인지하도록 하라고 했다. 일본과 미국과의 우호 협력을 반드시 관철시킬 수 있도록 하라고 했다. 주변의 러시아도 배제하지 말고 주변국들에게도 우리의 국익을 위하여 외교력을 관철할 수 있어야 한다고 말했다. 국무회의 결과는 방송을 통하여 전국에 방송되었다. 국민들도 우리의 국방력을 강화하고 그들이 대포를 쏘면 우리는 100발 쏴서 응징을 반드시 해야 할 것이라고 말했다. 만일 전쟁이 발생하면 우리의 아들들 70%가 군대에서 총을 잡고 적들과 싸울 것이라고 말했다고 전했다. 이것은 여론조사에서 얻은 결과였다. 우리의 청년들은 여전히 국가를 위하는 마음을 간직하고 있다고 볼 수 있다.

2016년 4월 13일, 제20회 국회의원 선거가 실시되었다. 박근혜 대통령이 안정적인 국정운영을 위해서는 과반수 이상을 획득해야만 했다. 선진화법을 사실상 폐기하여 국회의 운영을 하려면 180석을 달성해야 하는데 실패했다. 여소 야대의 3당이 형성되어서 어느 당이 주도권을 잡을지조차 예측할 수 없었다. 그들은 첨예하게 대립되었다. 여당은 122석이고 더불어민주당은 123석이고 국민의당은 38석이 되었다. 이러한 결과를 만들기까지는 새누리당 공천 위원장 이한구 의원과 김무성 대표, 그리고 배신자의 칭호를 갖고 있는 유 의원의 노력이 컸다. 이한구 의원은 유승민을 공천에서 아웃시켜야 했다. 그런데 그는 유승민에게 알아서 나가라고만 했다. 자기 손으로 아웃을 시키기엔 그는 연약한 사람이었다. 한마디로 말해 손 안 대고 코를 푸는 격이었다. 유승민은 죽어도 나갈 수 없었다. 새누리당을 나가면 공천은 고사하고 죽으라고 하는 것이기 때문이다. 그는 죽을 수가 없었다. 국회의원이 그 얼마나 좋은 권력인가. 가만히 있어도 세비가 계좌로 한 달에 천 삼백만 원이나 꼬박꼬박 들어오지, 외국이나 국내에 출타하면 공짜로 다니고 호텔과 음식은 배부르게 대접받지, 가신들도 9명이나 되며 높은 대우를 받고 있지 않은가. 고급 승용차에 운전수까지 거느리고 부호들이 아부를 하면서 대우까지 해주는 직위였다. 그러니 누가 의원을 안 하려고 하겠는가. 아버지가 물려준 권력을 뺏길 수가 없었다. 목숨을 걸고 투쟁해서 기득권을 지키려고 했다. 이한구가 유승민에게 나가라고 하면 유승민은 못 나간다고 답했다. 나가라, 하면 못 나간다. 이렇게 시소게임을 하고 있던 차에 국민들은 이한구가 답답하고 한심한 위인이라고 한탄했다. 그때 대표라고 하는 위인이 큰 체구를 이끌고 새누리당 권력을 상징하는 옥쇄를 들고 영도로 뛰어 나갔다. 자기가 무슨 김영삼이라도 되는 줄 알고 그는 크게 착각하고 있었던 것이다. 수많은 무리들이 백그라운드를 형성하고 있다고 생각했다. 제 딴에는 유승민을 보호하고자 하는 의도였나 보다. 그러나 보수진영에서는 그들을 못마땅하게 생각하고 있었다. 어디 너희들 맛 좀 봐라 하면서 보수진영들은 투표조차 하지 않고 포기했다. 그러한 결과로 새누리당은 쪽박을 차야만 했다. 더민주당이 똑똑해서 서울과 경기도를 독식한 줄 아는가. 그것은 어부지리(漁夫之利)와도 같았다. 김종인 전 대표가 잘해서 그런 줄 아는 모양인데 착각들 하지 마시라. 그는 수많은 사람들이 지지하는 정당인사가 아니었다. 문재인 대표는 새누리당에서 반대하는 인사를 정당에 공천하고 대표로 끌어왔다. 새누리가 쪽박을 차는 바람에 박근혜가 탄핵을 당했고 국정교과서는 폐기해야만 했다. 보수진영은 나비의 날개짓 같은 연약한 바람결에 그만 낱알과 같이 흩어졌던 것이다. 그리하여 그들은 어느 당과 함께 법안 처리를 하게 되었다. 국민의당은 캐스팅보트를 쥐고 흔들고 있었다.

날이 갈수록 서민들의 삶은 어려워졌다. 서민들은 살기가 예전 같지 않다고 하며 정부의 무능함을 성토했다. 그러나 어쩔 수 없는 상황이 오고 말았다. 이제 어느 누가 지도자가 되어도 한국의 정치는 힘들고 어려울 것으로 예상되었다. 국민의당은 개성공단을 가동시키라고 압박을 했다. 더불어민주당이 이에 가세하면서 정부와 여당은 협상의 정치가 되었다. 그들은 또 국정화를 폐기하고 전교조들이 지지하는 검인정 교과서를 채택해야만 한다며 목소리를 높였다. 그 여세를 몰아 금강산 관광을 조기에 개최해야 한다고, 북한을 도와야 한다며 목소리를 높였다. 나라의 안보가 사면초가에 빠지게 되었다. 한국의 백성들은 나라를 망할 위기로 만들어놓았고 보수 세력들은 한탄을 해야만 했다. 보수 세력들은 채식동물처럼 겁쟁이들이었다. 그들은 몸을 사리는 부류였다. 상대방을 향해 먼저 공격하지 못하고 눈치만 살피다가 그만 육식동물들에게 먹히고 말 것 같았다.

좌파는 조직적으로 재력과 인력을 관리하여 우파를 일시에 공격하여 국정화를 막아냈다. 그들이 촛불 혁명을 이루어낸 것이다. 그러한 일로 인하여 아버지의 권력과 미모를 내세웠던 박근혜 대통령은 모래성같이 무너져 버렸다. 여당은 먼저 북한을 생각하고 식량과 현금을 보낼 것이고 야당은 국민과 같이 안보를 생각할 것이다. 10년 좌파 정권에선 김정일이가 핵무기를 만들 수 있는 여건을 조성해 주었다. 이제는 그 핵무기가 우리 백성들을 죽음의 땅으로 인도할 것이라고 떠들었다. 패잔병들인 보수 세력들은 앵무새같이 떠들어대고 있었다. 그러나 전교조의 조직으로 아이들을 애국세력으로 변화시키면 나라는 퇴폐적 보수 세력에서 탈피하여 건전한 국가의 기틀을 이루어낼 것이다. 전교조는 그러한 힘을 바탕으로 보수 세력을 무력화했다. 전교조는 천하무적이다. 감히 누가 그들을 상대할 것인가.

문재인
대통령

5월이었다. 울타리에서 장미의 향기가 진동했다. 하늘은 청명했고 구름이 대오를 이루어 북악산으로 흘러갔다. 바야흐로 입하(立夏)였다. 어느덧 여름이 다가온 것이다. 산과 들에는 신록이 왕성했다. 소쩍새 소리에 농부들은 정신없이 일하기에 바빴다.

오월은 대통령선거가 있는 달이었다. 부산에서 대권의 움직임이 감지된 것은 팔 년 전부터의 일이다. 문재인 의원이 사상구에서 꿈을 키웠으나 강력한 낙동강 벨트는 무너지고 박근혜만 도와준 꼴이었다. 하늘은 스스로 돕는 자를 도와준다는 교훈은 여기에서 비롯되었다. 문재인 후보는 절치부심으로 인내하여 입지를 강화했다. 그것은 자신의 주군을 배신한 새누리당의 이합집산이었다.

2017년에 새로운 정권이 탄생했다. 새 대통령은 더불어민주당 후보로 나온 문재인 씨였다. 그가 제19대 대통령으로 당선된 것이다. 문재인 후보는 41.1%, 홍준표 후보는 24.0%, 안철수 후보는 21.4%였다. 압도적인 득표율 차이로 문재인 후보가 당선되었다. 대구·경북·경남을 제외하고는 전국적으로 문재인 후보의 독무대였다. 서울과 경기는 압도적이었다. 대통령은 얽히고설킨 정치를 정상으로 돌려놓아야 하고 국민의 마음을 사로잡아 내일의 대한민국을 강하고 위대한 국가로 만들어야 할 책임이 있었다. 문재인 대통령의 부모님은 북한에서 피난 온 분이었다. 영하 27도나 되는 흥남부두에서 출발한 미국화물선에 부모님과 누님이 타고 남쪽으로 내려왔다.

문재인은 1953년 1월, 경남 거제에서 가난한 피난민의 아들로 태어났다. 거제도에서 힘들게 살고 있던 부모님은 부산으로 이사를 하여 영도에서 여장을 풀었다. 남항국민학교를 졸업하고 경남중·고등학교를 졸업했다. 학구열이 뛰어난 문재인 소년은 경희대학교 법학과를 수석으로 입학하였고 졸업할 때까지 장학금을 받아 대학을 졸업했다. 학창 때는 군사정부 물러가라고 데모에 열정을 보였고 그는 핵심 운동권이었다. 감옥에도 들락거렸고 부모님의 가슴을 애태우기도 했다. 그는 육군 특전사에 입대했으며 부대장의 표창장을 받았던 모범사병이었다. 제대 후에 그는 사법시험을 준비했고 79년도에 1차 시험에 합격했다. 당시 전두환 신군부는 정권 실세로 등장하였다. 문재인은 시위에 따라나섰다. 시위대는 물결이 흐르듯이 수천 명을 이루었다. 전두환 정권 물러가라고 시위를 했으며 시위대는 물대포를 맞으면서 격렬했다. 일부는 고양이같이 흩어졌고 그렇지 못한 시위대는 구속되었다. 그는 2차 시험합격증을 청량리경찰서 유치장에서 받았다. 3차 면접시험을 받고 그는 최종 합격했다. 사법연수원에서 그는 우수한 성적으로 수료를 했다. 친구들은 판·검사로 임명을 받아 기분 좋게 임지로 출발했다. 그는 쓸쓸하게 변호사로서 사회생활의 첫 발걸음을 내딛었다. 부산에서의 시작이었다.

그는 그곳에서 운명처럼 노무현을 만났다. 두 사람은 동지 혹은 친구로서 험한 인생길을 개척해 나갔다. 동지 노무현을 생각할 때마다 그는 눈시울이 뜨거워지곤 했다.

"바보같이 죽기는 왜 죽어. 내가 있는데 죽을 때까지 우리는 동지로 뭉쳤는데, 먼저 가다니 정말 원통하구나."

노무현을 대신해 복수를 해야만 한다고 그는 생각했다. 반드시 복수를 해서 친구의 원수를 갚으리라고 그는 굳게 다짐했다. 그렇게 하는 것이 노무현의 친구로서 떳떳한 길이라고 그는 생각했다. 그는 제19대 국회의원선거에서 여당의 텃밭으로 간주되었던 부산·경남지역의 물갈이를 외쳤다. 강력한 대선후보인 문재인 후보가 사상구에서 출마하고, 김영춘(진구갑), 김정길(진구을), 문성근(북구·강서구을) 등 경쟁력 있는 인물이 대거 투입되었다. 하지만 참패했다. 문재인 후보는 사상구에서, 조경태 후보는 사하을에서 당선됐다. 그렇게 8년을 보내고 결정적인 순간이 왔다. 그것은 바로 새누리당 의원들이 자신의 대통령을 배신하고 민주당과 합세하여 박 대통령을 탄핵한 사건이었다. 탄핵사건으로 인하여 하늘은 문재인 후보에게 대권을 상납했다. 야당은 비서실장이 나이가 어리고 경력이 부족하고 운동권이며 주사파인 임종석 씨를 임명했다고 어깃장을 놓았다. 그는 조직의 달인이었다. 총리에는 이낙연 전남지사를 임명했고 국정원장에는 경력이 많은 서훈 씨를 임명했다. 그러나 국무총리 인사 청문회에서 이낙연 씨는 한국당의 동의를 얻지 못하였다. 국민의당과, 바른정당, 정의당이 가결하여 국회에서 통과했다. 한국당은 그들을 민주당 제2중대라고 폄하했다.

대통령은 직원들과 식판을 들고 똑같이 줄을 서서 식사를 배식받았다. 서열의식을 배제하고 누구나 동등하게 지낼 수 있도록 했다. 그는 국정교과서를 폐기하고 검인정을 쓰도록 지시했다. 그러자 그렇게 해선 안 된다며 야당에서 발목을 잡았다. 검인정과 국정교과서를 동등하게 놓고 학생들의 선택을 받아야 한다고 말했다. 그것은 정의적인 차원에서 보자면 정당한 일이라고 수많은 시민들은 말했다. 비슷한 제품을 진열대에 놓고 구매자가 선택하려는 것은 민주적인 발상이었다. 민주화를 외치면서 구시대로 가는 것은 현시대를 역주행하는 움직임이었다. 지금은 왕조시대가 아니다. 권위적인 시대도 아니다. 다양성을 존중하는 사회이다. 공항공사 비정규직을 정규직으로 전환했다. 앞으로 어떠한 문제가 있을지 예상되는 일이 아닐 수 없다. 사방 곳곳에서 일하는 비정규직 직원들이 봇물처럼 아우성칠 것이다. 그러면 사회적 갈등은 폭발할 거라고 시민들은 말했다. 산적해 있던 열강들에게 특사를 파견하여 외교문제를 풀려고 노력했다.

트럼프는 하원에서 탄핵위기에 놓여있었다. 그러나 탄핵 실현 가능성은 없었다. 3월 1일 사드(고고도 미사일)가 오산 비행장에 반입되었다고 보도했다. 사드 1개 포대는 6기로 되어있다. 1기는 8문으로 되어있고 1기가 발사되면 8발이 한번에 발사되어 적 미사일을 포격했다. 사드는 적의 핵미사일을 격추하며 한국 백성과 미군의 가족들을 보호하는 고성능 고고도 미사일이다. 경북 성주 골프장에는 사드 2기가 배치되어 있고 4기는 미군 부대에 보관되어 있다. 주한 미군 사드포대는 전기 공급을 받지 못해 한 달 넘게 비상용발전기로 임시운행을 하고 있다고 6월 7일에 밝혀졌다. 성주골프장 도로에는 시위꾼들이 길을 막고 도로를 통제하고 있었다. 미군은 헬기로 유류를 조달하고 있었다. 그러다가 갑자기 사드레이더 작동이 중단되었다고 말했다. 문재인 대통령은 정의용 안보실장으로부터 사드 4기가 반입되었다는 보고를 받고 분노했다. 한국에 배치한 사드는 환경단체들에게 환경영향평가를 받으라고 했다. 정부도 이에 맞불을 놓아 그렇게 하라고 했다. 국가가 위험에 노출될 수 있는 안보문제를 가지고 시간을 지체하는 것은 도무지 이해할 수가 없는 사안이라고 야당은 말했다. 중국은 사드 배치를 막고 있으며 한국에 대한 무역보복을 하고, 북한에는 압력을 넣는다고 했다. 느슨하게 할 수 있도록 한 것이 중국의 속셈이었다. 정부는 반미를 하고 친중, 친북으로 기우는 행동을 노골화했다. 조선 16대 광해군이 실리 외교를 하면서 줄다리기 하는 모습이 연상되었다. 과연 문재인 대통령은 광해군과 같이 양다리 위험한 외교를 시도하려는 것일까. 일본은 위안부 문제를 전 정부에서 합의한 불가역적(不可逆的)한 일이라고 내세웠다. 그러나 대통령은 국민들의 합의가 선행되어야 한다고 하며 재협상을 할 듯이 있음을 말했다. 문 정부는 어려운 외교문제를 풀 생각은 하지 못하고 국민의 뜻이라며 귀중한 파트너인 외교 동맹국을 잃게 되었다. 외교적인 험준한 산맥이 가로놓여 있어서 문재인 정부는 외교적 시험대가 되었다. 북한은 남북 10·3 합의문을 이행하라고 촉구했다. 그들은 미사일을 발사하고 실험하여 문재인 정부를 압박했다. 문재인 정부의 외교 안보특보 문정인은 북한과의 관계 개선을 위해 한미 군사작전을 중단할 수 있다고 말했다. 이 말을 들은 한국당은 북한대변인을 연상케 한다고 말했다. 대한민국 애국시민들은 26일에 다음과 같은 성명서를 냈다. "북한 대남 공세에만 화답하는 그는 대통령 외교 안보특보로서의 자격을 이미 상실했다." 그렇게 말하며 그들은 문 특보의 사퇴를 촉구했다. 애국시민연합은 문정인 특보가 최근 언론 인터뷰를 통해 5·24 조치 해제, 개성공단과 금강산관광 재개, 서해평화 협력지대 조성, 북한 핵미사일 동결 시 한미연합 훈련 중단 가능성 등을 밝힌 사실을 지적했다. 지적하면서 "문정인 특보는 북한의 대남 지령을 연상케 하는 언행을 하고 있다."라고 비판했다. 문재인 정부는 출범하면서 적폐청산을 부르짖었다. 이제 박근혜는 감옥에 갇힌 몸이 되었다. 이명박을 구속하기 위하여 그들의 가신들과 국정원장들을 구속했다. 그들은 사법 부수장들의 코드인사를 임명하고 친문세력을 각료로 임명하여 대대적으로 사회를 변화시키려고 과거의 정부 관련한 수장들을 구속하여 압박했다. 보수 언론과 신문은 사설을 통하여 정부를 비판했다. 좌파 언론과 신문들은 꿀 먹은 벙어리가 되었다. 야당은 반기를 들었으나 공허한 메아리만 들려왔다. 보수

세력들은 권력을 잡을 때는 큰소리쳤다. 그들은 한동안 영화를 누렸으나 새누리당 62명의 배신으로 나라의 운명은 그만 풍랑 속으로 들어가고 있었다. 그리하여 대통령은 결국 탄핵되었다. 당은 걸레처럼 찢기고 말았다. 문재인 정부에 백성들은 이미 마취되었고 사회지도자들은 단물을 마셨으니 먼 산을 바라보고 있어야만 했다. 그들이 무슨 일을 할 수 있겠는가. 문재인 대통령은 그제 국회에서 열린 시정연설에서 정치, 경제, 안보, 문화 등 정책 전반에 걸쳐 개혁과제의 추진계획을 설명했다. 또한 여야에 협조를 구했다.

문재인 대통령은 탈 원전을 선언했다. 세계를 지배하는 서방 선진국은 원자력 발전을 건설하여 산업화의 에너지 전력을 증가하려고 혈안이 되었다. 석탄 화력발전은 이미 사양화된 지 오래였다. 문재인 정부는 세계 추세와 엇박자로 정책을 수립한 것일까. 신고리 5, 6호기가 박근혜 정부 때부터 이미 건설을 시도하고 있었다. 중단을 하면 760개 업체와 5만여 명의 일거리가 분해되어 수만 명의 생존이 위험에 직면하게 되었다. 기업의 일자리는 죽이고 생산력이 없는 공무원의 일자리는 창출한다는 것이다. 원자력 관련 고급 두뇌는 해외로 떠날 것이며 막대한 경제적 손실은 국가에 위해를 가지고 올 것이다. 학자들과 경제 전문가들은 세계 원자력 최고기술을 보유하고 있는 한국이 600조 원 세계 원전시장을 포기하게 된다면 엄청난 경제적 손실을 가져올 것이라며 아쉬움을 표했다. 세계는 지금 원자력 호황을 맞고 있는데 우리 한국만 원자력 시장을 포기한다고 했다. 세계 원자력 시장은 러시아,

중국, 일본, 그리고 한국이 우위를 점하고 있었다. 한국의 탈 원전으로 국민은 초상집 분위기였다. 한국은 신규 원전 중단 등 신규에너지 전환 정책으로 원자력 산업계의 전망을 어둡게 하고 있었다. 국내 원자력학과 학생들과 교수들 몇 명이 성명서를 낭독했다. 자신들의 밥줄과 한국 원자력과학 발전에 심대한 영향이 올 것인데 반하여 너무나 열의가 없어 보였다. 노동자들의 탈 원전을 반대하는 시위가 연일 계속되었다. 문재인 정부는 풍력, 조력, 태양력 같은 친환경 발전을 위한 LNG발전소를 짓는다고 했다. LNG발전소는 값이 비싸다. 결국은 국민들이 비싼 전기료에 비명을 지를 것이라 한다. 선진국들은 친환경이 좋다고 하면서 왜 그것을 선호하지 않는가. 그런 데에는 분명 이유가 있을 것이다.

정부는 태양광을 건설한다고 보도했다. 신문은 앞다투어 보도했다. 그러나 수십만 평의 땅을 개간해서 세운 태양광은 햇빛이 부족하면 손실을 초래하게 될 것이라는 얘기가 있었다.

두 번째는 법인세를 25%나 인상하겠다는 보도였다. 그것은 주식회사를 운영하는 기업체에서 세금을 부과하는 일이다. 법인세를 인상하면 회사들은 이익이 감소하여 경쟁력이 약화된다. 회사는 경쟁력이 있는 외국으로 이전하므로 우리나라의 청년들의 일자리가 감소되는 격이다. 그렇게 되면 실업자가 증가할 것이다. 일본과 서방세계는 법인세를 인하하여 공장을 짓는다고, 그렇게 하면 일자리가 넘쳐서 청년들이 90% 이상 취업을 한다고 했다. 그러나 한국청년들은 어떠한가. 일자리가 부족하여 큰 호황을 맞이하지 못하는 상황이었다.

세 번째는 최저임금 인상이었다. 최저임금을 16.4%나 인상하여 기업체와 상공업자들이 쇼크를 받았다. 그들은 그로기 상태에 빠졌다. 직원들의 월급이 증가하여 일자리를 줄이고 일하던 직원들마저 내보내야 하는 현상이 발생하였다.

문재인 정부는 최저임금을 대폭 인상하여 저소득층을 구제하려고 했다. 그런데 그 여파로 공장에서 인원을 감축해야 하는 현상이 일어났다. 광주의 경공업회사는 절반의 인력을 내보내고 베트남으로 공장을 이전할 것이라고 신문은 전했다. 상공인들은 알바생을 줄였다. 오히려 젊은이들의 일자리가 줄어들고 있었다. 대통령이 백성들을 고통으로 만든 꼴이었다. 기업체들도 임금 인상으로 인해 업체를 외국으로 이전하게 될 것이다. 그러면 일자리는 점점 더 감소할 것이었다. 그렇게 되면 문재인 정부는 국민들의 외면으로 인해 궁지에 몰리게 될 것이다. 문재인 대통령이 펼친 일자리 정책은 직격탄을 맞았다. 가난한 서민들을 구제하고, 산업을 발전시키려는 목표로 시행했던 정책은 서민들을 되려 고통으로 내몬 것이다.

네 번째는 안보문제다. 젊은이들로 구성된 군대는 국민의 의무중의 하나이다. 국토를 방위하고 백성들의 생명과 재산을 지켜야할 군대는 국민의 군대여야 한다. 젊은이들은 군복무 기간 22개월을 채워 국방의 의무를 다한다고 한다. 문재인 정부는 군복무를 18개월로 단축시켰다. 또한 군복무를 마친 군사의 인원을 절반으로 감축시킬 것이며 무기도 현대식으로 대체한다고 했다. 그렇게 되면 국토를 지키는 군대는 북한의 인민군들을 막을 수 없을 것이다. 인력이 부족하기 때문이다. 북한군은 핵무기와 미사일과 방사포로 무장되어 있다. 그들의 군대는 사상적으로 완전 무장되어 있다. 군인들은 기계처럼 일사분란하게 움직인다. 북한군은 10년 동안 국방의 의무를 한다. 오랜 세월 동안 갈고 닦은 군사를 어떻게 대적할 수가 있겠는가. 마법이 아니고는 도저히 불가능한 일이다.

　야당이 말하기를 문재인 정부는 언론과 방송, 즉 시민들의 눈과 귀를 장악하고 있다고 했다. 문재인 정부가 시행한 정책들은 다음과 같다. 탈 원전, 법인세 인상, 최저임금 인상, 재벌 구조 개혁, 비정규직의 정규직화, 노동시간 주 52시간으로 단축 등 반 자유시장 정책을 시행했다. 정책의 대가는 혹독했다. 인력 해고와 자동화로 대체한다는 목소리가 울려 퍼졌다. 고용시장이 축소되고 해외기업이 탈 한국을 선언했다. 국내기업이 해외로 이전한다는 소리가 나오고 있었다. 경제의 근간이 파괴되는 비명이 들려왔다. 고용노동부는 기업을 죽이는 정책으로 가난한 시민들의 심장을 건드리고 있었다. 정부의 시장개입은 시민들의 목을 조이며 선택을 강요하고 있다. 정부의 규제, 단속, 억제, 조정, 통제는 자유를 훼손하고 있었다. 반시장적인 요소가 시민들에게는 일종의 독이었다. 그렇게 될 경우 사회나 조직, 또는 개인의 자유는 자연스레 위축되기 마련이었다. 경제는 안개와 같이 소멸된다. 문화, 예술, 교육, 스포츠는 사회와 함께 그 생명력이 상실되며 필연적으로 기업과 가정은 붕괴된다. 국가를 이루는 근본적인 자산이 쇠락하고 국가와 조직사회, 가정이 멸망을 향해 빠른 속도로 치닫고 있었다. 문재인 정부는 혁신을 한다고 하는데 국민을 죽이는 정책을 앞다투어 시행하다니. 그것은 좌파 정책으로 국민을 기아 선상에 올려놓고, 가난과 고통으로 시민을 죽이는 실험과 다르지 않았다. 북한과 다를 바 없었다. 지식인들은 그렇게 말했다.

북한은 평창 올림픽 때 아이스하키 선수들을 남한 선수들과 함께 참가시켰다. 응원단과 관현악단을 보내어 공연을 했다. 그런 모습은 한국인의 마음을 사기에 충분했다. 그 결과 남북한의 정상회담이 이루어졌다. 미국과 북한의 정상회담도 성사시켰다. 미국의 트럼프 대통령은 북한이 핵 포기를 선언한다며 회담을 할 수 있다고 말했다. 이에 정의용 외교안보수석이 북한의 지도자 김정은도 한반도를 비핵화할 거라는 말을 간접적으로 전달했다. 트럼프는 한국과 북한의 회담에 관심을 나타냈다. 트럼프는 회담장에서 핵 폐기가 안 된다면 회담장을 떠날 것이라고 으름장을 놓았다.

2018년 4월 27일, 판문점에서 남북회담이 성사되었다. 문 대통령은 흰 와이셔츠에 청색 넥타이를 매고 쫄바지를 입은 차림이었다. 그는 경계선을 향하여 가고 있었다. 김정은 위원장은 뿔테 안경을 쓰고 검정색 인민복을 입고 나풀거리는 통바지를 흔들거리며 남쪽 경계선을 향해 가고 있었다. 시민들은 두 정상을 보면서 마음을 졸였다. 걱정을 하고 있었다. 벽돌집과 숲이 보였고 주위는 푸른색으로 녹음이 우거져 있었다. 하늘엔 맑고 따뜻한 기운이 어려 있었다. 까치 한 쌍이 곡예를 하며 날고 있었다. 두 정상은 뜨거운 악수를 나누며 미소로 화답했다. 전 세계인이 보는 앞에서 손을 잡고 한번 빙 돌기도 했다. 오랜만에 만나는 친구 같은 모습이었다. 언론은 성공적인 회담이 될 것이라고 논평했다. 회담장에서 두 정상은 "한반도에 전쟁은 없을 것"이라고 선언했다. 그들은 사인하고 일어서서 뜨거운 포옹을 했다. 시민들은 마른침을 삼키면서 뜨거운 박수를 보냈다. 중앙통신은 이날을 두고 "역사적인 판문점 선언은 조선반도의 평화와 통일을 염원하는, 온 겨레의 일치한 지향과 요구에 맞게 북남관계의 전면적이며 획기적인 발전을 이룩함으로써, 끊어진 민족의 혈맥을 잇고 공동번영과 자주통일의 미래를 앞당겨 나가는 데서, 전환적 의미를 가지는 새로운 이정표로 될 것"이라고 의미를 부여했다. 두 정상 간의 분위기가 화기애애했다. 그 모습을 본 시민들은 이제 이산가족 상봉과 경제문제 해결을 하고 한반도 비핵화에 큰 진전이 있을 거라고 예견했다. 시민들은 뜨거운 반응을 보였다.

문 대통령은 회담 후 공동발표에 "북이 먼저 취한 핵동결 조치들은 대단히 중요한 의미를 갖고 있다"고 평가했다. 또한 "한반도 비핵화를 위한 소중한 출발"이라고 했다. 그러나 김정은 위원장은 핵과 관련한 어떠한 발언도 하지 않았다. 왜 그랬을까. 의문이 꼬리에 꼬리를 물었다. 김정은이 정작 비핵화라는 전략적 결단을 내렸다면, 전 세계가 지켜보고 있는데 본인은 왜 자기 입으로 분명한 의사를 밝히지 않았을까. 거기에는 분명한 이유가 있을 것이다. 북·미 정상회담에서 밝히려고 하는 것일까. 아니면 트럼프에게 점수를 따려고 하는 것일까. 알 길이 없었다.

오천만의 한국 국민들과 전 세계인이 지켜보는 가운데 밝혔다면 얼마나 좋았을까. 김대중 정권 때와 노무현 정권 때에도 그는 강도 높은 문장을 사용했다. 하지만 도리어 핵실험을 해서 선언문이 휴지조각이 되었다는 사실을 국민들 모두 알고 있다.

6월에 북미 정상회담에서 핵 폐기가 합의된다고 해도 북의 핵 시설과 핵무기 및 핵물질을 폐기하는 과정에는 시간이 필요하다. 북한은 25년간 합의 이행을 회피해 왔다. 북한이 핵 폐기를 완전히 이행할 때까지 경제적 제재 압박은 계속되어야 한다. 그러나 합의문에는 비핵화보다 경협교류가 더 많이 등장한다. 합의문에는 10·4선언(노무현 합의문) 합의 사업들을 적극 추진해 간다고 명문화되어 있었다. 금액으로 따진다면 14조 3,000억 원으로 되었다. 그것은 통일부가 추산한 10·4합의문을 이행할 시에 들어갈 엄청난 돈이다. 실제로는 100조 원이라는 엄청난 돈이 들어간다고 한 전문가는 말했다. 대북 지원은 국민적 동의(국회동의)가 있어야 하고 그것도 북핵이 완전히 근절된 후에야 가능한 것이다. 그렇다면 최소한 합의문에 비핵화를 전제로 한다는 취지의 문장을 담았어야만 했다. 이명박 정부도 정상회담 대가로 4조 원을 요구해서 유야무야했다고 한다. 그렇게 많은 돈이 있다면 베트남 참전유공자들은 진작에 전투수당을 받아야 했다. 정부는 베트남 참전유공자들에게 전투수당을 지불하지 못했기 때문이다. 유공자들은 어느새 나이 70이 넘은 노인들이었다. 내일조차도 기약할 수 없는 몸들이다. 그들이 전투할 때 흘린 피로 오늘날 국가 기간산업이 발전하고 경제적 부를 이루었다. 그러니 정부는 그들의 노고를 위로하고 그들에게 빚을 갚아야 할 때이다.

야당 대표는 "남북정상회담은 김정은과 문재인정권이 합작한 위장평화 쇼에 불과하다"고 말했다. 그는 나라 사정이 참으로 걱정스럽다며, 대북문제도 대국민 쇼로 일관하는 저들이 과연 오천만 국민의 생명과 재산을 지킬 수 있겠느냐며 토로했다.

보수 세력들은 이날 회담을 하면서 건국 이래 최대의 위기라고 규정했다. 대한민국은 6·25 폐허에서 세계가 부러워하는 경제발전을 이룩했다. 하지만 오늘날의 국가는 대남 적화정책에 의해 침몰 직전에 와있다고 했다. 사법, 행정, 언론과 모든 기관들은 현 정부의 청와대 주사파에 의해 대남 적화 혁명을 이루고 있다고 그들은 말했다. 그들은 적폐청산이라는 미명 아래 지방 분권과 토지 공개념 개헌까지 시도하고 있다고 강조했다.

이날 언론들은 남북정상회담을 두고 한반도 문제를 위장평화 공세로 몰아갔다. 결국은 한미동맹파괴, 주한미군철수, 북한 경제를 해결하기 위한 방향으로 가게 될 것이다. 트럼프와 김정은의 정상회담이 6월 12일로 예정되었다. 트럼프는 노련한 협상가다. 그가 북조선의 지도자 김정은의 핵 폐기를 이끌어낼 수 있을지 세계가 주목했다. 6월 12일, 북미 정상회담이 시작되기도 전에 주한 미군 합동연합작전이 이어졌다. 그 소식을 입수한 북조선은 정상회담을 무기한 연기했다. 우리 북조선은 남조선과 머리 맞대는 일은 없을 것이라고 말하며 남북 회담을 무기한 연장한 것이다. 북한은 이렇게 막가파 식으로 약속을 파기한다. 그게 어디 정상국가라고 할 수 있겠는가. 개인 간에도 거래날짜를 변경하지 않는다. 하물며 국가 간의 정상회담을 무기한 연장하다니.

문재인 대통령은 입맛이 씁쓸했다. 밥맛이 없어졌다. 북한과의 회담을 성사시켰는데 회담을 무기한 연장한다니. 모든 게 수포로 돌아간 느낌이었다. 그러나 언젠가는 다시 만나게 될 것이라고 믿었다. 또다시 하루가 지나고 밤이 찾아왔다. 가로등이 켜지고 현관에도 불이 들어왔다. 그는 어두워진 청와대 뜰을 바라보았다. 별빛은 빛나고 구름은 정처 없이 어디론가 흘러가고 있었다. 달빛이 환하고 청와대 잔디밭도 노랗게 빛이 났다. 그는 생각했다.

'정치란 정말 어려운 거야. 한쪽을 달래면 또 한쪽이 시샘을 내고, 정말 시소 타는 기분이랄까. 정치란 정말 기묘한 거야.'

며칠이 지나자 북한에서 긴급하게 만나자는 전갈이 왔다. 우여곡절 끝에 남북정상이 다시 모여 회담을 하고 돌아왔다. 첫 번째 회담에서 했던 일이 다시 반복된 것이다. 그런데 갑자기 트럼프 대통령이 북미 정상회담을 취소했었다. 전 세계는 트럼프의 소식을 전해 들었다. 김정은 측근이 트럼프 측근에게 비평을 하자 화가 난 트럼프가 회담을 취소했다는 말이 있는가 하면, 미국 측에서 싱가포르 회담이 어떻게 되어 가는지 연락을 해도 북한 측에서 연락을 무시했다는 말도 있었다. 이런 저런 추측설이 나돈 끝에 이유가 밝혀졌다. 미국이 회담을 취소한 이유는 북한이 드러낸 극도의 분노와 적대감 때문이라는 것이다. 미국은 북한 측에게 전달했다. 혹시 마음이 변하면 주저하지 말고 전화나 편지를 해달라고 말이다.

김정은 위원장은 미국과 정상회담을 한다고 선언했다. 그는 중국의 시진핑과 정상회담을 두 번이나 했다. 그것은 외로운 김 위원장이 시진핑의 조언을 듣고 울타리를 만들려고 한 행동이었다. 북한의 핵 폐기는 단계적으로 해야만 할 것이라고 뉴스를 타고 퍼져나갔다. 그러나 미국 측은 단계적 핵 폐기는 있을 수 없다고 못을 박았다. 북한의 측근들은 김정은 위원장이 싱가포르 회담은 반드시 할 것이라며 미국 측에 전달했다. 정상회담은 싱가포르에서 한다고 CNN 방송은 전했다. 싱가포르 공화국(Republic of Singapore)은 말레이시아 연방이었으나 1965년 독립했다. 그 당시 말레이계와 회교계 주민들은 민족분규에 골머리를 앓고 있을 때였다. 말레이시아는 인구 160만에 포구에 배 몇 척만이 들락거리고, 가난에 찌든 어촌같은 마을 싱가포르에 연방 탈퇴를 촉구했다. 그들이 연방을 탈퇴하자 정부보조금도 떨어지고 위기에 봉착했다. 리더십을 겸비한 탁월한 지도자 리콴유는 공무원과 기업가들을 모아 혁신적인 국가발전을 위해 노력했다. 50년 후 그들은 국민소득이 6만 불을 넘어섰으며, 세계에서 가장 행복하고 잘사는 부자국가로 성장했다. 싱가포르는 교통, 금융 서비스의 허브이며 공항, 항만의 카고와 컨테이너 사용료와 원유거래와 외환, 국가채권의 매매수수료 등 쇼핑과 호텔관광으로 돈이 넘치는 국가가 되었다. 국가면적이 697km²였다. 코딱지만한 나라에 인구는 570만 명이었다. 그들은 지상낙원에서 행복하게 살고 있었다.

북미 회담은 6월 12일에 개최된다고 다시금 선언되었다. 입이 가벼운 트럼프는 과연 동맹국을 위하여 실사구시(實事求是) 할 수 있을까. 시간은 흐르고 흘러 어느덧 6월 12일이 되었다. 트럼프와 김정은은 10일날 밤에 싱가포르에 도착하여 여장을 풀고 회담

준비에 박차를 가했다. 경비가 삼엄했다. 싱가포르 정부는 용병으로 세계에서 뛰어한 티베트 구르카족을 고용했다. 이미 총을 들고 무장한 용병들이 정부를 지키고 있었다. 개미새끼 한 마리 들어올 수 없는 경계태세를 유지하고 있었다.

2018년 6월 12일, 오전 10시를 넘은 시각이었다. 그때에 김정은 북한 국무위원장이 탄 메르세데스 벤츠 승용차가 미끄러지듯 호텔 입구에 도착했다. 그는 문을 열고 나와 주위를 둘러보면서 입장했다. 그는 얼굴이 다소 상기되어 있었다. 불안한 마음이 있는 듯했다. 그는 검정색인 인민복을 입고 있었다. 오른손은 검정 안경을 들고 통바지를 너풀거리며 입장했다. 3-4분 정도 지난 후였다. 성조기가 흔들거리면서 미국대통령 트럼프의 캐딜락 원 비스트(방탄유리 13cm, 16억)가 미끄러지듯 입구에 멈춰섰다. 그는 무표정하게 꾹 다문 입술에 금발머리를 하고 있었다. 그는 빨강넥타이가 어울리는 양복을 입고 실내에 입장했다. 카펠라호텔에서 트럼프와 김정은의 정상회담이 시작되었다. 외신이 보는 가운데 우측에서 트럼프가 걸어오고 좌측에서 김정은이 걸어오고 있었다. 마주 선 두 사람은 미소를 띠며 악수했다. 그들은 인사말을 하고 위원장과 함께 회담 장소로 이동했다. 회담을 마친 12시를 넘은 시각, 양측 정상이 다음과 같이 서명했다.

북미 정상회담 합의문

미합중국 도널드 트럼프 대통령과 조선인민공화국 김정은 위원장은 2018년 6월 12일 싱가포르에서 역사적인 첫 정상회담을 했다.

트럼프 대통령과 김정은 위원장은 새 미·북 관계 수립 및 한반도에서의 지속적이고 견고한 평화 체제 건설과 관련된 이슈에 대해 포괄적이고 심도 있는 의견 교환을 했다. 트럼프 대통령은 조선민주주의인민공화국에 안보 보장을 약속했으며, 김정은 위원장은 한반도 비핵화를 위한 그의 확고한 약속을 재확인했다.

새로운 북미 관계의 수립이 한반도와 세계의 평화와 번영에 기여하고 상호 신뢰 구축이 한반도의 비핵화를 촉진할 수 있음을 인식하면서 트럼프와 김정일 위원장은 다음과 같은 내용을 선언한다.

1. 미합중국(미국)과 조선인민민주주의공화국(북한)은 양국 국민(people)의 평화와 번영을 향한 갈망에 따라 새로운 미·북 관계를 수립하기로 약속한다.

2. 미국과 북한은 한반도에 지속적이고 안정적인 평화 체제를 만들기 위해 함께 노력한다.

3. 2018년 4월 27일 판문점 선언을 재확인하며, 북한은 한반도의 완전

한 비핵화를 노력하기로 약속한다.

    4. 미국과 북한은 전쟁포로, 전쟁실종자들의 유해를 즉각 송환하는 것을 포함해 유해 수습을 약속한다.

    사상 첫 미국–조선인민주주의공화국 정상 회의가 양국 간 수십 년간의 긴장과 적대감을 극복하고 새로운 미래가 열리는 데 중요한 의미를 갖는 획기적인 사건이었음을 인정하면서 트럼프 대통령과 김정은 위원장은 이 공동 협약의 조항을 완전하고 신속하게 이행해야 한다.

    미국과 조선민주주의인민공화국은 가능한 한 조속한 시일 내에 마이크 폼페이오 국무장관과 북한 측 고위급 당국자가 이끄는 후속 협상을 열어 미·북 정상 회담의 결과를 이행한다.

    도널드 트럼프 미국 대통령과 조선민주주의인민공화국 김정은 국무위원장은 새로운 미·북 관계 발전과 평화·번영의 증진, 한반도와 세계의 안보를 위해 협력하기로 약속했다.

    기자들의 질문에 트럼프는 다음과 같이 답했다. 협상이 진행되는 동안 한미연합훈련을 중단하겠다, 주한 미군을 철수할 수도 있다, 이런 말들로 대답했다. 그의 말에 한국 언론은 불안을 감추지 못했다. 국가의 안보가 사면초가에 이를 수 있다고 판단한 것이다. 트럼프 대통령은 한미 연합훈련에 대해 매우 도발적이라고 규정했다. 한국국민은 불안과 초조를 느꼈다. 안보불감증을 얻게 된 것이다. 미국의 방송과 언론은 트럼프가 CVID(Complete)를 언급하지 않았다고 비판했다. 여기서 말하는 CVID란 완전하고(Complete), 검증가능(Verifiable)하며, 되돌릴 수 없는(Irreversible), 핵폐기(Dismantlement)를 뜻한다.

반면 다른 언론사에선 북미 회담이 잘 되었다고 트럼프를 칭찬했다. 두 정상은 웃으며 악수를 하고 후일을 기약하며 헤어졌다. 문 대통령이 1년 동안 시행했던 정치를 보고 실망했던 국민들이었다. 하지만 이제는 평화로운 정상회담이 국민들의 불안을 잠재운 모양이었다. 국민들은 문 대통령이 평화에 기여했다며 안심하고 있었다. 시민들은 안보불안이나 경제추락 같은 괴물은 사라졌다고 믿었다. 시민들은 과거를 잊고 행동에 돌입할 것이다.

6월 13일, 대한민국의 지방 선거가 실시되었다. 더민주당은 국회보궐선거와 지방단체장들과 지방의원과 교육감을 대거 당선시켰다. 경상도는 한국당이 당선되었다. 그리하여 경상북도와 대구를 빼고 전국 지방권력을 손에 쥐게 되었다.

관료들은 한국의 남아도는 쌀과 의료품과 비료를 북한에 인도적인 차원에서 보내야 한다고 말했다. 신문과 사설은 미국과 중국이 주축이 돼서 북한에게 강력한 제재를 하고 있으며 유엔 회원국들이 동참하고 있는데 동참은 못할 망정 역주행은 하면 안 된다고 비판했다. 그러나 횃불정신으로 탄생한 문재인 정부는 두려워하지도 않고 지원하겠다고 공헌했다. 김대중 정부와 노무현 정부에서 이루지 못했던 햇볕정책을 성실히 수행하겠다며 정부 대변인이 목소리를 높였던 것이다. 시민들은 꿀 먹은 곰처럼 아무런 저항도 없었다. 일부 보수신문과 야당인 한국당도 목소리를 냈다. 그러나 그것은 공허한 메아리에 불과했다. 신문사설은 백성들조차 횃불을 두려워하고 있는 것이냐며 비판의 목소리를 냈다. 보수세력들은 태극기를 들고 광화문에서 시위했다. 신문과 언론들도 좌파에 매도됐는지 별다른 동요의 움직임이 없었다. 통일부는 한술 더 떠서 북한의 하수인이 되는 행동에 돌입했다. 수십 대의 트럭에 식량을 싣고 판문점으로 향했다. 수많은 달러가 북으로 송금되었고, 김대중과 노무현 전 대통령이 실현시키지 못한 한을 이루려고 햇볕정책을 계승했던 것이다.

새 정부는 개성공단을 10배로 확장하여 북한의 청년들에게 취업의 기회를 줄 것이라고 했다. 내친 김에 금강산 관광을 다시 열어 남한의 백성들이 금강산의 아름다운 관광할 수 있도록 할 것이라고 전했다. 누구든지 자연의 아름다움을 감상하려는 욕망을 실현시켜 주려는 정부의 배려였다고 논평했다. 남아도는 쌀을 북한의 동포들에게 보내고 비료와 의료품을 북한에 속속히 보급했다. 보급을 위해 달리는 차량들의 행렬로 인해 도로는 몸살을 앓았다. 트럼프 대통령은 북한의 핵 도발을 저지하고자 했다. 유엔과 국제사회가 손을 잡고 압력을 하고 있던 때였다. 미국 정부는 70여 년 동안 한국의 국위를 위하여 군사를 주둔시켰고 공산당의 독주를 막아주었다. 그러한 일로 인하여 미국정부는 한국의 자유민주주의를 발전시켰고, 미국은 한국의 경제개발을 위하여 과학기술

원을 지어주었다. 백성들의 삶이 보다 나아질 수 있도록 경제적으로 지원해 주었다. 그 결과 한국은 세계적인 무역대국으로 성장할수 있지 않았던가. 미국은 한국의 무역장벽을 개선하여 수출을 장려하지 않았던가. 한국의 젊은이들이 뛰어난 과학 기술력을 보유하고 있는 것을 두고 과연 우연이라고 말할 수 있겠는가? 외신은 한국을 두고 이런 말을 하며 문재인 정부가 너무 나갔다고 혹평했다. 이후에 외교적인 문제가 발생할 시 한국은 자력으로 안보를 지켜낼 수가 없을 것이라고 뉴욕타임지는 혹평했다.

그러한 비판을 들은 한국정부는 당황했다. 한국이 사드를 철수하지 않고 시일을 미루며 눈치를 보고 있다고 중국신문은 전했다. 중국은 한국의 무역을 통과시키지 않고 엄격하게 통제했다. 한국제품은 대 중국 무역적자를 계속하고 있었다. 한국의 외교는 갈팡질팡했다. 트럼프는 한국을 믿을 수가 없었다. 북한 편을 들고 중국의 손을 들어줄 수 없었다. 미국의 정치이념은 자유민주주의였다. 사람이라면 누구든지 행복을 추구하며 인간의 권리를 누릴 수 있다는 것이 미국의 생각이었다. 우방국이라며 경제적 지원은 물론 국가안보까지 군사를 주둔하여 지켜주고 있었다. 미국은 공산주의자들이 인간 파괴와 도살까지 감행하는 것을 기억하고 있었다. 인류의 가치관과 행복추구를 위하여 오늘날에도 투쟁하고 있었다. 우리는 물론 방위비를 지불했지만 자국의 청년들을 한국으로 보내서 누가 한국의 안보를 지켜주겠는가. 한국이 혼자 성장한 것이라고 믿고 있는가. 이 세상에 기적이라는 것은 없다. 국가안보를 지키려면 그만큼 백성들의 헌신적인 노력이 요구된다. 우리는 유엔의 젊은 청년들의 피와 우리국군의 피로써 국토를 지켜냈다. 우리 국군의 피만으로는 어림없는 일이다. 우리 국군은 삼팔선에서 국토를 방위하다가 북한군의 남침을 받고 수비를 했다. 그러나 열세인 국군은 낙동강까지 후퇴하였다. 유엔군이 파병하지 않았더라면 한국은 지도에서 없어졌을 것이다. 한국과 북한의 전쟁이 발생하면 중국이 우리를 위하여 군사를 파병할 것인가. 중국은 과연 어떤 나라인가? 그들은 우리 한국을 변방의 소국이라고 알고 있다. 중국은 김일성을 위해 남한을 토벌하려고 35만이라는 대군을 조선에 파병했다. 그러한 중국 천자의 힘을 믿고 있는 자들은 누구인가? 북한은 남한을 토벌하려고 지금도 미사일과 핵무기를 개발하고 있는데 한국의 정치인들은 과연 백성을 위하여 무엇을 하고 있는가. 우리는 선조시대로 후퇴하고 있다. 문재인 정부는 민간교류를 활성화하여서 대북정책을 추진했다. 민간인들이 남북교류를 하면서 북한은 쌍수를 들고 환영했다. 미국과 유엔에서 북한을 제재하고 있었다. 그 상황에서 문재인 정부가 북한에게 멍석을 깔아주었던 것이다. 문 대통령은 북한도 우리와 똑같은 민족이라고, 그들이 어려울 때에 우리가 지원해주면 북한도 군사적인 적대문제를 해제하고 우리와 같이 어깨동무하면서 정치와 경제에 공동으로 이바지할 것이라고 생각하고 지원했던 것이다. 트럼프 대통령과 김정은 국방위원장이 정상회담을 한 것도 서로 마음을 터놓고 대화를 하다보면 공통점에 이를 수 있을 것이라는 기대에서였다. 문 대통령은 그렇게 예견하고 있었다. 하지만 문 대통령의 마음을 헤아릴 수 있는 자는 아무도 없었다. 문 대통령은 답답하고 숨이 막힐 지경이었다. 만약 미군이 철수하면 그 틈을 타 북한이 바로 서울을 공격하여 함락시킬 것이라고 보수세력들은 입을 모아 말하고 있었다. 월남전과 똑같은 일이 벌어질 것이라고 그들은 믿고 있었던 것이다.

평화공존

북미 정상회담으로 인하여 북한은 핵 폐기를 시행하였다. 북한은 미국과 수교를 하고 북한의 경제는 미국의 도움으로 사회 인프라가 건설되었다. 한국은 북한과의 경제협력을 완만하게 이루었다. 한국의 기업은 북한에 공장을 세우고 그들을 취업시켰다. 북한의 경제는 하루가 다르게 변모해 갔다. 기업은 값싸고 우수한 제품을 선보임으로써 해외시장을 공략했다. 수출은 증가하고 기업은 젊은이들을 대거 채용했다. 그렇게 실업문제가 해결되었다. 북한의 정치는 사회주의를 표방하지만 경제는 자유 시장체제를 이행한다고 김정은 위원장이 말했다. 한국과 북한은 우정국 협정을 조인하였다. 이산가족이 서로 만나기를 원하면 통일부에서 여행증명서를 발부하여 북한 방문을 수락했다. 그 옛날 신라와 백제, 고구려 백성들이 서로 왕래했듯이 말이다. 머지않아 남북한 간의 여행이 가능한 날이 오도록 남북 지도자가 합의한 것이다.

　문재인 대통령은 북한과 시베리아 철도계획에 착수했다. 동해

안 속초에서 북한의 나진항까지 깔렸던 침목과 녹슨 철도를 걷어
내고, 북한의 노동력과 우리의 자본을 동원하여 동해안 철도건설
에 박차를 가했다. 나진항에서 러시아 블라디보스토크를 경유하
여 북쪽으로 갔다. 블라디보스토크 역전 도심거리는 아름다운 모
습의 건물들이 우뚝 서있다. 러시아 풍조의 붉은색과 회색의 건축
모양은 러시아 로마노프왕조의 수도 상트페테르부르크에 서있는
서양건축양식으로 되어있다. 북쪽으로 가면 하바로브스크까지 간
다. 하바로브스크에서 카림스코예 역을 지나서 울란우데 역을 지
나 이르쿠츠크 역에서 내리면 거대한 바이칼 호수가 나타난다. 시
베리아 횡단열차를 타고 여행을 가면 가도 가도 끝없는 시베리아
설원과 자작나무들이 거대하게 서있다. 나무들 사이로 허공을 가
르는 바람 소리가 들린다. 시베리아 횡단열차의 창문 밖으로는 시
베리아의 울창한 숲과 초원지대가 광활하게 펼쳐진다. 열차의 바
퀴소리와 시베리아의 바람소리가 들린다. 끝없이 광활한 대지 위
에는 한 폭의 그림 같은 설원과 자작나무들이 보인다. 자작나무숲
에서는 이름 모를 새들의 아름다운 소리가 들려온다. 손잡고 데이
트를 하는 여행객들도 보인다. 울창한 설원과 자작나무숲으로 우
리 대한민국의 시민들이 여행가는 날이 곧 다가올 것이다. 생각만
해도 가슴 떨린다. 여행객들은 자신이 시베리아 횡단 열차를 탔다
는 사실에 감탄한다. 바이칼 호수를 통과할 때는 그렇게 아름다운
호수를 본 적이 없다고 여행객들은 이구동성으로 말한다.

끝없이 펼쳐진 대자연 속에서 나약한 인간이 무슨 생각을 하는
것일까? 들려오는 바람소리에 두 귀가 멍하고 자연의 아름다움을

무엇으로 표현할 것인가 하고 인간은 고뇌할 것이다. 머리 위에선 하늘과 구름이 떠다닌다. 자연의 아름다운 정경은 말로 어떻게 표현할 수 없을 정도로 아름답다.

그해 속초에서는 나진을 경유하여 블라디보스토크 철도가 개통되었다. 문재인 대통령과 김정은 국무위원장의 성공적인 정상회담을 통해 이루어낸 결과물이었다. 부산에서 서울까지 무역의 물동량을 싣는 실크로드가 탄생한 것이다. 블라디보스토크는 모스크바를 거쳐 프랑스, 독일, 영국까지 유럽을 향해 가는 열차였다. 국내에는 보수 세력들의 시위로 하여 도로와 항만은 몸살을 앓을 지경이었다. 문 대통령은 어린아이가 아니다. 그는 한국을 세계 제일국가로 만들 것이다. 시민들은 그렇게 이해하고 있었다. 그는 사회주의를 표방하며 공산주의도 자본국가 못지않게 잘 운영하고자 했다. 평등하게 잘 살기를 희망하고 있는 것이다. 사회주의 국가는 자유와 평등을 중요시했다. 국가의 정책은 계약의 자유와 개인의 자율적인 활동에 상당한 제약을 한다. 하지만 개인의 힘으로는 한계가 있기에 국가는 적극적인 자유와 평등을 실현할 수 있도록 생활환경을 지원해 줄 수 있다고 했다. 산업사회가 발전하면서 유산계급과 무산계급의 충돌은 불가피했다. 인간사회에서 자본은 개인과 사회를 위한 행복의 도구가 되어야 한다. 자본의 집중으로 빈부격차가 심화되어 결국은 사회적 갈등으로 이어진다. 사회적 갈등을 해결하기 위하여 국가는 이러한 모순을 적극적으로 해결하려고 했다. 이러한 국가의 정당성은 사회경제에 대하여 사유 재산을 보장하고, 시장경제 원리에 의하여 사회정의를 실현시킬 범위를 한정하게 할 것이었다. 국가의 헌법 안에서 새로운 질서를 형성하기 위해서는 국가가 정책을 개발하고, 개인의 생활영역에 적극 개입해야 한다. 선심성 있는 복지는 개인에게 골고루 투입해야만 했다. 그것이 그의 정치 철학으로 드러난 것이다. 문재인 대통령의 결심은 국민의 의식에 메아리치고 있었다. 나는 미현과 그해에 결혼하여 신혼여행지를 러시아 바이칼 호수로 택했다. 인간의 의지로써 과연 어디까지가 한계인지 궁금했기 때문이다. 인간은 과연 무엇을 위해 태어났던가! 하고 철학자들은 의문을 던진다. 인간은 소설같이 발자취를 남기며 살아간다. 인간은 무대에서 과연 연기를 잘할 것인가. 노력하는 자만이 귀한 열매를 얻을 것이다.

새벽 6시경 미현이와 출발했다. 부산역에는 동해행 열차를 타려는 인파로 부산스러웠다. 개찰을 하고 우리는 열차에 몸을 실었다. 기적소리를 울리며 열차는 천천히 움직이고 있었다. 객석에는 빈자리가 절반을 차지했다. 미현이는 창가 쪽에 앉고, 나는 복도 쪽에 앉았다. 차장이 바쁘게 지나갔다. 열차의 경유지는 동래와 울산, 포항, 강릉과 속초, 원산과 나진이었다. 나진에서 블라디보스토크까지 이동 후, 한 20분 쉬었다가 다시 하바로브스크에서 카림스코예를 지나 울란우데를 지나 루크츠크에서 하차해야만 했다. 나는 지도를 펼쳐놓고 손가락으로 짚어가며 미현이에게 설명했다.

"오빠! 우리가 처음 여행하는데, 그 먼 길을 찾아갈 수가 있을까?"

"물론이지. 여기에 있는 손님들 중에도 바이칼 호수에 갈 사람이 있을지도 몰라."

"지금은 봄인데, 거기는 엄청 추울 것 같아."

"그래서 겨울 점퍼를 준비했어."

"며칠 만에 도착할지 알 수 있을까?"

미현은 까만 눈동자를 굴리며 말했다.

"삼사 일이면 도착할 거야."

"뭐 그렇게 오래 걸린다는 거야."

"그래서 책 가지고 왔지. 심심하면 독서하면서 가면 돼. 졸리면 잠시 자는 것도 괜찮아."

나의 대답을 듣고 미현이가 심드렁해 하는 것 같다.

열차는 속도를 내면서 해운대로 들어가고 있었다. 나훈아의 곡 '해변의 여인' 노래가 파도 소리와 함께 들려왔다. 노래는 청년들의 마음을 뒤흔들고 해변으로 달려가고 있었다. 부산의 랜드마크라고 불리는 엘시드가 춤을 추는 것 같았다.

'물 위에 떠 있는 해변의 종이배. 말없이 바라보는 해변의 여인아. 바람에 휘날리는 머리카락 사이로 황혼빛에 물든 여인의 눈동자.'

나훈아는 호소력 깊은 목소리로 많은 인기를 누렸다. 어느 누구도 그의 목소리를 흉내 낼 수는 없었다. 그의 콧소리와 결합된 목소리는 듣는 이의 감정을 흔들어 놓았다. 여인들이 그의 노래를 사랑하는 이유는 그의 목소리가 짙은 호소력을 가졌기 때문이다.

지금도 여름이면 그의 노래가 귓전에 맴돈다. 그만큼 생명력이 질긴 노래였다. 그의 콘서트홀에는 수많은 여인들이 찾아온다. 값비싼 티켓을 구입하여 그의 노래를 듣고 함께 열창한다. 나훈아에게 사랑한다는 말을 외치며 그들은 정신없이 열광한다. 해변의 노래를 듣다가 문득 창 밖 너머로 고개를 돌리니 광안대교가 하늘과 바다 사이에 붕 떠있는 것이 보였다. 그 모습을 보고 있자니 마치 은하철도를 타고 먼 세계에 온 것만 같았다. 시퍼런 물결이 해운대를 핥으며 바위를 향하여 몸을 던졌다. 포말이 일었다. 수많은 은구슬이 물결 속으로 사라졌다. 해운대는 정말 아름다운 천혜의 관광지다. 연인들의 천국이며 여행객들의 장소이다. 그들의 모습이 해운대를 더욱 아름답게 만들어 주었다. 남자들은 반바지 차림에 신발 끄는 소리를 내고, 비키니를 입은 여인은 인어 같은 자태로 애인의 손을 잡아 끈다. 아름다운 모습이었다.

열차는 울산을 향해 전진하고 있었다. 산은 온통 안개로 덮여있었다. 산 주위에는 고사된 소나무가 듬성듬성 보였다. 오른쪽에는 동해가 끝도 없이 펼쳐져 있었다. 시퍼런 물결이 꿈틀대면서 움직이고 태양은 작열하고 있었다. 태양의 열기가 물 속으로 빨려들 것만 같았다.

물결은 반짝이고 하늘은 높고 시원해 보였다. 덜커덕거리면서 열차는 빠르게 지나갔다. 땅콩과 과자를 실은 판매원이 좌석 사이로 지나갔다. 가만히 앉아 있자니 좀이 쑤셔 견딜 수가 없었다. 나는 자리에서 일어나 객실의 입구를 향해 다가갔다. 청년 두어 명이 담배를 피면서 코로 연기를 내뿜고 있었다. 공기를 가르며 니

코틴이 폐부를 적시고 있었다. 상쾌한 바람이 기관지를 타고 들어갔다. 니코틴이 사라지고 뇌세포가 바쁘게 회전했다. 아… 이렇게 지겨운데 그 먼 시간을 어떻게 견뎌야 할까. 문득 아득하게 느껴졌다. 나진까지 가려면 20시간이나 걸릴 것이었다. 미현이가 과연 견딜 수 있을지 두려웠다. 비행기를 탄다면 4시간이면 바이칼 호수에 도착할 텐데, 참 아쉬웠다. 동해안은 산과 절벽과 바다만이 존재했다. 동쪽에 펼쳐지는 바다는 인간에게 낭만과 자연의 아름다움을 선사했다. 영일만에 들어섰다. 낭만의 가수 최백호의 영일만 노래가 선율을 타고 귀에 들려오는 것 같았다.

'젊은 날 뛰는 가슴 안고 수평선까지 달려 나가는 돛을 높이 올리자. 거친 바다를 달려라 영일만 친구야 영어어엉…일만 친구여….'

그 허스키한 목소리가 내 목에 근질거리는 건 왜일까. 그는 독특한 자신만의 창법으로 많은 이들에게 사랑을 받아왔다. 이제는 그이도 칠순을 보는 노인으로 변모했다. 아아, 어느새 칠십이라니…. 이삼십 대에는 얼굴이 팽팽했고 패기가 있어보였다. 세월이 흘러 이제는 주름진 얼굴이었다. 그러나 그의 허스키한 목소리만은 변하지 않았다. 여전히 매력적인 목소리는 듣는 이들로 하여금 낭만을 안겨주었다.

저 멀리에서 포항이 보였다. 저 멀리 거북이처럼 엎드려있는 제철소가 보였다. 제철소의 높은 굴뚝에서 시커먼 연기가 흘러나오고 있었다. 1973년, 포항제철소는 우리나라 영일만에서 쇳물을 만들어 토해내고 지금은 세계의 철강회사들과 어깨를 나란히 하는 포항철강으로 성장하였다. 포항이 있기에 가능한 일이었다. 포항이 있기에 한국은 공업국가로 발전할 수 있었다. 쇳물이 대한민국의 지도를 바꿔놓은 것이다. 선진국의 상징인 자동차가 우리나라 방방곡곡을 뒤흔들고 세계 각국으로 불티나게 팔려나갔다.

좌편에는 높은 계곡과 산이 우뚝 서있고 우편에는 끝없이 푸른 물결이 넘실대고 있었다. 시원한 바람이 인간의 괴로운 마음을 달래주고 있었다. 사람의 마음엔 언제나 근심 걱정이 많다. 이러한 괴로운 마음을 달래줄 수 있는 존재가 바로 자연이다. 바다를 바라보면 그동안 잊고 살던 마음의 소리를 들을 수 있다.

산림과 시퍼런 물결만이 인간의 마음과 공존하면서 스트레스는 멀리 사라진다. 고통과 슬픔이 곧 인생의 한 부분이라고 생각하면 마음이 편해진다. 그렇게 생각하면 새로운 각오를 다질 수 있다. 산과 바다는 인간에게 휴식과 낭만을 선사한다. 아름다운 인간의 여정을 수놓을 수 있도록 이끌어주는 것이 바로 자연이다. 그것은 우리에게 꿈과 희망을 준다. 이런 생각을 하는 사이 어느새 강릉에 도착해 있었다.

강릉의 경포대 해수욕장은 세계적 명소로 유명하다. 선남선녀들이 모여드는 곳이다. 아름다움을 감상하고 인간이 욕망을 끝없이 표현할 수 있는 곳. 그곳이 바로 강릉 경포대 해수욕장이다. 여름이면 태양은 작열하고 해변에는 젊은 청춘들이 물결을 튀기며 재미있는 인간의 무대를 만들어준다. 무한하게 펼쳐지는 푸른 바다와 백사장은 인간의 마음과 정신을 훔쳐 간다. 바다 근처에 소나무가 줄지어 서있는 모습은 아름다움의 극치를 더해준다. 소나무 아래에서 휴식을 취하고 있는 사람들은 가족단위, 혹은 친구들과 같이 온 관광객들로 초만원을 이루고 있다. 강릉을 대표할 만한 노래가 없는 것이 아쉬울 뿐이다. 열차에서 몇몇 사람이 내리고 수십 명의 사람들이 탑승했다. 나의 옆쪽에도 다른 사람이 자리를 잡았다. 미현이는 물결치는 광경을 보고 있었다. 미현이는 잠시 여행객들을 쳐다보다 말고 한 사람을 응시하며 말했다.

"어머… 쟤 수영이 아니야?"

그러더니 '수영아, 수영아'하고 목소리를 높였다. 아는 사람이냐고 묻자 미현이는 서울에서 고등학교와 대학을 같이 다녔다는 친구라고 했다. 미현이가 가리킨 그녀는 긴 머리를 하고, 얼굴이 갸름했다. 눈도 큰 아름다운 여인이었다. 전형적인 한국인의 여인상이었다. 청바지에다가 노란색 봄 남방을 걸치고 있다. 붉은 재킷을 입었고, 나이키 운동화를 신고 있었다. 두 칸 앞쪽에서 백을 올리는 여인이 고개를 돌렸다. 그녀는 미현이를 보자 화들짝 놀라면서 말했다.

"너 미현이지?"

그러고는 미현이에게 다가왔다. 그녀들은 손을 맞잡고 웃음을 터트렸다. 나는 자리를 양보하기로 하고 자리에서 일어났다.

"오빠! 내 친구, 수영이야. 인사해…."

미현이가 내 손을 잡고 웃으며 말했다.

"안녕하세요. 저 미현이 친구예요. 미현이 본 지도 수년이 흘렀어요."

그녀는 꾀꼬리 같은 음성으로 내게 인사했다.

"예, 반갑습니다. 저는 미현이 신랑 신태수라고 합니다."

나는 이렇게 답했다. 그녀는 나를 빤히 쳐다보다가 문득 저만치 떨어져 있는 한 남자를 향해 손짓했다.

"여보! 이리 한번 와봐."

그녀는 신랑을 부르면서 미현이와 나를 소개했다. 남자는 얼굴이 희고 눈썹이 짙었다. 호리호리한 체구에 청바지와 청색재킷을 입고 있었다. 신발은 그녀와 커플 운동화였다. 한마디로 빼어난 미남이었다. 이름은 양제수라고 했다. 우리는 자연스럽게 인사를 하며 악수를 나누었다. 나는 운동으로 단련된 투박한 손이었다. 그에 반해 양제수는 손이 부드럽고 귀족 같은 얼굴을 하고 있었다. 우리는 앞좌석에 있는 노인들과 자리를 바꾸어 마주 본 채 앉았다. 강릉을 뒤로하고 열차는 선로 위를 힘차게 달렸다.

양제수는 서울 태생이라고 했다. 그의 조부는 개성에서 1948년도에 아들을 낳고 공산당의 학정에 견디지 못하여 남한으로 내려 왔다고 했다. 그의 부모와 할아버지는 개성에서 부농이었고, 지주였다. 할아버지는 아들을 서울로 보내서 공부를 시키고 있었다. 해방이 된 후에 김일성은 스탈린의 지시로 치스차코프 소련군 사령관과 같이 그해에 북한으로 내려왔다. 일본군은 전쟁에서 패배하고 그들은 무장해제되어 일본으로 귀국했다. 일본군이 만주에서 퇴각할 때 소련군은 30만 명의 대군으로 조선반도를 점령하려고 했다. 소련군은 총 한 번 쏘지 않고 서울까지 점령하려고 했다. 미군이 38도 선까지는 내려오지 말라고 통보했다. 그래서 38선이 만들어졌다. 미군이 아니었으면 한반도는 적화될 뻔했다. 스탈린은 한반도와 아시아 전역을 공산화하려고 했던 것이다. 소련은 1948년도에 북한 공산주의를 건국하고 김일성을 수반으로 앉혔다. 개성의 인민위원장은 할아버지에게 '당신은 인민들을 착취하고 돈을 갈취해서 부자가 되었소. 이제 사회주의를 위해서 돈을 내야만 한다'고 협박했다. 할아버지는 울며 겨자 먹기로 재산의 절반을 주었다. 이후에도 여러 차례 재산을 요구했다. 돈을 주지 않으면 인민재판으로 죽음을 당해야 할 처지가 되었다. 저녁마다 인민재판으로 무수한 양민들이 죽어나갔다. 공산군의 포악한 살인행위는 매일같이 계속되었다. 조부는 살기 위해서 깜깜한 밤에 가족들을 데리고 남한으로 내려와야만 했다. 한국전쟁이 발발하기 전에는 누구나 쉽게 38선을 넘어올 수가 있었다. 인민군에게는 서울에 있는 친척 집에 간다는 말로 둘러댔다. 그렇게 둘러대면 무사통과할 수 있었다. 한국전쟁으로 수많은 사람들이 죽고 이산가족으로 헤어져 지금도 생사를 알 수가 없었다. 한국전쟁이 끝날 당시에 어른들은 북괴군에게 부역을 했다고 하여 경찰들이 그들을 모두 다 사살했다. 그래서 살아남은 아이들은 돌아오지 않는 아버지와 엄마를 그리워하며 이런 노래를 불렀다.

귀뚤 귀뚤 귀뚜라미 달밤에 울고
기러 기러 기러기가 날아갑니다.
가도 가도 끝이 없는 넓은 하늘에

엄마 엄마 부르며 날아갑니다.

살아남은 엄마와 아이들은 노래로써 슬픔과 고통을 극복했다.
엄마는 아이들의 포근한 언덕과도 같았다. 아이들은 그렇게 고통
과 슬픔을 견디며 성장했다. 70년대에 아이들은 이미 국가산업의
역군으로 성장해 있었다. 할아버지는 돌아가시고 아버지는 성장
해서 서울에서 옷을 만들어 거부가 되었다. 양제수는 대학교를 졸
업하고 지금은 공무원으로 일한다고 했다. 그는 이 주일 휴가를
얻어서 시베리아 횡단 열차를 타고 바이칼호수로 관광하러 간다
고 했다. 그러한 일련의 이야기를 듣고 미현이와 나는 감격한 나
머지 소리를 지를 뻔했다.

양제수와 수영이는 미현과 나의 인연이 어떻게 맺어진 것인지
물었다. 미현이는 우리가 결혼하기까지의 과정을 마치 한 편의 드
라마처럼 이야기했다.

"애! 수영아, 우리도 2주일 코스로 해서 바이칼호수 관광가는
거야. 태고의 아름다운 바이칼호수는 잊지 못한다고 여행객들이
말하는 걸 들었어."

미현이와 수영이가 신이 나서 재잘대는 동안 상인이 물건이 담
긴 끌차를 끌고 지나갔다. 나는 상인을 불러 세운 후 땅콩과 맥주
네 개를 집어 들었다. 그들은 맥주를 들이켰다.

"잘 됐다. 이제 우리와 같이 가자."

수영이가 땅콩을 집어 들며 말했다.

"애! 미현아, 너는 언제 부산으로 내려간 거야? 부모님은 건강

하시고?"

수영이가 그간의 근황을 물어왔다.

"그럼, 우리 부모님은 지금 서울에 계셔. 그리고 나는 태수오빠와 결혼하여 남해에 계신 시부모님에게 인사하고 부산에서 열차를 타고 출발했어."

"남편은 무엇을 하는 분이야?"

"독일에서 대학을 졸업했는데, 직업은 약사야. 부모님도 독일에서 사시다가 나이가 들어서 고향으로 내려가신 거지. 참 너희 엄마와 아빠도 잘 계셔?"

"물론이지! 너는 매우 행복해 보이는구나. 나는 우리 부모님은 회사에서 정년퇴직 하시고 지금은 국민연금으로 생활하고 있어."

수영이는 수심 가득한 얼굴로 말했다. 미현이는 친구의 얼굴에서 수심을 보고 마음속으로 걱정이 되었다. 대학을 다닐 때에도 아르바이트로 눈코 뜰 새 없이 바쁘던 친구였다. 그런 친구가 이제는 좋은 신랑을 만나 행복해지기를 마음속으로 빌었다.

"수영아, 아이들은 몇이나 두었어?"

미현이가 물었다. 그 말을 들은 수영이는 침울한 표정으로 변했다. 그녀는 수영이의 얼굴에 나타나는 수심을 읽었다. 괜히 물었나 하는 후회가 들었다. 하지만 한번 뱉은 말은 주워 담을 수 없었다. 인간은 삶의 왜 이다지도 괴롭단 말인가. 그것은 인간의 숙명인가. 하지만 그 괴로움 역시 인생이 지나가는 과정에 불과하다는 생각이 들었다. 인간은 나그네와도 같다. 저마다 다른 삶을 살아가는 법이다. 이런 인생도 있고, 저런 인생도 있다. 하여튼 인간으로의 삶은 곧 고통과 슬픔을 마주해야 함을 의미했다. 그래도 인생은 아름답다고 하지 않았던가. 인생에도 양면성이 있기 마련이다. 수영이가 문득 고개를 들어 말문을 열었다.

"미현아, 너는 부자 아빠를 두어서 학교 다닐 때에도 행복했지. 지금도 네 남편은 전도유망한 직업을 가진 사람이라고 믿고 싶어, 얘."

"수영아, 우리 아버지도 공무원을 하다가 월급이 적다고 하여 직장을 그만두고 나와서 장사를 했단다. 경험 없이 시작한 장사는 쫄딱 망하고 아버지는 가출하여 집에 오지 않으셨지. 엄마는 입에 풀칠이라도 하려고 우유장사를 시작했단다. 그때가 내가 초등학교에 입학할 때였지. 집도 없고 지하 단칸방에서 우리 삼 남매는 고생을 하면서 아버지를 기다렸으나 소식이 없었지. 그때 아버지 친구에게 들었어. 부산국제시장 옷 만드는 공장에서 노동일을 한다는 소식을 들었던 거야. 아버지를 만나러 부산으로 갔단다. 3년 만에 아버지를 만났는데 글쎄 얼굴은 못 먹어서 해골 같고, 바람에 날려갈 정도로 비참한 모습이었어. 아버지는 옷 만드는 재단기술을 배워서 서울 청계천에서 옷을 만들어 팔고 있었지. 입에 풀칠이라도 했어. 세월이 갈수록 기술이 발전하고 옷도 잘 만든다는 소문이 들어와 돈을 벌게 되었지. 회사를 세운다고 은행에서 빚을 들여서 공장을 세웠지만 모든 것이 결국 은행 돈이란다. 한마디로 빚 좋은 개살구가 된 거지. 수영아, 공무원도 훌륭한 직업이야. 60세까지 신변이 보장돼 있고, 네 남편은 고급공무원이잖아. 그것은 차관까지 올라갈 수 있는 계단이 있잖아. 나는 그런 계단이 없어. 그리고 연금도 없단다. 얘! 너무 걱정하지 말고 항상 기쁘게 살아야 해. 그러면 우리의 꿈과 미래는 밝게 다가오는 거야. 인생은 아름다운 거야!"

"그럴까! 미현아! 인생이 아름답다고…. 나는 학교 다닐 때에 학비를 번다고 눈코 뜰 새 없이 고생을 했어. 너도 그러한 고생을 했구나. 우리 인생에 내 팔자라는 것이 있을까? 나는 그게 제일 궁금해. 우리 아빠는 정말 열심히 일하셨지. 그러나 얻는 것은 쥐꼬리에 불과했어. 우리 엄마는 우리 남매 키운다고 옷도 안 사 입고 허리띠 졸라매도 집 한 칸 구하기가 정말 힘이 들었잖아. 고등학교 때, 너 우리 집에 왔잖아. 기억나?"

수영이가 과거를 회상하며 말했다.

"그럼, 기억나지. 인생에 팔자는 없다고 나는 믿어."

미현이가 그녀의 눈을 보며 말했다.

"그런데 우리 아빠는 내 팔자가 이것뿐이란다. 아빠가 어느 날은 소주를 마시며 팔자타령을 하시는 거야. 눈물을 흘리면서 말이야."

"수영아! 우리 이제는 그런 고생스런 팔자타령은 고만하자. 우리에게는 꿈과 미래가 다가오고 있단다. 남과 북이 손을 잡고 경제를 발전시키고 있잖아…. 판문점을 넘어 개성공단으로 향하는 차량 행렬을 보면서 너도 느꼈잖아."

열차는 기적소리를 토해내며 달리고 있었다. 달리고 또 달렸다. 열차는 국경을 넘어 어느덧 북한 땅으로 들어섰다. 눈앞에 보이는 산야는 민둥산이었고 농가는 50년대에 지어진 주택이었다. 태백 산맥 줄기에서 이렇게 벌거숭이 산을 만나본다는 건 있을 수 없는 일이었다. 온통 삼림으로 들어차야 홍수와 같은 자연재해에도 굳건하게 버틸 수 있지 않은가. 바로 그런 곳이 사람의 터전이 되어야 할 텐데, 이런 민둥산에서 대체 어떻게들 먹고산단 말인가. 안타까울 노릇이었다. 북한 주민들이 왜 그렇게 고달픈 모습이었는지, 그제야 이해할 수 있었다. 해방이 되고 남한주민들은 먹고살기 위해 무슨 일이든지 해야만 했다. 산이란 산은 모두 폐허가 되었다. 주민들은 산으로 들어가 나무를 채취했다. 톱으로 나무를 잘라 시장에 내다 팔아야 했던 그 어려운 시절이 떠올랐다. 정부는 나무심기를 해마다 번복했다. 주민들은 그걸 취해서 연료로 사용해야만 했다. 해마다 홍수와 토사가 발생해서 주민들은 큰 피해를 입어야만 했다. 정부와 관리들은 나무 심기만이 홍수와 재해를 막아준다는 사실을 홍보했다. 나무는 무럭무럭 자랐다. 지금은 나무가 전국을 뒤덮었고 각종 짐승과 산새들이 즐거이 살고 있었다. 북한은 나무심기에 돌입했다. 북한도 삼림으로 뒤덮여지는 날이 오면 주민들도 생활고에서 탈출할 수 있을 것이다.

원산에서 열차는 30분 이상 지연되었다. 아무래도 지루했다. 지루함을 견디지 못하고 객차에서 잠시 내렸다. 북한 공안들이 호루라기를 불며 주민들을 통제하는 것이 보였다. 남루한 옷차림의 주민들은 한눈에 봐도 북한주민이었다. 공안은 그들의 행색과 행동을 관찰하고 탈북민인지 아닌지 판단했다. 탈북민이라고 판단되는 순간 가차 없이 연행길에 올라야만 했다. 예정대로 열차는 소리를 토하면서 힘차게 페달을 밟았다. 나는 양제수를 데리고 객실에 있는 식당으로 향했다. 식당에는 이미 많은 사람들이 음식을 먹으며 맥주를 들이켜고 있었다. 자연의 아름다움을 감상하는 자들도 있었고 커피를 홀짝거리는 사람들도 있었다. 우리는 500cc 맥주를 주문한 후 자리를 잡았다. 맥주는 흰 거품이 흐를 정도로 넘쳤다. 나는 흐르는 게 아까워 입에 대고 홀짝거렸다. 조선의 산하는 정말 아름답고 한 폭의 그림과 같았다. 이렇게 아름다운 강산을 시를 통해 찬미하는 사람도 있었다. 화가들은 조국산하를 그림으로 남겨서 그 아름다움을 후세에 전하기도 했다. 나진으로 향해 달리는 열차는 힘차게 박차를 가하고 있었다. 북으로 올라갈수록 추위가 기승을 부리고 있었다. 춘분을 지난 지 어느덧 일 주가 넘어 있었다. 들과 바다에는 따뜻한 햇볕 아래 인부들이 일하는 모습이 보였다. 들에는 주택들이 밀집해 있었다.

열차는 기적소리를 토해내며 바다를 보며 나진으로 향하고 있었다. 멀리서 고기잡이 배들이 듬성듬성 보였다. 관광객들은 등받이에 머리를 맞대고 잠을 청하고 있었다. 상대방의 어깨에 기대어 잠을 자는 이들도 보였다. 창밖 너머로 따스한 햇볕이 들어오고 있었다. 열차는 아는지 모르는지 덜커덕거리며 기운차게 경사로를 올라가고 있었다. 한쪽에서는 여행객들이 술잔을 주거니 받거니 하며 대화를 나누고 있었다.

"양제수 씨, 이번 여행은 정말 꿈 같은 여행이 될 것 같아요."
내가 그에게 말하자 그는 미소를 지으며 입을 열었다.

"물론이지요. 이번 여행은 우리들의 일생에 한 번 있을까 말까
한 중대한 여행이 되겠지요. 내 아내와 미현 씨는 서로 둘도 없는
친구이기에 더욱 그렇게 될 것 같아요."

양제수는 맥주를 마시며 말했다.

"북한도 정말 많이 변한 것 같아요. 몇 년 전에 한번 평양을 방
문한 적이 있었는데 지금은 도로가 잘 정비되어 있고 고속도로가
뻥 잘 뚫린 것 같아요. 시간이 나면 자가용으로 평양을 가볼까 하
고 생각해요."

내가 이렇게 말했다.

"평양을 다녀오셨다고요. 남북 회담 전인가요."

그가 이렇게 말했다. 나는 김정은과 베를린에서 같이 동문수학
했다고 말하려다가 그만두었다. 그 말을 하면 괜히 사상문제로 비
화될 것 같은 두려움이 있었기 때문이다. 나는 애써 말을 돌렸다.

"예, 그렇지요."

"그러면 그때 여행을 했습니까?"

그는 진지하게 물었다.

"나는 독일에서 공부할 때 외국인 여러 명과 중국을 경유해서
평양에 갔어요."

"그렇군요. 그러면 바이칼 호수를 구경하고 내려오는 길에 평양
을 여행하면 어떨까요."

그는 평양에 가기를 원하는 것 같았다.

"그거 좋지요. 그러면 그렇게 하도록 계획을 세웁시다."

이렇게 해서 우리들은 평양을 가기로 했다. 여자들은 어떻게 생

각할지 모르지만 반대하지는 않을 것 같았다. 우리는 맥주를 다마시고 자리로 돌아왔다. 객석에는 이미 여러 명의 사람들이 잠에 취해 곯아떨어져 있었다. 미현이는 벌써 잠이 들었고 수영이도 잠에 곯아떨어졌다. 열차는 20시간 이상을 달렸다. 잠에서 깨어난 수영이가 미현이도 깨웠다. 두 사람은 배가 고픈지 음식을 먹기 시작했다. 나는 양 씨와 나란히 앉아 지나간 얘기를 주고받았다. 때때로 바닷가를 응시하기도 했다.

"오빠, 배고프지 않아요? 식사 좀 하세요."

그녀가 말했다. 우리는 맥주를 마셔서 그런지 밥 생각이 별로 나지 않았다. 술이 위장을 마비시켜서 그런 모양이었다. 나진을 경유한 열차는 밤새도록 달리고 달렸다. 험준한 산악과 냇가를 지나쳤다. 열차는 쉬지 않고 달렸다. 철로 위를 달리는 열차 바퀴 소리만이 들려올 뿐이었다. 달그락 달그락 쇳소리는 자장가같이 들려왔다. 그 소리에 머리가 어지러울 지경이었다. 시간이 흘러 어느새 밤이 찾아왔다. 어두운 세계엔 무엇이 있을지 궁금했다. 어두운 사후 세계는 과연 있을까? 하지만 사후세계를 다녀온 자가 없으니 알 수 없는 노릇이다.

몇 년 전, 친구가 입원한 병원에 간 적 있다. 그는 이 주 동안 혼수상태에서 있다가 깨어난 몸이었다. 그의 부모는 외아들이 죽을 것이라고 오열하며 난리가 났었다. 친구가 입원하게 된 경위는 이러했다. 밤길에 오토바이를 몰고 가다가 그만 차에 부딪쳐 10m까지 끌려가다가 멈추었던 것이다. 친구는 몇 달 동안 치료받고 퇴원했다.

"야! 너 2주 동안 꿈 속 어디서 무엇을 하고 있었나? 말해보라. 극락세계에서 희희낙락하면서 있었나? 아니면 지옥에 갔었나? 천국에서 예수와 베드로와 있더냐?"

하고 내가 물었다. 그러자 그는 멍한 상태에서 고개를 외로 꼬더니 고개를 들고 나를 응시했다.

"야! 태수야! 사후 세계는 어둡고 아무것도 보이지 않더라. 그저 캄캄했고 천국도 극락도 보이지 않고 나를 인도하는 도사도 보이지 않았다. 어둠 그 자체이자 나라는 존재도 없었다."

그는 그렇게 말했다. 한마디로 말해서 인간의 의식 자체가 소멸된 것이 바로 죽음이었다. 찬란했던 육체는 죽음을 맞이하면 사람의 사상과 의식과 함께 소멸되고 마는 존재인 것이다. 그렇게 허무한 것이 삶이었다.

열차는 국경을 벗어나서 러시아 국경으로 들어서고 있었다. 동해에서 희뿌연 새벽을 지나고 시뻘건 태양이 고개를 들이미는 순간이었다. 열차는 블라디보스토크에 도착했다.

"여기는 블라디보스토크입니다. 내리실 때에 잃어버리신 물건은 없는지 살피시고 하차하십시오. 여기는 블라디보스토크입니다."

여자 아나운서가 러시아 말과 영어를 귀엽게 토해냈다.

"이보세요! 아가씨들! 여기는 러시아입니다. 빨리 일어나서 태양을 보세요."

내가 말했다. 두 여인은 눈을 비비며 두리번거렸다. 양제수와 나는 두 연인을 데리고 러시아 땅을 밟았다. 서늘한 공기가 폐부를 찔렀다. 한국의 공기나 북한의 공기나 러시아 공기나 그게 그거였다. 별로 다를 게 없었다. 러시아 공기가 더욱 차갑긴 했다. 러시아 공기는 나를 추위의 극한으로 내모는 것만 같았다. 바람이 세차게 불어오고 있었다. 러시아인들은 털옷을 입고 짐을 내리고 있었다. 그들의 체격은 거인처럼 크고 장승 같았다. 달리 표현할 길이 없었다.

"여기가 러시아야! 건물만 중세기 왕정 건물 같잖아! 그리고 여기 남자들은 짐승같이 키가 크고 우람해…. 그리고 산천은 똑같아."

여인들이 말했다. 하차하는 사람들은 별로 없었고 승차하는 사람이 많아 보였다. 블라디보스토크에서 20분 정차하고 난 뒤에 열차는 기적소리를 토해내며 움직이고 있었다. 보스토크에서 하얼빈으로 가는 열차가 있었다. 그것은 만주횡단철도였다. 선양, 장춘, 하얼빈은 우리 선조들이 독립운동을 하는 근거지였다. 우리의 조상들이 일본의 압제를 피하여 독립하겠다고 탈출한 지역이 바로 그곳이었다. 그들은 목숨을 담보로 독립에 이바지하면서 피와 뼈를 그곳에 헌납했다. 안중근 선생이 이토 히로부미를 사살한 곳이 바로 하얼빈이다. 선생의 숨과 호흡이 나의 마음을 뒤흔들고 있었다. 눈물과 콧물이 흐르며 격한 감정이 소용돌이쳤다. 나는 자리에서 일어나 흔들거리는 열차 손잡이를 잡고 비틀거리며 뒷문으로 가서 오열했다. 호흡이 가빠지며 숨이 헐떡이기 시작했다.

"아—아— 고귀한 대한의 영웅들이여! 당신들의 피와 뼈는 고국의 산천을 피로 물들였소. 나는 당신의 애국을 치하하고 당신들의 영전에 삼가 조문을 표하나이다. 지하에서 편히 쉬소서! 대한의 영웅이여!"

그는 그렇게 말하며 서쪽으로 두 번 절을 했다. 열차가 흔들리는 바람에 넘어질 뻔했으나 무사히 조문을 마쳤다.

열차는 하바로브스크를 향해 전속력으로 달렸다. 엄청난 속력으로 달렸다. 하바로브스크로 가는 길은 풀 한 포기조차 찾을 수 없을 정도로 광활한 황무지였다. 물기조차 없었다. 북풍이 몰아치면서 눈발이 흩날리고 있었다. 메마른 들과 땅은 쓸모없이 뒤틀렸다. 풀 한 포기조차 없는 저주받은 동토의 땅 시베리아…. 듬성듬성 보이는 갈대만이 흔들리고 있었다. 가도 가도 끝없이 넓은 동토의 땅에는 기러기만이 끼룩댔다. 어느덧 해가 지고 석양이 내려 앉기 시작했다. 태양이 검붉은 빛을 토해내며 온 천하를 물들이고 있었다. 노을은 아름다웠다. 밤이면 객차 내부는 조용했다. 그저 누군가의 코 고는 소리만이 어둠을 타고 흘러들었을 뿐이다. 칠흑같이 어두운 시베리아의 밤은 고독 그 자체였다. 인간이 가면 뒤에 있는 세계인 듯했다. 바람과 추위와 달빛만이 존재하는 광란의 세계는 무지의 세계였다. 달과 별 그리고 세차게 불어오는 시베리아의 추위가 매서웠다. 객실에선 종종 담배냄새가 흘러들었다. 담배냄새는 후각을 자극하고 폐부 깊숙이 침입했다. 쿨럭쿨럭하는 소리가 적막을 타고 왔다.

"누가 담배 피우는 거야! 냄새나 죽겠네! 나가서 피우지 못해!"

고함 소리가 종종 들려왔다. 하바로브스크를 향하는 열차는 카림스코예를 경유하였다. 몽골 위에 있는 울란우데를 통과하여 바이칼이 있는 이르쿠츠크 시로 향하여 달렸다. 달리다가 문득 창밖 너머로 숲이 보였다. 장대같이 키가 큰 숲이었다. 자작나무라고 했는데 그 나무는 황토 같은 오지에서나 있을 법 했다. 태고의 모습이 자연 그대로 변함없었다. 인간들의 사랑과 신비함을 더해주고 있다. 바이칼 호수는 시베리아의 깊고 깊은 오지에 자리해 있다. 그곳은 성스러운 바다 또는 시베리아의 진주라고도 불린다. 시베리아의 대평원을 지나가는 길은 숭고한 인간의 정신이 깃든 순례자의 길이다. 가도 가도 끝이 없는 대평원에는 오아시스와 같은 자작나무가 자라고 있다. 순례자의 길은 자연과 하나가 되는 길이었다. 수십 시간이 경과했을 것이다. 멀리서 보이는 호수 같은 강이 보였다. 우리들은 탄성을 지르며 창문 너머로 잔잔한 호수를 바라보았다. 우리의 목적지가 바로 저 호수였다. 호수를 보자 돌연 불굴의 힘이 솟구치기 시작했다. 이르쿠츠크 역의 건물은 러시아 건축물인데 멋있고 아름다웠다. 이르쿠츠크 역에서 우리는 하차했다. 시베리아 바람이 옷깃 속을 파고들었다. 바람이 불고 날씨는 추웠다. 여행객들은 추위에 몸서리치면서도 바이칼호수에 가고자 하는 의지만큼은 꺾이지 않은 것 같았다.

우리 일행은 식사를 하러 식당으로 들어갔다. 난로 위에서 주전자가 증기를 토해내고 있었다. 따뜻한 차 한 잔을 마시며 우리들은 빵과 햄 그리고 치즈를 먹었다. 홀에는 사람들이 들어차 있었다. 그들은 대화를 나누며 따뜻한 음식을 먹고 있었다. 다 먹고 난 후에 그들은 버스를 타고 떠났다. 우리들도 버스를 타야만 했다. 다른 사람들이 올 때까지 기다렸다. 10분 정도 기다리다 보니 버스에 사람들 다섯 명이 올라탔다. 버스는 바이칼 호수를 향해 출발했다. 하늘과 호수와 땅은 서로 간의 경계가 희미했다. 같은 빛깔을 띤 것처럼 보였다. 경치를 감상하고 있는데 문득 눈발이 휘날리기 시작했다. 잿빛 같은 눈이었다. 제법 혹독한 추위였다. 미현이는 후드 달린 황금색 방한복으로 갈아입었다. 나도 같은 방한복으로 갈아입었다. 양제수와 수영이가 입은 방한복은 청색, 우리들의 방한복은 황금색이었다. 서로 다른 방한복은 대조를 이루었다. 대부분 장년들이고 청년들도 제법 많았다.

　그들은 바이칼 코스에 대해 잘 아는 눈치였다. 이곳에 오기 전 지도를 통해 경로를 미리 봐둔 모양이었다. 바이칼 호수로 가서 올혼섬으로 이동한다고 했다. 우리 일행도 그들과 같은 길로 들어섰다. 얼음이 미끄러워 눈길로 가는 일행도 있었다. 걷는 길도 괜찮은데 보통 추위가 아니었다. 우리 일행은 버스를 이용했다. 주위에는 온통 얼음과 눈길이 보였다. 보이는 것은 하늘과 호수 그리고 눈길뿐이었다. 하늘과 땅은 맞닿아 있었다. 길가에는 침엽수들이 울창하게 자라고 있었다. 이국에 온 느낌이었다. 그로부터 한 시간 후, 우리는 바이칼 호수에 도착했다. 바이칼 호수는 한반도의 삼분의 일 크기였다. 그만큼 크고 깊은 호수였다. 여행객들이 끊이지 않는 호수라고 했다. 수심 40m까지 들여다보일 만큼 맑았다. 호수 옆에는 마을이 형성돼 있고 주민들도 활기에 차있었다. 그들은 어부였다. 고기를 잡아 생계를 꾸려가고 있었다. 우리는 바람을 피하기 위해 카페로 들어갔다. 카페 안에는 여러 사람들이 의자에 앉아 차를 마시고 있었다. 미현이가 배가 고프다며 칭얼대길래 우리는 음식을 주문했다. 음식은 값이 저렴하고 맛이 좋았다. 금강산도 식후경이라고 했던가. 배가 불러야 경치가 눈에 들어오는 법이다. 내가 타고 왔던 버스는 한국의 중고시장에서 수입한 버스라고 했다. 차량의 로고는 현대였다. 도로 사정은 정말 좋았다. 아스팔트도 일직선이었고 편도 일차선이었다. 날씨는 보통이었다. 저쪽에서 버스가 정차하는 것이 보였다. 버스에서 관광객들이 하차했다. 그들 역시 한국인이었다. 나는 그들을 보고 놀랐다. 그들은 인천에서 비행기를 타고 이곳까지 왔다고 했다. 부두는 잘 정비되어 있었고 페리호가 관객들을 싣고 바이칼 호수를 일주한다고 했다. 우리들은 입장권을 구입해서 페리호에 승선했다. 20여 명을 태우고 패리호는 출항했다. 날씨가 고약하지 않아서 출항한다고 했다. 관객들은 사진 찍기에 여념이 없었다. 안내원이 바이칼호수에 대해 다음과 같이 안내했다. 세상에서 제일 오래된 호수이며 유네스코 자연유산이라고 했다. 세상에서 제일 깊은 호수이며 수심이 1,742m라고 했다. 세계 최고 담수량을 자랑하는 호수였다. 페리호는 물결 위로 천천히 나아갔다. 호수를 감상하던 두 여인은 하고 싶은 말이 많았던 모양인지 계속해서 대화를 나누었다.

페리호는 30분 정도를 가다가 부두로 돌아왔다. 부두의 건너편에는 어미 곰이 새끼를 데리고 수영을 하고 있었다. 어미 곰은 물고기를 사냥 중이었다. 물속에 들어가고 나오기를 반복했다. 그러다가 어느 순간 어미 곰은 물속에 들어가 한참을 나오질 않았다. 조금 더 지켜보고 있으니 어미 곰은 큰 물고기를 입에 문 채 수면 밖으로 저벅저벅 걸어 나왔다.

어느덧 바람은 돌풍으로 변했다. 눈발이 바람을 타고 흩날리고 있었다. 그곳에 상주하던 주민들도 이제는 모두 집으로 들어가고 없었다. 관광객들은 바람을 피하기 위해 식당 안으로 들어왔다. 식당 내부는 사람들로 어수선했다. 우리 네 사람은 음식을 주문하고 창문 너머 바다 같은 호수를 바라보고 있었다.

"호수가 바다같이 넓고 커서 하루에 다 구경하기 어려울 것 같아. 날짜는 4월 초가 될 것 같은데 이곳의 날씨는 엄청 추워서 돌아다니기도 힘들고 피곤해요."

"그래도 이곳은 세계적으로 큰 호수라서 의미가 있는 것 같아요. 눈으로 덮여있는 도로와 들판 호수는 어느 시골하고 비슷한 것 같아요."

수영이가 말했다. 곧 있자 음식이 나왔다. 러시아 정통 음식이었다. 만두말이가 상당히 맛있었다. 남자들은 할 말을 잊었는지 식사할 때만 말 몇 마디를 나누었다. 우리는 식사를 마치고 나서 산책 중에 원주민을 만났다. 그들은 부부처럼 보였는데, 맥주를 마시며 대화를 나누고 있었다.

"안녕하세요. 나는 한국에서 온 관광객입니다. 혹시 이곳에 사시는 분이신가요?"

나는 영어와 독어를 섞어가며 그들에게 말을 붙였다. 그들 중

남편이 독어를 할 줄 아는 모양이었다. 독어로 대화를 하다 보니 친밀감이 들었다.

"아 예, 그래요. 나는 독일에서 태어났고 이곳에 오면서 아내를 만났어요. 아내는 이곳 출신이지요. 나는 그녀의 친절에 반해서 결혼했지요. 나는 이곳에서 독어를 3년간 가르치고 있어요. 독일 어디에서 있었어요?"

얼굴이 길고 수염 난 남자가 말했다.

"독일에서 뮌헨대학을 나왔어요. 나는 그곳에서 초등학교와 국제학교를 다녔고 대학까지 마쳤어요. 그 후에 한국으로 갔어요. 한국에서 여기 바이칼 호수를 구경하러 왔지요."

내가 이렇게 말했다. 나는 독일인과 현지인을 만나 즐거운 대화를 나눴다. 그 후에 그들과 두 손을 잡고 악수까지 했다. 나는 독일인과 반갑게 대화를 나누면서 우의를 다졌다. 두 사람은 나를 자신들이 거주하는 자택으로 초대했다. 그들의 자택은 벽돌로 지어진 집이었다. 주택의 입구에는 큰 거실이 있었다. 넓은 거실에는 소파가 놓여 있었다. 방이 세 개나 되고 주방은 맨 뒤에 있었다. 독일식 주택과 똑같은 구조였다. 나는 그들에게 작은 선물을 주고 싶었다. 한국에서 가지고 온 물건들 중에 라면 10개와 햄 2개, 마른 오징어 한 축을 선물했다. 선물을 받아든 그들은 너무나 고맙다고 말하며 자신들의 자녀들을 소개했다. 두 백인들 사이에서 태어난 아이들은 전형적인 백인 아이들이었다. 남자 아이는 5살이고 여동생은 3살이었다. 남자아이는 어찌나 장난을 잘 치는지 노래도 잘 부르고 춤도 제법 잘 추었다. 우리들은 너무나 기쁘고 즐거웠다. 아이들과 함께 노래도 부르고 춤을 추기도 했다. 우리는 아이들을 칭찬했다. 부부는 저녁을 대접한다며 물고기와 양고기 그리고 감자, 빵과 양상추를 내놓았다. 남자는 러시아산 보드카를 가져와 잔에 따라주었다. 다 함께 브라보를 외치며 즐거운 식사를 했다. 사진도 찍고 아이들과 대화도 나누었다. 즐거운 밤을 보냈다. 우리는 거실에서 밤늦도록 얘기를 나누다가 피곤하여 거실에서 쓰러져 잠들었다.

다음날 아침 우리는 인사를 나누고 모텔로 돌아왔다. 우리가 이곳에 온 지도 어느덧 일주일이 다 되어 가고 있었다. 아침부터 태양은 보이지 않았다. 눈발까지 휘날려서 시야 확보도 어려웠다. 바람소리가 발악하며 눈송이를 뿌렸고, 시야는 점점 흐려지고 있었다. 태양은 구름 속에서 술래잡기를 하는 것 같았다. 날씨가 우리를 우울하게 만들었다. 관광객들만이 하릴없이 카페에 앉아서 눈과 바람소리를 들으면서 바이칼호수를 넋 놓고 보고 있었다. 눈이 온 세계를 바꾸어 놓고 있었다. 나는 양제수와 맥주를 앞에 두고 그저 바이칼호수만 하염없이 바라보고 있었다. 어느 누구 하나 말 한마디 없었다. 미현이는 두 손으로 턱을 괸 채 테이블을 보고 있었다. 수연이는 바이칼호수만 멍하니 쳐다보고 있었다. 전신주에서 윙윙하는 바람 소리가 들려왔다. 카페 한편에서는 어부로 추정되는 네 명의 남자들이 보였다. 그들은 보드카를 홀짝이며 카드놀이를 하고 있었다. 텔레비전에서는 여자 아나운서가 뉴스를 진행 중이었다. 주말까지 바람과 눈 소식이 있겠다는 일기예보가 들려왔다. 우리는 모텔에서 날씨가 풀리기를 바라고 있었다. 하지만 폭풍은 계속되었다. 떠나야 할 때가 다가오고 있었다. 지금 시기에 떠나는 것이 적절했다. 그래야만 평양을 경유해서 서울로 갈 수 있었다. 하지만 기상이 난동을 부리니 모텔에 발이 묶여 어쩔 도리가 없었다. 인간은 자연 앞에서는 한없이 나약한 존재이다. 결국 우리는 모든 일정을 포기해야만 했다. 날씨만 좋으면 비행기를 타고 영종도로 갈 생각이었다. 시베리아 횡단 열차도, 황무지 같은 시베리아의 자작나무도, 풀 한 포기 없는 메마른 동토도 먼 이야기였다. 블라디보스토크도 이제 먼 옛날이야기에 불과했다. 누가 석양의 바이칼 호수가 아름답다고 했던가. 그렇다. 물론 바이칼 호수는 아름답다. 하지만 이제 나는 바이칼호수가 아닌 고국이 그리웠다. 어서 이 길고도 긴 눈보라를 헤치고 고국으로 돌아가고 싶었다. 한국에 도착하면 그땐 어린 양들처럼 살리라. 푸른 들밭을 뛰어노는 자유로운 마음으로 말이다.

지금 이 순간에도 역사는 만들어지고 있습니다
세월의 낱장마다 새겨진 국민들의 목소리가
우리 미래 세대의 앞날에도 울려퍼지기를 소망합니다

| 권선복
도서출판 행복에너지 대표이사

2018년 4월 27일, 남북정상회담이 이루어졌습니다. 서로의 가슴에 총부리를 겨누고 있던 지난 세월을 건너 두 정상은 오늘날 화해의 장에서 다시 만났습니다. 악수를 나누며 포옹하는 장면을 지켜본 우리 국민들은 가슴을 쓸어내리며 안도했습니다. 한반도에 감돌던 군사적 긴장감이 누그러지는 감격스런 순간이었습니다. 바로 이 순간을 우리는 얼마나 기다려왔던지요.

역사를 잊은 민족에게 미래란 없습니다. 그만큼 역사에 대한 의식을 갖는 것이 중요하다는 말이겠지요. 현재는 과거의 산물이고, 미래는 오늘의 연장입니다. 어제를 잊지 말아야 어제와는 다른 오늘을 살 수 있고, 오늘 최선을 다해야 보다 나은 내일을 꿈꿀 수 있는 것이겠지요. 반성하는 일, 되돌이켜 보는 일. 동족 간의 피비린내

나는 전쟁을 다시는 반복하지 않기 위해 꼭 필요한 일입니다.

2016년은 또 어떠했습니까. 광화문으로 나선 국민들의 촛불이 하나둘 모여 마침내 거대한 함성을 이룬 날입니다. 부정부패를 청산해야 한다는 마음들이 모여 결국 개혁을 일으킨 것입니다. 역사적인 순간이라고 할 수 있습니다. 그날 우리가 목격한 것은 바로 한마음으로 대동단결하는 국민들의 단결정신이었습니다. 현재는 과거의 총합입니다. 그런 과거가 하나둘 모여 결국 오늘날에 이르는 법입니다.

지금 이 순간에도 역사는 만들어지고 있습니다. 먼 훗날 우리 후손들에게 오늘날이 먼 과거가 될 날이 오겠지요. 이 책은 후대에게 들려줄 오늘날에 대한 기록입니다. 먼 훗날 남북 간의 철로가 연결되는 날을 꿈꿉니다. 그때쯤이면 지금 새싹처럼 자라나는 아이들이 시베리아 횡단열차를 타고 남북을 자유로이 오가며 여행하고 있겠지요. 그들에게 이 책을 권해 보는 것은 어떨까요. 오늘날의 평화를 얻기까지 이러한 모진 세월 속 시행착오를 견뎌왔다고 전하며 말입니다. 우리 미래 세대의 앞날이 더욱 찬란하고 밝게 빛나기를 기원합니다.

'행복에너지'의 해피 대한민국 프로젝트!
〈모교 책 보내기 운동〉

대한민국의 뿌리, 대한민국의 미래 **청소년·청년**들에게 **책**을 보내주세요.

많은 학교의 도서관이 가난해지고 있습니다. 그만큼 많은 학생들의 마음 또한 가난해지고 있습니다. 학교 도서관에는 색이 바래고 찢어진 책들이 나뒹굽니다. 더럽고 먼지만 앉은 책을 과연 누가 읽고 싶어 할까요?
게임과 스마트폰에 중독된 초·중고생들. 입시의 문턱 앞에서 문제집에만 매달리는 고등학생들. 험난한 취업 준비에 책 읽을 시간조차 없는 대학생들. 아무런 꿈도 없이 정해진 길을 따라서만 가는 젊은이들이 과연 대한민국을 이끌 수 있을까요?

한 권의 책은 한 사람의 인생을 바꾸는 힘을 가지고 있습니다. 한 사람의 인생이 바뀌면 한 나라의 국운이 바뀝니다. **저희 행복에너지에서는 베스트셀러와 각종 기관에서 우수도서로 선정된 도서를 중심으로 〈모교 책 보내기 운동〉을 펼치고 있습니다.** 대한민국의 미래, 젊은이들에게 좋은 책을 보내주십시오. 독자 여러분의 자랑스러운 모교에 보내진 한 권의 책은 더 크게 성장할 대한민국의 발판이 될 것입니다.

도서출판 행복에너지를 성원해주시는 독자 여러분의 많은 관심과 참여 부탁드리겠습니다.

도서출판 행복에너지
☎ 010-3267-6277